Around the World in 80 Days

80일간의 세계 일주

지은이 쥘 베른

'과학 소설의 아버지'라고 불리는 쥘 베른은 프랑스의 과학 소설 분야를 개척한 작가다. 어렸을 때부터 모험 소설을 즐겨 읽었던 그는 모험가를 꿈꾸었다. 대학에서 문학을 전공한 후 『80일간의 세계 일주』를 비롯하여 『지저 여행』, 『해저 2만 리』 등의 책을 집필하였고 대중으로부터 많은 사랑을 받았다.

옮긴이 정지현

충남대학교 자치행정학과를 졸업한 후 현재 번역에이전시 하니브릿지에서 아동서 및 소설 전문 번역가로 활동하고 있다. 옮긴 책으로 『감사』, 『내게 도움을 준 모든 것』, 『어른이 되기 위해 알아야 할 100가지』, 『내 아버지를 위한 질문』, 『4만 명에서 단 한 명으로』, 『오페라의 유령』, 『피터 팬』 등 다수가 있다.

그린이 천은실

전문 일러스트레이터로 활동하고 있으며 주로 수채화 작업을 한다. 『제일 예쁘고 제일 멋진 일』, 『별』, 『요 정 키키』, 『마녀분콩』, 『달님은 밤에 무얼 하나요?』 등 다수의 그림책 일러스트를 작업하였다. 이외에도 'Mr. hopefuless someday', 'Bugs in paper'의 아트상품 및 '2004 . 2008 시월에 눈 내리는 마을' 포스터, '2008 뚜레쥬르 월그래픽' 표지, 사보, 웹 일러스트까지 다양한 분야에서 활동하고 있으며, 인디고 아름다운 고전 시리즈 『피노키오』, 『버드나무에 부는 바람』, 『피터 팬』, 『백설공주』를 작업하였다.

80일간의 세계 일주 아름다운고전시리즈 ⑳

지은이 | 쥘 베른   **옮긴이** | 정지현   **그린이** | 천은실
펴낸이 | 김종길   **펴낸 곳** | 인디고

출판등록 | 제7-312호   **주소** (04029) 서울특별시 마포구 월드컵로8길 41
홈페이지 | indigostory.co.kr   **전화** | (02)998-7030   **팩스** | (02)998-7924
블로그 | http://blog.naver.com/geuldam4u   **페이스북** | www.facebook.com/geuldam4u
이메일 | geuldam4u@geuldam.com

초판 1쇄 인쇄 | 2014년 7월 20일   **초판 1쇄 발행** | 2014년 8월 10일   **정가** | 15,800원
ISBN 978-89-92632-82-9 03860

Around the World in 80 Days

80일간의 세계 일주

쥘 베른 지음 | 정지현 옮김 | 천은실 그림

인디고 lovecolor i n d i g o

contents

이

필리어스 포그와 파스파르투, 주인과 하인이 되기로 합의하다

벌링턴 가든스의 새빌로 7번지는 1814년 셰리던이 숨을 거둔 집으로, 1872년 당시 필리어스 포그 경이 살고 있었다. 그는 되도록 사람들의 이목을 끌지 않으려고 노력하는 것처럼 보였지만 런던 '개혁 클럽'에서 가장 특이하고 눈에 띄는 회원이었다.

영국의 가장 위대한 국회 연설가였던 셰리던의 옛 저택에 사는 필리어스 포그는 수수께끼 같은 인물이었다. 예의가 바르고 영국 상류 사회에서 가장 잘생긴 신사 축에 속한다는 점만 빼고는 알려진 바가 거의 없었다.

사람들은 다리가 아닌 잘생긴 외모 때문에 그를 바이런(낭만파를 대표하는 영국의 시인으로 천재적 재능과 빼어난 외모로 사교계에서 유명했으나 다리를 저는 장애를 가지고 있었다.)에 비교하기도 했다. 다만 콧수염과 구레나룻이 나 있는 무표정한 얼굴을 가진 바이런으로, 마치 전혀 늙지도 않고 천년은 산 것 같은 모습이었다.

필리어스 포그는 영국인이 분명했지만 런던 출신은 아닌 듯했다. 그는 런던의 증권 거래소나 은행은 물론 그 어떤 금융 기관에서도 모습을 드러내는 법이 없었다. 런던의 부두나 강 유역에 필리어스 포그 명의로 된 배가 드나든 적도 없었다. 또 이 신사는 그 어떤 이사회에도 속해 있지 않았다. 그의 이름이 템플이나 링컨, 그레이즈 인 법학원, 그 밖의 대법원이나 여왕좌 법원, 재무항소 법원, 종교 재판소에서 거론된 일도 전무했다. 그는 공장 소유주도, 사업가도, 상인도, 지주도 아니었다. 왕립 연구소나 런던 연구소, 장인 협회나 러셀 협회, 서양 문학 협회, 법률 협회, 여왕의 직속 기관인 예술과학통합 협회의 회원도 아니었다. 화음 협회에서 해충 박멸을 위해 세워진 곤충 협회에 이르기까지, 영국의 수도 런던에 우글거리는 수많은 협회 중 그는 어디에도 속해 있지 않았다.

필리어스 포그가 회원으로 속한 단체는 오직 '개혁 클럽'뿐이었다.

수수께끼에 둘러싸인 그가 명예로운 개혁 클럽의 회원이라는 사실에 놀라는 사람들은 그가 베어링 형제의 추천으로 가입했다는 사실을 알게 되면 충분히 납득할 것이다. 필리어스 포그는 베어링 형제의 은행에 계좌를 가지고 있었다. 그가 적어 주는 수표가 늘 흑자 상태인

당좌 계좌를 통해 바로 현금으로 지급될 수 있다는 것은 곧 그의 경제적 지위가 확실하다는 뜻이었다.

그렇다면 필리어스 포그는 부자일까? 그것은 의심할 여지가 없었다. 하지만 아무리 정보에 빠삭한 사람이라도 그가 어떻게 돈을 벌었는지는 알 수 없었고, 그에게 직접 물어볼 엄두도 내지 못했다. 어쨌든 그는 돈을 쓸 때는 신중한 편이었지만 인색하지는 않았다. 고귀하면서도 유익하고 자비를 베푸는 일에 지원이 필요하다면 야단법석을 피우지 않고 조용히 익명으로 도움을 주곤 했다.

그는 자신에 대한 이야기를 거의 하지 않는 사람이었다. 말수도 매우 적어서 더욱 수수께끼에 둘러싸인 분위기를 풍겼다. 은둔 생활을 하지는 않았지만 평소 기계처럼 규칙적으로 행동했기에 그의 행동은 사람들의 상상력을 부채질하곤 했다.

그렇다면 그는 여행을 많이 했을까? 아마도 그럴 가능성이 컸다. 왜냐하면 포그 씨는 누구보다도 세계 지리에 대한 지식이 해박했기 때문이다. 아무리 외딴 곳이라 할지라도 그는 그곳에 대해 자세하게 알고 있었다. 클럽 회원들이 종종 사라지거나 길을 잃는 여행자들에 대한 이야기를 하면서 이런저런 추측을 내놓을 때면 그는 중간에 끼어들어 간단하지만 정확하게 바로잡았다.

포그 씨는 마치 투시력이라도 있는 것처럼 여행자들이 어떻게 되었는지 그럴 듯한 설명을 내놓곤 했는데, 결과적으로 그의 말이 옳다고 증명되는 경우가 많았다. 적어도 그는 비록 머릿속 상상일 뿐일지라도 세계 구석구석 안 가본 곳이 없을 만큼 여러 곳을 다닌 게 분명했다.

그러나 필리어스 포그가 지난 몇 년 동안 런던을 떠난 적이 없다는 사실은 의심할 여지가 없었다. 남들보다 그에 대해 조금 더 잘 아는 사람들이, 그가 매일 집에서 클럽으로 곧장 걸어가는 모습밖에 보지 못했다고 확인해 줄 수 있었다. 그의 유일한 취미는 신문 읽기와 휘스트(whist, 카드놀이)였다. 말이 전혀 필요 없는 카드놀이로 그의 성격에 딱 맞는지 자주 돈을 따곤 했다. 하지만 그가 딴 돈이 지갑으로 들어가는 일은 없었다. 그가 자선 단체에 기부하는 돈 중에는 카드놀이에서 딴 돈도 상당액을 차지했다. 포그 씨가 카드놀이를 하는 이유는 돈을 따기 위해서가 아니라 즐거움을 위해서였다. 카드놀이는 난관에 대항하는 투쟁이자 전투였지만 몸을 쓰거나 피로해지는 일이 아닌 까닭에 그의 성미에 잘 맞았다.

알려진 바에 의하면 필리어스 포그에게는 부인도 자식도 없었지만 ―대단히 훌륭한 사람들 중에 그런 경우가 종종 있다.― 친척이나 친구마저 없었다. ―이 경우는 좀 드문 일이다.― 그는 새빌로 가에서 혼자 살았고, 안에 손님을 들이는 일도 없었다. 집 안에서의 일에 대해 언급하는 일도 전혀 없었다. 그에게는 하인도 한 명이면 충분했다. 항상 시계처럼 정확하게 같은 시간에 클럽의 같은 식당, 같은 테이블에서 점심과 저녁 식사를 했다. 동료들과 잡담하거나 테이블로 손님

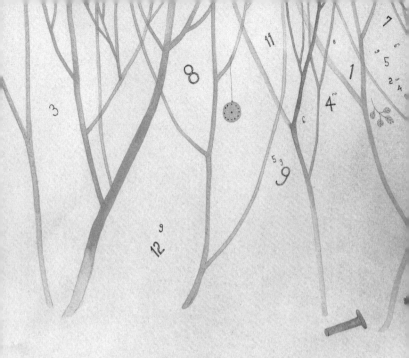

을 불러들이는 일도 없었으며 정확히 자정이 되면 잠을 자기 위해 집으로 돌아갔다. 개혁 클럽에서 회원들의 편의를 위해 제공하는 안락한 침실을 이용하는 일도 절대 없었다. 하루 24시간 중에서 집에서 보내는 시간은 잠을 자거나 외출 준비를 하는 10시간뿐이었다. 산책이라고 해봤자 나무 바닥이 깔린 클럽의 현관 홀이나, 푸른색 스테인드글라스로 된 둥근 천장을 붉은 반암으로 만들어진 이오니아 양식의기둥 20개가 떠받치고 있는 회랑을 항상 정확하게 일정한 걸음으로

걷는 게 전부였다.

클럽에서 운영하는 주방과 식품 저장실, 생선 가게, 유제품 업체는 식사 시간마다 그에게 각종 산해진미를 올렸다. 검은색 유니폼을 입고 발바닥이 푹신한 구두를 신은 근엄한 표정의 클럽 하인들이 특제 도자기에 담긴 음식을 최고급 린넨 식탁보가 깔린 식탁으로 내왔다. 그가 마시는 셰리주나 포트와인, 클라레는 계피와 각종 허브로 풍미를 더해 세상에서 단 하나뿐인 디자인의 크리스털 잔에 담겨 내왔다. 클럽에서 사용하는 얼음은 거금을 들여 북아메리카의 호수에서 공수해 온 것으로, 그가 마시는 음료를 늘 적당히 차갑게 유지해 주었다.

이런 식으로 사는 것을 괴짜라고 할 수도 있겠지만 괴짜로 사는 것도 나쁘지만은 않다고 인정해야 할 것이다!

새빌로에 있는 그의 집은 화려하지는 않지만 매우 안락하기로 유명했다. 그 집에 사는 사람의 하루 일과가 늘 변함이 없는 까닭에 시중들기도 어렵지 않았다. 하지만 필리어스 포그는 단 하나뿐인 하인에게 극도의 정확성과 시간 엄수를 요구했다. 10월 2일 바로 그날, 필리어스 포그는 하인 제임스 포스터가 면도에 사용하는 물의 온도를 30도가 아닌 29도로 내오는 실수를 저질렀다는 이유로 해고했다. 그래서 11시와 11시 30분 사이에 새로 오기로 한 후임자를 기다리고 있었다.

필리어스 포그는 마치 행진하는 병사처럼 등을 꼿꼿하게 펴고 안락의자에 앉아 바짝 붙인 무릎 위에 양손을 올린 채 고개를 들어 시곗바

늘이 움직이는 것을 보고 있었다. 시와 분, 요일, 달, 연도까지 표시된 정교한 시계였다. 그는 평소와 마찬가지로 정확히 11시 30분이 되면 개혁 클럽으로 가기 위해 집을 나서야 했다.

바로 그때 필리어스 포그가 앉아 있는 작은 거실의 문을 두드리는 소리가 들렸다. 해고된 제임스 포스터가 나타나 말했다.

"새로 온 하인입니다."

서른 살쯤 되어 보이는 남자가 들어와 고개 숙여 인사했다.

"자네가 존인가, 프랑스인이라고?"

필리어스 포그가 남자에게 물었다.

그러자 새로 온 하인이 대답했다.

"실례합니다만, 존이 아니라 장이라고 합니다. 장 파스파르투(파스파르투는 프랑스어로 만능열쇠를 뜻한다.)라고도 하지요. 힘든 상황을 헤쳐 나가는 능력이 뛰어나다고 해서 붙은 별명입니다. 저는 스스로 성실한 사람이라고 생각합니다만, 솔직히 말씀드리자면 지금까지 힘든 직업을 전전했습니다. 유랑 가수, 서커스 곡마사, 공중그네와 줄타기 곡예사도 했지요. 제가 가진 재능을 조금 더 유용하게 써보자는 생각에 체조를 가르친 적도 있습니다. 가장 최근에는 파리에서 소방관으로 일했고요. 그 당시 엄청난 화재 사건 현장에도 몇 번 출동했습니다. 프랑스를 떠난 지는 5년 됐습니다. 가정적인 삶을 경험해 보고 싶어서 영국으로 와서 하인으로 일했죠. 그러다 잠시 쉬고 있던 터에 필리어스 포그 씨가 영국에서 가장 정확한 분이며, 집에서 주로 지낸다는 소문을 들었습니다. 파스파르투라는 이름과 연관된 모든 것을 잊고 조용히 살고 싶은 마음에 찾아오게 되었습니다."

"파스파르투라는 이름이 마음에 드는군. 자네를 추천받은 사람에게 전해 듣길 평가도 좋았네. 내가 제시한 조건은 알고 있나?"

"네, 알고 있습니다."

"좋아. 지금이 몇 시지?"

"11시 22분입니다."

파스파르투가 외투 주머니 깊숙한 곳에서 커다란 은시계를 꺼내며 대답했다.

"자네 시계가 늦군."

포그 씨가 말했다.

"죄송합니다만, 그럴 리가 없습니다."

"자네 시계가 4분 늦다네. 그건 중요하지 않아. 시간 차이가 있다는 사실을 확인한 게 중요하지. 아무튼 현재 시간 1872년 10월 2일 오전 11시 29분부터 자네는 내 하인으로 일하게 되었네."

필리어스 포그는 말을 마치자마자 자리에서 일어나, 마치 기계처럼 정확하게 왼손으로 모자를 집어 머리에 쓰더니 더 아무런 말도 없이 사라졌다.

이어서 파스파르투는 현관문이 닫히는 첫 번째 소리를 들었다. 주인이 나가는 소리였다. 그리고 두 번째로 문이 닫히는 소리가 들렸다. 그것은 전임자 제임스 포스터가 나가는 소리였다.

파스파르투는 새빌로의 저택에 홀로 남았다.

02

파스파르투, 마침내
이상적인 일자리를 찾았다고 확신하다

파스파르투는 약간 어리둥절해하며 중얼거렸다.

"새 주인님보다 튀소 부인(프랑스의 밀랍 인형 제조자)의 박물관에 전시된 밀랍 인형이 더 생기가 넘치겠군!"

그는 필리어스 포그와 만난 아주 짧은 시간 동안 자신의 새 주인을 재빠르고 꼼꼼하게 관찰했다. 필리어스 포그는 마흔 살 정도의 나이에 잘생기고 기품 있어 보이는 외모와 큰 키, 듬직한 풍채, 금발 머리와 구레나룻, 주름살 하나 없는 관자놀이, 매끈한 이마, 창백한 피부와 고른 치아를 가진 남자였다. 관상학자들이 말하는 '동요 속의 정적'이라고 부르는 특징을 많이 가지고 있었다. 이는 말보다 행동을 우선시하는 사람들이 공통적으로 가지고 있는 특성이다. 그는 맑고 단호한 눈매를 가졌으며 침착하고 냉정했다. 이는 영국에서 흔히 볼 수 있는 냉철한 영국인의 완벽한 본보기였고, 다소 격식을 차렸다 뿐이지 안젤리카 카우프만(18세기 영국 최고의 화가)의 그림에서 튀어나온 것만 같았다. 이 신사의 평소 행동으로 보자면, 뛰어난 장인이 만든 정밀한 시계처럼 정확하게 계산되고 균형 잡힌 인상을 풍겼다. 필리어스 포그는 정확함 그 자체였다. 그것은 그의 손과 발의 움직임만 보아도 확인할 수 있는 사실이었다. 인간도 동물과 마찬가지로 손과 발을 통해 감정을 표현하기 때문이다.

필리어스 포그는 매사에 정확한 사람으로 절대로 서두르는 법이 없었다. 항상 준비된 상태였으며 움직임에서도 낭비가 없었다. 불필요한 걸음은 내딛지 않았고 늘 가장 짧은 지름길을 선택했다. 정신이 산만해지는 일도 없었다. 필요하지 않은 손짓은 절대로 하지 않았다. 또한 단 한 번도 기분 상하거나 불안해하는 모습을 보인 적이 없었다. 항상 느긋하면서도 제시간에 도착했다. 그가 혼자 살면서 사람들과 교류하지 않는 이유는 간단했다. 살아가다 보면 어쩔 수 없이 타인과 접촉하게 된다는 사실을 그도 잘 알고 있었지만, 그것이 시간을 잡아먹는 일이라는 것도 알았기 때문에 누구와도 깊은 관계를 맺지 않았다.

한편 '파스파르투'라고 불리는 장은 파리 토박이였다. 그는 5년 전에 영국으로 건너와 그동안 런던에서 하인으로 일하며 자신이 진정으로 정착할 수 있는 주인을 찾아왔다.

파스파르투는 어깨를 으쓱거리며 거들먹거리는 건방지고 교활한 하인이 아니었다. 포그 씨와 정반대로 정직하고 호감 가는 인상이었다. 먹고 마시고 입맞춤하기에 좋은 멋진 입술과 누구나 친구 삼고 싶은 동글동글한 얼굴을 가진 상냥하고 재주가 많은 남자였다. 파란 눈과 밝은 혈색, 통통한 얼굴과 뺨, 넓은 가슴, 튼튼한 허리, 탄탄한 근육을 가졌으며 젊은 시절 운동을 많이 한 덕분에 힘이 엄청나게 셌다. 다만 그의 갈색 머리는 약간 손질하기 힘든 스타일이었다. 고대 조각가들이 미네르바 여신의 머리칼을 빗기는 방법을 열여덟 가지나 알고 있었다면, 파스파르투는 자신의 머리를 손질하는 법을 딱 한 가지밖에 알지 못했다. 세 번 빗질을 하여 정리하는 것이었다.

파스파르투처럼 외향적인 성격을 가진 사람이 필리어스 포그와 같은 사람과 잘 지낼 수 있을지 속단하기는 일렀다. 파스파르투가 주인이 요구하는 것처럼 정확한 하인일까? 그것은 시간만이 말해 줄 수 있는 문제였다. 젊은 시절을 모험을 즐기며 보낸 파스파르투는 이제 조용한 삶을 원할 뿐이었다. 그는 사람들이 영국인의 꼼꼼한 성격과 영국 신사 특유의 냉철함을 칭찬하는 말을 듣고 행운을 기대하며 영국으로 건너온 터였다. 하지만 지금까지는 운이 따라 주지 않았다. 그는 어디에도 정착할 수 없었다. 그동안 10여 곳의 가정에서 일했지만, 주인들은 하나같이 괴팍하거나 종잡을 수 없었고, 모험을 하고 싶어하거나 다른 나라를 둘러보고 싶어했다. 그것은

더 이상 파스파르투에게 맞지 않는 생활 방식이었다.

가장 최근에 주인으로 모신 젊은 롱스페리 경은 국회의원이었는데, 밤마다 시내에 나갈 때면 경찰관의 도움을 받아 집으로 돌아오기 일 쑤였다. 무엇보다 존경할 수 있는 주인을 원했던 파스파르투는 몇 번 인가 예의 바르게 자신의 견해를 밝혔지만 주인이 전혀 고마워하지 않았기에 결국 그만두었다. 그러던 차에 필리어스 포그 씨가 하인을 구한다는 사실을 알게 되었다. 포그 씨는 매일 규칙적으로 생활하는 데다 밤에 외출도 하지 않았고, 단 하루도 여행을 하거나 집을 비우지 않는다는 점에서 파스파르투와 잘 맞았다. 그래서 파스파르투는 포그 씨의 집을 찾아갔고 그의 하인으로 일하게 되었다.

11시 30분 종이 울렸을 때 파스파르투는 새빌로의 집에 혼자 남아 있게 되었다. 그는 곧바로 위아래로 주변을 훑으며 곳곳을 살피기 시 작했다. 집 안은 깨끗하고 정리가 잘 되어 있었으며 소박하고 청교도 적인 분위기마저 풍겨 하인이 일하기에 안성맞춤이었다. 그는 이 집 이 마음에 들었다. 마치 달팽이 껍질 안에 들어와 있는 느낌이었다. 가스 조명과 난방이 잘 되어 있는 달팽이집! 집 안에는 조명과 난방에 필요한 석탄 가스가 공급되고 있었다.

파스파르투는 3층에서 자신의 침실로 보이는 곳을 쉽게 찾을 수 있었 다. 꽤 만족스러웠다. 그의 방에서는 전기 벨과 전성관을 통해 1, 2층 의 방과 연락을 주고받을 수 있었다. 벽난로 위의 전자시계는 필리어스 포그의 침실에 있는 시계와 일치했다. 초까지 정확하게!

"나하고 딱 맞는 집이야."

파스파르투가 중얼거렸다.

그는 침실 시계 위에 붙어 있는 종이 쪽지를 발견했다. 거기에는 매일 주인을 위해서 해야 하는 일들이 적혀 있었다. 필리어스 포그가 기상하는 아침 8시부터 점심을 먹기 위해 개혁 클럽으로 가는 11시 30분까지 해야 할 일들이 상세하게 쓰여 있었다. 8시 23분에 차와 토스트 준비, 9시 37분에 면도용 물 준비, 9시 40분에 머리 손질 등등. 그리고 오전 11시 30분부터 이 꼼꼼한 신사가 잠자리에 드는 자정까지 해야 할 일들도 빠짐없이 전부 적혀 있었다. 파스파르투는 매우 기쁜 마음으로 일과표를 바라보면서 전부 다 기억해 두었다.

주인의 커다란 옷장은 매우 꼼꼼하게 정리되어 있었다. 바지와 재킷, 조끼에는 번호가 매겨져 있었고, 장부 일지에 계절에 따라 입는 순서가 기록되어 있었다. 신발도 마찬가지였다. 다시 말해 유명했지만 방탕했던 셰리던이 살던 당시에는 지저분함 그 자체였을 이 집이 지금은 안락한 가구들로 꾸며져 쾌적한 공간이 된 것이다.

한편 이 집에는 서재나 책이 없었다. 포그 씨는 개혁 클럽에서 문학 서적이 보관된 서재와 법률과 정치 서적이 보관된 서재 두 곳을 이용할 수 있었기 때문이었다. 침실에는 화재와 절도에도 끄떡없는 중간 크기의 금고가 설치되어 있었다. 사냥총이나 전쟁 무기 같은 총기류는 찾아볼 수 없었다. 이 모든 것이 평화를 사랑하는 집주인의 생활 태도를 고스란히 보여 주고 있었다.

집 안을 구석구석 살펴본 파스파르투의 널찍한 얼굴에는 환한 미소가 가득 피어올랐다. 그는 신이 나서 두 손을 비비며 되풀이해서 말했다.

"나하고 딱 맞는 집이군. 내가 원했던 바로 그런 곳이야. 포그 씨와 나는 아주 잘 지낼 수 있을 거야. 집을 사랑하고 정리정돈을 잘하는 분이니까. 마치 시계 같은 분이시지. 흠, 시계 같은 주인을 만난 것도 나쁘지 않은걸!"

03

필리어스 포그,
큰 대가가 따를 대화에 휘말리다

필리어스 포그는 11시 30분에 새빌로의 집에서 나와 오른발을 575번 내딛은 끝에, 왼발을 576번 내딛자 개혁 클럽 앞에 도착했다. 팰맬가에 있는 개혁 클럽은 최소한 12만 파운드는 들였을 법한 거대한 건물이었다.

필리어스 포그는 곧장 식당으로 향했다. 식당의 열린 아홉 개의 창문 사이로 아름다운 정원이 보였다. 가을을 맞아 나무들이 갈색으로 물들어 있었다. 그는 평소 늘 그가 앉는 자리로 가서 앉았다. 테이블은 이미 세팅이 되어 있었다. 점심 식사로 애피타이저에 이어 리딩 소스로 맛을 더한 데친 생선과 버섯 케첩을 곁들인 선홍색 스테이크, 루바브와 구스베리로 만든 파이, 체셔 치즈 한 조각이 차례로 나왔다.

식사를 하는 내내 개혁 클럽의 식품 저장실에서 특별히 엄선한 최고급 차가 계속 제공되었다.

오후 12시 47분이 되자 이 신사는 자리에서 일어나 큰 휴게실로 걸어갔다. 고급스러운 액자들로 장식된 넓은 방이었다. 하인이 그에게 아직 개봉되지 않은 《타임스》를 건넸다. 필리어스 포그는 가장자리가 뜯기지 않은 신문을 꼼꼼하게 잘라 펼쳤다. 망설임 없는 손동작은 그가 이 까다로운 작업에 대단히 능숙하다는 사실을 보여 주었다. 오후 3시 45분까지 이 신문을 읽은 필리어스 포그는 이후 저녁 식사 때까지 《스탠더드》를 읽었다. 저녁 식사도 점심 식사와 똑같은 순서로 제

공되었지만 '로열 브리티시 소스'가 추가되었다.

6시 20분 전, 이 신사는 또다시 큰 휴게실에 나타나 《모닝 크로니클》
를 읽는 데 몰두했다.

1시간쯤 지나자 개혁 클럽 회원 여러 명이 들어오더니 석탄불이 활
활 타오르는 벽난로 쪽으로 걸어갔다. 그들은 주로 필리어스 포그 씨
와 카드놀이를 함께하는 사람들로, 휘스트를 열정적으로 좋아하는 토
목 기사 앤드류 스튜어트, 은행가 존 설리번과 새뮤얼 폴런틴, 맥주
양조업자 토머스 플래너건, 영국 은행의 간부 고티에 랠프였다. 이들

은 산업계와 금융계의 주요 인물들로 클럽 내에서도 부유하고 명성 높은 회원들이었다.

"랠프, 절도 사건에 관한 새로운 소식 좀 있습니까?"

토머스 플래너건이 물었다.

"은행은 그 돈을 못 찾을 겁니다."

앤드류 스튜어트가 대답했다.

"나는 범인이 잡힐 거라고 생각해요. 유능한 형사들이 미국과 유럽에 파견되어 주요 항구의 출입구를 감시하고 있으니 빠져나가기 힘들 겁니다."

고티에 랠프가 말했다.

"도둑의 인상착의는 알려졌나요?"

앤드류 스튜어트가 물었다.

"우선 그 사람은 전문적인 도둑이 아닙니다."

고티에 랠프가 매우 심각하게 대답했다.

"아니, 은행에서 5만 5,000파운드에 달하는 지폐를 가지고 달아난 자가 전문 도둑이 아니라니요?"

"그렇습니다."

고티에 랠프가 대답했다.

"그럼 사업가란 말이오?"

존 설리번이 물었다.

"《모닝 크로니클》에서는 그자가 신사라고 하더군요."

이렇게 대답한 사람은 필리어스 포그였다. 주변에 쌓인 신문더미 뒤에서 그가 고개를 들면서 동료들에게 인사를 건넸다. 그들도 인사에 답했다.

신사들이 이야기 중인 절도 사건은 사흘 전인 9월 29일에 일어났는데, 영국의 여러 신문에서도 뜨거운 화제가 되고 있었다. 영국 은행 출납원의 책상 위에 놓여 있던 무려 5만 5,000파운드나 되는 은행권이 사라진 사건이었다.

영국 은행의 부총재 고티에 랠프는 절도 사건이 그렇게 쉽게 벌어졌다는 사실에 놀라는 사람들에게 사건 발생 당시 출납원이 고객이 맡긴 3실링 6펜스를 입금 장부에 기입하느라 정신이 없었을 것이라고만 대답했다.

하지만 여기서 꼭 짚고 넘어가야 할 점이 있다. 해당 사건을 가장 잘설명해 주는 사실이기도 한데, 바로 영국 은행이라는 훌륭한 기관은 고객의 명예에 지나치게 신경 쓴다는 점이다. 그곳에는 경비도, 군인 출신도, 창구에 있어야 할 안전망도 없는 데다 금, 은, 지폐가 눈에 띄는 곳에 놓여 있어 마음만 먹으면 누구든 가져갈 수 있었다. 고객의 정직함을 의심하는 일은 생각조차 하지 않았다. 이런 영국식 관습을 날카로운 관찰하던 한 혹자는 다음과 같은 일화를 전했다. 어느 날 그는 영국 은행 출납원의 책상에 버젓이 놓여 있는 7~8파운드 가량의 금괴를 좀 더 가까이에서 보고 싶은 마음이 들었다. 그래서 금괴를 들어 자세히 살펴본 후 옆 사람에게 건넸고, 그 사람은 또 다음 사람에게 건넸다. 결과적으로 금괴는 어두컴컴한 복도 끝까지 갔다가 30분 만에 제자리로 돌아왔는데 출납원은 그동안 고개 한 번 들지 않았다.

하지만 9월 29일에는 상황이 달랐다. 은행권은 제자리로 돌아오지 않았고 출납원의 책상 위에 걸린 거대한 벽시계가 업무 종료를 알리는 5시를 울렸을 때, 영국 은행은 5만 5,000파운드라는 엄청난 손실액을 기재할 수밖에 없었다.

정식 절차에 따라 절도 사건이 접수되자 정예요원으로 선발된 형사들이 리버풀과 글래스고, 르아브르, 수에즈, 브린디시, 뉴욕 등 세계 주요 항구로 파견되었다. 범인을 검거하는 사람은 포상금 2,000파운드와 회수한 돈의 5퍼센트를 추가로 받을 수 있었다. 새로운 수사 결과를 기다리는 동안 파견된 형사들은 항구에 도착하거나 그곳을 출발하는 모든 여행자를 꼼꼼하게 살피라는 임무를 전달받았다.

《모닝 크로니클》의 보도대로 절도범이 범죄 조직의 일원이 아니라고 추측하는 데는 이유가 있었다. 9월 29일 낮 시간에 잘 차려입은 점잖은 신사가 범죄 현장인 현금 출납실에서 서성거리는 모습이 목격되었던 것이다. 영국 경찰은 수사를 통해 정확한 인상착의를 그려 냈고, 이는 즉각 영국뿐 아니라 유럽의 모든 형사에게 보내졌다. 따라서 고티에 랠프를 비롯한 낙관적인 사람들은 범인이 절대로 수사망을 피해

갈 수 없다고 생각했다.

당연한 일이지만 이 사건은 런던은 물론 영국 전역에서 사람들의 입에 오르내렸다. 런던 경찰청이 범인을 잡을 수 있을지를 두고 열띤 논쟁이 벌어졌다. 그러니 개혁 클럽 회원들이 이 문제로 논쟁을 벌인다고 해도 전혀 놀라울 것이 없었다. 더욱이 영국 은행의 부총재가 개혁 클럽의 회원이었으니 말이다.

고티에 랠프는 범인이 잡힐 것이라는 사실을 조금도 의심하지 않았다. 포상금이 형사들의 사기와 능력 발휘에 엄청난 자극이 될 것이라고 생각했기 때문이었다. 하지만 그의 동료 앤드류 스튜어트의 의견은 달랐다. 덕분에 휘스트를 하려고 앉은 자리에서도 신사들의 토론은 계속되었다. 스튜어트는 플래너건과, 폴런틴은 필리어스 포그와 파트너를 이루고 있었는데, 카드놀이가 진행되는 동안에는 일순 조용해졌지만, 승부가 끝날 때마다 더욱 열띤 대화가 이어졌다.

"도둑은 수사망을 피해 갈 수 있을 겁니다. 분명히 똑똑한 인간일 테니까요."

앤드류 스튜어트가 말했다.

"말도 안 되는 소리! 그 작자가 숨을 수 있는 나라는 한 곳도 없소."

랠프가 대답했다.

"꼭 그렇지만은 않을걸요?"

"그럼 그자가 대체 어디로 가겠소?"

"모를 일이지만 세상은 넓고 넓으니까요."

앤드류 스튜어트가 말했다.

"예전에는 그랬죠."

필리어스 포그가 조용히 덧붙였다. 그리고 나서 토머스 플래너건에게 카드를 보여 주며 말했다.

"당신이 카드를 뽑으실 차례입니다."

또다시 승부가 시작되자 토론이 중단되었다. 하지만 곧바로 앤드류 스튜어트가 다시 말을 꺼냈다.

"예전에는 그랬다니 그게 무슨 뜻입니까? 지구가 작아지기라도 했다는 말인가요?"

"그렇죠. 저도 포그 씨의 말에 동감합니다. 세상은 정말로 작아졌어요. 100년 전에 비해 열 배는 더 빨리 세계 일주를 할 수 있게 되었으니까요. 지금 이 사건만 해도 그 덕분에 더욱 빨리 범인을 잡을 수 있을 겁니다."

고티에 랠프가 말했다.

"그렇다면 범인이 도망치기도 훨씬 수월하겠군요!"

"스튜어트 씨, 당신이 하실 차례입니다."

필리어스 포그가 말했다.

하지만 랠프의 말을 납득할 수 없다는 듯 스튜어트는 게임이 끝나자 말을 이었다.

"랠프 씨, 세상이 작아졌다니, 웃자고 하신 말씀이겠지요! 3개월 안에 지구를 한 바퀴 돌 수 있다고 해서……."

"80일이면 됩니다."

필리어스 포그가 말했다.

"사실입니다, 여러분."

존 설리번이 이어 덧붙였다.

"로탈과 알라하바드 구간 사이에 '인도 반도 철도'가 개통된 뒤로는 80일이면 충분하게 되었지요. 《모닝 크로니클》에서 계산한 바로는 이렇습니다."

런던에서 수에즈까지 몽스니 터널과 브린디시를 경유, 철도와 증기선으로	7일
수에즈에서 봄베이(지금의 뭄바이)까지, 증기선으로	13일
봄베이에서 캘커타까지, 철도로	3일
캘커타에서 홍콩까지, 증기선으로	13일
홍콩에서 일본 요코하마까지, 증기선으로	6일
요코하마에서 샌프란시스코까지, 증기선으로	22일
샌프란시스코에서 뉴욕까지, 철도로	7일
뉴욕에서 런던까지, 증기선과 철도로	9일
	총 80일

"정말로 80일이군요. 하지만 이건 악천후나 역풍, 난파, 열차 탈선과 같은 상황은 고려되지 않은 게 분명해요."

앤드류 스튜어트가 놀란 나머지 중요한 패를 내놓으며 말했다.

"포함된 겁니다."

필리어스 포그가 카드놀이를 계속하며 말했다.

이쯤 되자 카드보다 토론이 더욱 중요해졌다.

"인도나 북아메리카 원주민들이 철도를 탈취한다고 해요? 기차를 세우고 짐마차를 뒤집어엎고 여행자들의 머리 가죽을 벗길지도 모를 일이에요."

앤드류 스튜어트가 소리쳤다.

"그것도 모두 포함된 겁니다."

필리어스 포그가 자기 패를 보여 주면서 대답한 후 이렇게 덧붙였다.

"이기는 패가 두 장이군요."

카드를 돌릴 차례가 된 앤드류 스튜어트가 카드를 들고 말했다.

"이론상으로는 포그 씨의 말이 맞지만 실제로는……."

"실제로도 맞습니다, 스튜어트 씨."

"그렇다면 증명할 수 있었으면 좋겠군요."

"당신이 원한다면 그렇게 하지요. 함께 해보겠소?"

"그럴 수는 없습니다만, 그런 상황에서 여행이 불가능하다는 데 4,000파운드를 걸 준비는 되어 있소."

스튜어트가 소리쳤다.

"아니요. 충분히 가능합니다."

포그 씨가 말했다.

"그럼 한번 해보시오."

"80일간의 세계 일주를 말입니까?"

"그렇소."

"난 준비가 되어 있습니다."

"언제요?"

"지금 당장이요."

"이건 정신 나간 짓이에요. 카드나 계속합시다."

포그 씨의 고집에 슬슬 약이 오르기 시작한 앤드류 스튜어트가 소리쳤다.

"그럼 패를 다시 돌리세요. 잘못 돌렸으니까요."

필리어스 포그가 말했다.

앤드류 스튜어트는 떨리는 손으로 카드를 집어 들다가 도로 테이블에 내려놓았다.

"좋소, 포그 씨. 4,000파운드를 걸겠소."

"스튜어트 씨, 설마 농담이시겠죠."

폴런틴이 말했다.

"내가 내기를 하겠다고 할 때는 절대로 농담이 아닙니다."

앤드류 스튜어트가 대답했다.

"받아들이겠습니다."

포그 씨가 말했다. 그러고는 동료들을 돌아보았다.

"베어링 형제 은행에 있는 내 계좌에 2만 파운드가 예치되어 있습니다. 난 그 돈을 다 걸 준비가 되어 있습니다."

"2만 파운드라니! 예기치 않은 일로 하루만 늦어도 2만 파운드를 전부 날릴 수 있습니다!"

존 설리번이 외쳤다.

"예기치 않은 일 따위는 존재하지 않습니다."

필리어스 포그가 단호하게 말했다.

"하지만 포그 씨, 80일은 최소한의 시간으로 계산한 것입니다."

"최소한의 시간이라도 잘 활용하면 얼마든지 충분하죠."

"하지만 그 기한을 초과하지 않으려면 기차에서 증기선으로, 증기선에서 기차로 한 치의 오차 없이 정확하게 옮겨 타야 해요."

"한 치의 오차 없이 정확하게 할 겁니다."

"농담이겠죠!"

"진정한 영국인은 내기처럼 신중한 일에 농담을 하지 않습니다. 제가 80일, 그러니까 1,920시간, 11만 5,200분 이내에 세계 일주를 할 수 있다는 데 2만 파운드를 걸겠습니다. 받아들이시겠습니까?"

필리어스 포그가 진지하게 물었다.

"받아들이겠습니다."

스튜어트, 폴런틴, 설리번, 플래너건, 랠프가 서로 합의에 이른 후 대답했다.

"좋습니다. 도버행 기차가 8시 45분에 출발합니다. 전 그 기차를 타야겠군요."

포그 씨가 말했다.

"오늘 저녁에요?"

스튜어트가 물었다.

"네, 오늘 저녁에요."

필리어스 포그가 대답했다. 그리고 수첩의 달력을 살펴보며 덧붙였다.

"오늘이 10월 2일 수요일이니까 저는 12월 21일 토요일 저녁 8시 45분까지 이 휴게실로 돌아와야 합니다. 그렇지 않으면 베어링 형제 은행의 계좌에 들어 있는 2만 파운드는 법적으로 여러분의 소유가 됩니다. 여기 2만 파운드 수표가 있습니다."

여섯 명은 곧장 그 자리에서 내기 서약서를 작성해 모두 서명했다. 필리어스 포그는 내내 침착한 모습이었다. 그는 돈을 벌기 위해서 내기를 한 것은 아니었다. 전 재산의 절반인 2만 파운드만 내기에 건 것은 불가능하진 않지만 상당히 힘든 이 임무를 실행하는 데 나머지 2만 파운드를 써야 할 것 같았기 때문이었다. 한편 내기 상대자들은 심기가 몹시 불편했다. 내기에 건 돈의 액수 때문이 아니라 이길 것이 빤한 내기를 한다는 사실이 당혹스러워서였다.

그때 7시를 알리는 종이 울렸다. 동료들은 포그 씨에게 카드를 그만하고 떠날 준비를 하라고 권했다.

"난 항상 준비가 되어 있습니다. 다이아몬드를 뒤집었군요. 당신 차례입니다, 스튜어트 씨."

필리어스 포그가 카드를 돌리며 태연하게 말했다.

O4
필리어스 포그,
하인 파스파르투를 깜짝 놀라게 하다

그 후 필리어스 포그는 카드놀이에서 20기니를 따고는 7시 25분, 동료들과 작별 인사를 한 뒤 개혁 클럽을 떠났다. 그리고 7시 50분에 문을 열고 집 안으로 들어갔다.

하루 일과표를 꼼꼼하게 살펴 두었던 파스파르투는 정확한 시간을 어기고 나타난 포그 씨를 보고 깜짝 놀랐다. 일과표에 적힌 대로라면 새빌로의 주인은 정확히 자정에 집으로 돌아오게 되어 있었기 때문이다.

필리어스 포그는 우선 침실로 올라간 뒤 하인을 불렀다.

"파스파르투."

파스파르투는 대답하지 않았다. 지금은 그럴 시간이 아니었기 때문에 자신을 부르는 소리일 리가 없다고 생각했다.

"파스파르투."

포그 씨가 목소리를 높이지 않고 다시 불렀다.

파스파르투가 모습을 나타냈다.

"자네를 두 번 불렀네."

포그 씨가 말했다.

"하지만 아직 자정이 아닌데요."

파스파르투가 손목에 찬 시계를 보며 대답했다.

"알고 있네. 자네를 나무라는 게 아니야. 우리는 10분 후에 도버와 칼레(프랑스의 북부 도시)로 떠날 걸세."

프랑스 하인의 둥근 얼굴에는 어리둥절해하는 표정이 역력했다. 그는 잘못 들은 것이 분명하다고 생각했다.

"어디 가십니까?"

"그래. 우리는 세계 일주를 할 거야."

필리어스 포그가 대답했다.

그 순간 파스파르투는 자신이 할 수 있는 모든 놀란 증상을 보였다. 주인을 쳐다보는 눈동자가 커졌고 눈꺼풀은 치켜 올라갔으며 팔다리가 축 늘어진 채 온몸에는 기운이 빠졌다.

"세계 일주라니요!"

그가 중얼거렸다.

"80일 동안 세계 일주를 할 걸세. 그러니 지체할 시간이 없네."

포그 씨가 대답했다.

"여행 가방은 어떻게 하지요?"

파스파르투가 자기도 모르게 고개를 좌우로 흔들며 물었다.

"여행 가방은 필요 없네. 짐 가방 하나면 돼. 거기에 모직 셔츠 두 장, 양말 세 켤레를 넣게. 자네 것도 똑같이 준비하고. 나머지는 여행하면서 사면 되니까. 내 우비와 여행용 담요도 꺼내게. 튼튼한 구두도 가져오고. 하지만 걸을 일은 그리 많지 않을 거야. 어서 준비하게."

파스파르투는 어떻게든 반응하고 싶었지만 그럴 수가 없었다. 그는 포그 씨의 방에서 나와 자기 방으로 올라가 의자에 털썩 주저앉았다. 이런 상황에 어울리는 모국어가 절로 입 밖으로 새어 나왔다.

"이거야 원! 놀랠 노자로군. 조용하게 살고 싶었는데 하필 지금……."

하지만 그는 곧장 기계적으로 떠날 채비에 나섰다. 80일간의 세계 일주라니! 혹시 포그 씨는 정신이 온전하지 못한 사람일까? 아니야. 설마 농담이겠지! 도버에 가는 건 좋아. 칼레도 좋고. 어쨌든 5년 동안 걸음하지 못했던 고국으로 간다니 기분 나쁠 일은 아니지. 어쩌면 그저 파리 정도만 갈지도 몰라. 오랜만에 파리를 보면 반가울 테지. 평소 한 걸음도 허투루 내딛지 않는 신사가 그보다 멀리 갈 리는 없을 거야. 그래, 분명 그럴 가능성이 커. 하지만 지금까지 집에서만 지내던 양반이 갑자기 여행을 떠난다니 대체 이게 무슨 일이람!

8시, 파스파르투는 자신과 주인의 옷가지가 담긴 작은 가방을 준비했다. 그리고 여전히 혼란스러운 기분을 느끼며 조심스럽게 방문을 닫고 포그 씨에게로 갔다.

포그 씨는 이미 준비가 되어 있었다. 겨드랑이에 여행에 필요한 모든 정보를 제공해 줄 브래드 쇼의 《대륙의 철도 및 증기선 여행 안내서》를 끼고 있었다. 그는 파스파르투에게서 가방을 받아 열더니 세계 어디에서나 통용되는 두툼한 은행권 한 뭉치를 집어넣었다.

"빠뜨린 건 없겠지?"

"없습니다, 주인님."

"내 비옷과 담요는?"

"여기 있습니다."

"좋아. 이 가방을 들게."

포그 씨는 파스파르투에게 가방을 건넸다.

"조심해서 챙기게. 안에 2만 파운드가 들어 있으니까."

순간 파스파르투는 가방을 놓칠 뻔했다. 2만 파운드가 무거운 금덩이로 되어 있기라도 한 것처럼 느껴졌기 때문이었다.

주인과 하인은 아래층으로 내려가 현관문을 이중으로 잠갔다.

마차 정거장은 새빌로 가의 맨 끝에 있었다. 필리어스 포그와 하인을 태운 마차는 '사우스 이스턴 철도 노선'과 이어지는 역 중 하나인 채링 크로스 역으로 달렸다.

8시 20분, 마차가 기차역 앞에 멈추어 섰다. 파스파르투가 뛰어내렸고 주인이 뒤따라 내리며 마부에게 요금을 지불했다.

그때 아기를 안은 불쌍한 거지 여인이 포그 씨에게 다가가 돈을 구걸했다. 누더기 같은 옷에 다 해진 숄을 걸치고 깃털이 달랑 한 가닥 남은 낡은 모자를 쓴 여인은 맨발 차림으로 진흙탕 위에 서 있었다.

포그 씨는 주머니에서 조금 전에 휘스트에서 딴 20기니를 꺼내 여인에게 주었다.

"이걸 받아요. 당신을 만나서 다행입니다."

그리고 길을 재촉했다.

파스파르투는 눈에 눈물이 차오르는 것을 느꼈다. 그는 주인의 행동에 큰 감동을 받았다.

포그 씨와 파스파르투는 곧장 대합실로 들어갔다. 필리어스 포그는 파스파르투에게 파리행 1등석 표 두 장을 끊어 오라고 했다. 그가 돌아서는 순간, 개혁 클럽의 동료 다섯 명이 눈에 들어왔다.

"여러분, 저는 이제 출발합니다. 이 여행을 위해 여권을 가져갑니다. 여권에 찍힌 도장을 보시면 제가 어느 나라에 갔었는지 확인하실 수

있을 겁니다."

포그 씨가 말했다.

"오, 포그 씨! 그럴 필요는 없습니다. 저희는 신사다운 포그 씨의 말
을 믿습니다."

고티에 랠프가 정중하게 대답했다.

"하지만 전 이 편이 더 좋습니다."

포그 씨가 말했다.

"언제까지 돌아와야 하는지 잊지 않으셨겠죠?"

앤드류 스튜어트가 말했다.

"80일 후, 1872년 12월 21일 토요일 8시 45분입니다. 그럼 이만 가보겠습니다, 여러분."

8시 40분, 필리어스 포그와 하인은 같은 객실에 자리를 잡았다. 8시 45분에 경적이 울리고 기차가 출발했다.

칠흑처럼 까맣고 부슬부슬 비가 내리는 밤이었다. 구석에 앉은 필리어스 포그는 아무런 말도 하지 않았다. 파스파르투는 여전히 충격에서 벗어나지 못한 채 은행권이 든 가방을 자동적으로 꽉 껴안았다.

하지만 기차가 시드넘을 지나기도 전에 파스파르투는 절망에 찬 비명을 내질렀다.

"무슨 일인가?"

포그 씨가 물었다.

"너무 서두르느라…… 그만. 정신이 없어서…… 깜빡했습니다."

"뭘?"

"제 방의 가스등을 끄는 걸 말입니다."

"흠, 그렇다면 그건 자네가 요금을 내야 되겠군!"

필리어스 포그가 냉정하게 대답했다.

05

런던 증권 거래소에
새로운 주식이 나타나다

런던을 떠날 때 필리어스 포그는 자신의 여행이 어떤 영향을 불러올지 전혀 짐작하지 못했다. 먼저 개혁 클럽 안에서 퍼져 나간 내기에 대한 소문은 저명한 회원들 사이에서 엄청난 파장을 일으켰다. 그리고 기자들을 통해 클럽에서 신문사로 옮겨졌고, 신문을 통해 런던을 거쳐 영국 전역으로 퍼져 나갔다.

'필리어스 포그의 세계 일주'라는 주제로 여기저기에서 토론과 논쟁과 분석이 이루어졌다. 마치 '앨라배마 호 사건(미국 남북 전쟁의 후속 처리를 두고 영국과 미국 간에 일어난 분쟁)' 같은 국제 분쟁이라도 되는 것처럼 열기가 뜨거웠다. 필리어스 포그의 편을 드는 사람들이 있는가 하면 반대편에 선 사람들도 있었다. 그것도 잠시, 곧 대다수의 사람들이 반대편에 섰다. 종이 위에서 하는 이론 계산이 아닌 실제로 그렇게 짧은 시간 동안 현재 이용 가능한 교통수단으로 세계를 일주하는 것은 불가능할 뿐만 아니라 정신 나간 짓이라는 것이었다!

《타임스》, 《스탠더드》, 《이브닝 스타》, 《모닝 크로니클》 이외에도 높은 판매 부수를 자랑하는 10여 개가 넘는 신문들이 포그 씨의 반대편에 섰다. 오직 《데일리 텔레그래프》만 그를 어느 정도 지지할 뿐이었다. 필리어스 포그가 강박증에 사로잡힌 미치광이라는 의견이 대부분이었다. 개혁 클럽 회원들은 제정신이 아닌 것이 분명한 사람이 제의한 내기에 응했다는 이유로 비난받았다.

이 사건에 관하여 지나치게 열정적이면서도 논리적인 기사가 연일 보도되었다. 알다시피 영국에서는 지리에 관한 것이라면 무엇이든 많은 관심을 보인다. 그리하여 필리어스 포그에 관한 기사라면 사회 계층을 떠나 누구라고 할 것 없이 엄청난 관심을 가지고 읽어 댔다.

처음 며칠 동안은 자유로운 성향의 사람들이 그의 편을 들었다. 주로 여성이 많았는데, 특히 《일러스트레이티드 런던 뉴스》가 개혁 클럽 자료실에 보관된 사진을 바탕으로 필리어스 포그의 초상화를 실은 후였다. 일부 신사 중엔 이렇게 말하는 사람도 있었다.

"안 될 것도 없잖아? 더 기상천외한 일도 일어나는데!"

그들은 대부분 《데일리 텔레그래프》의 독자였다. 하지만 곧 이 신문을 읽는 독자들의 지지마저 약해지기 시작했다.

그러다 마침내 10월 7일《영국왕립 지리 학회》회보에 장문의 기사가 실렸다. 여러 관점에서 문제점을 살펴본 결과, 이 계획이 정신 나간 짓이라는 기사 내용이었다. 그 기사에 따르면 인재든 자연재해든 모든 것이 여행자에게 불리했다. 계획이 성공하려면 출발 시간과 도착 시간이 기적적으로 들어맞아야 하는데 그런 일은 존재하지도 않고 존재할 수도 없었다. 그나마 이동 거리가 비교적 짧은 유럽에서는 기차가 정각에 도착할 수 있겠지만 인도를 횡단하는 데 3일, 미국까지는 7일이 걸리는데 그 계산이 정확하다는 것을 어떻게 장담할 수 있을까? 기계 고장, 기차 탈선, 예상치 못한 사건, 폭설과 같은 악천후 등이 전부 필리어스 포그에게 불리하게 작용하지 않을까? 겨울에 운행하는 증기선은 세찬 바람과 안개에 영향을 받는다. 가장 빠르다고 하는 대서양 횡단 여객선도 2~3일 연착되는 일이 종종 일어나지 않은가? 이렇게 하나라도 연착되면 도미노처럼 전체 일정이 틀어지고 만다. 만약 필리어스 포그가 몇 시간 차이로 여객선을 놓친다면 다음 여객선을 기다려야만 할 테고 그것이 여행 일정 전체에 치명적인 영향을 끼칠 것이다.

그 기사는 엄청난 반향을 일으켰다. 거의 모든 신문이 그 기사를 옮겨 실었고 필리어스 포그의 주가도 크게 떨어졌다.

필리어스 포그가 출발하고 며칠 동안 그의 위험한 도전을 두고 꽤 큰 내기가 이루어졌다. 잘 알려진 사실이지만 영국의 지적인 상류 계층은 도박보다 내기를 많이 한다. 내기는 영국인의 특징이다. 개혁 클럽의 수많은 회원이 필리어스 포그의 편 또는 반대편에 서서 상당한 돈을 걸었다. 일반 대중도 마찬가지였다. 필리어스 포그는 마치 경주마라도 되는 것처럼 일종의 혈통서에 등록되었다. 이것은 새로운 주식으로 만들어져 곧바로 런던 증권 거래소에 상장되기까지 했다. 사람들이 '필리어스 포그 주'를 사거나 파는 가운데 엄청난 금액이 거래되었다. 하지만 그가 출발한 지 5일 후 《영국왕립 지리 학회》 회보의 기사가 발표되자 사람들은 필리어스 포그 주를 일제히 팔아넘기기 시작했고 주가가 폭락했다. 엄청나게 많은 주식이 시장에 쏟아져 처음에는 5 대 1로 거래되던 것이 그 다음에는 10 대 1로 되더니 결국

20, 50, 100 대 1까지 늘어났다!

이제 필리어스 포그의 남은 지지자는 딱 한 명뿐이었다. 중풍에 걸린 늙은 앨버메일 경이었다. 그는 휠체어에 묶인 신세였으므로 세계 일주를 할 수만 있다면 10년이 걸린다고 해도 전 재산을 내놓았으리라! 그는 필리어스 포그의 편에 서서 5,000파운드를 걸었다. 사람들이 어리석고 부질없는 짓이라고 말했지만 그는 이렇게 대답할 뿐이었다.

"그게 실행 가능한 일이라면 당연히 영국인이 가장 먼저 해야지!"

이러한 상황 속에서 필리어스 포그의 지지자는 나날이 줄어들었고 결국 모두가 그의 반대편으로 돌아섰다. 그럴 이유는 충분했다. 필리어스 포그 주가 150 대 1에서 200 대 1로 겨우 거래될 무렵, 그가 출발한 지 7일 만에 뜻밖의 사건이 발생했기 때문이었다.

그날 밤 9시에 런던 경찰청장은 다음과 같은 내용의 전보를 받았다.

런던 경찰청

로완 경찰청장 귀하

은행 강도 필리어스 포그를 쫓고 있음.

즉시 봄베이로 체포 영장을 보내 주기 바람.

수에즈에서 픽스 형사

이 전보는 즉각 엄청난 파장을 일으켰다. '명망 있는 신사'가 이제 '은행 강도' 신세로 전락했던 것이다. 경찰은 다른 회원들과 함께 개혁 클럽에 보관되어 있던 필리어스 포그의 사진을 철저하게 살폈다. 그것은 경찰 수사 결과에서 밝혀진 은행 강도의 인상착의와 하나에서 열까지 똑같았다. 사람들은 필리어스 포그가 혼자 은밀하게 생활했고 갑작스럽게 떠났다는 사실을 떠올렸다. 그가 난데없이 세계 일주를 운운하며 터무니없는 내기를 밀어붙인 이유가 영국 경찰의 추적을 피하기 위해서였다는 사실이 명백해 보였다.

06

픽스 형사, 초조해하다

필리어스 포그와 관련된 전보가 보내지게 된 상황은 다음과 같았다.

10월 9일 수요일, 여객선 몽골리아 호는 오전 11시에 수에즈 운하에 도착할 예정이었다. '인도 반도 및 동양 선박 회사'의 몽골리아 호는 철제 경갑판을 갖추고 있는 철제 증기선으로써, 프로펠러로 움직이며 중량 2,800톤에 500마력의 속도를 자랑한다. 몽골리아 호는 정기적으로 수에즈 운하를 통해 이탈리아 브린디시에서 인도 봄베이 구간을 운항하고 있었다. 회사에서 가장 빠른 증기선으로 브린디시와 수에즈 구간은 시속 10마일, 수에즈와 봄베이 구간은 9.53마일(미국과 영국의 거리 단위로, 1마일은 1,609킬로미터다.)이 규정 속도였지만 언제나 그보다 빨리 달렸다.

부두에는 두 남자가 현지인과 외국인들 사이를 왔다 갔다 하며 몽골리아 호를 기다리고 있었다. 이곳은 불과 얼마 전까지만 해도 작은 마을에 불과했지만 페르디낭 드 레셉스 씨가 추진한 사업 덕분에 성공적인 미래를 보장받으며 활기를 띠게 되었다.

두 남자 중 한 명은 수에즈 주재 영국 영사였다. 그는 영국 정부의 비관적인 예측과 토목 기사 스티븐슨의 불길한 예언에도 불구하고 날마다 영국 배들이 이 운하를 지나는 모습을 지켜보았다. 운하 덕분에 영국에서 희망봉을 거쳐 인도로 가던 옛날 항로에 비해 거리가 절반이나 줄어들었다.

다른 한 남자는 키가 작고 마른 몸집에 매우 똑똑해 보이는 인상이었지만, 시종일관 얼굴을 찌푸리며 초조해 보였다. 날카로운 눈빛이 긴 속눈썹에 감추어져 있었지만 얼마든지 부드러운 눈빛을 보일 수 있는 남자였다. 그는 제자리에 가만히 있지 못하고 계속 왔다 갔다 하면서 초조한 모습을 보였다.

그 남자의 이름은 픽스로, 영국 은행의 절도 사건 이후로 여러 항구로 파견된 영국 형사 중 한 명이었다. 픽스 형사는 수에즈 항로를 지나는 모든 여행객을 감시하고 수상한 사람이 있을 경우 체포 영장이 나올 때까지 미행하는 책임을 맡고 있었다.

이틀 전, 픽스 형사는 영국 경찰청장으로부터 절도 용의자의 인상착의를 전달받았다. 영국 은행의 현금 출납실에서 목격된 옷을 잘 차려

입은 신사에 대한 설명이었다.

범인을 체포할 경우 막대한 포상이 주어진다는 사실에 자극받은 그는 매우 초조해하면서 몽골리아 호가 도착하기만을 기다렸다.

"영사님, 배가 곧 도착한다고 하셨지요?"

픽스 형사가 벌써 몇 번째인지도 모를 질문을 또다시 했다.

"그렇습니다, 픽스 씨. 어제 포트사이드를 지나갔다는 보고가 들어왔습니다. 몽골리아 호처럼 빠른 여객선이라면 100마일은 금방 지나오죠. 다시 말씀드리지만 여객선이 예정 시간보다 24시간 빨리 도착할 경우 정부에서 25파운드의 보너스를 주는데, 몽골리아 호는 그 상금을 놓친 적이 없습니다."

영사가 대답했다.

"브린디시에서 곧바로 오는 거지요?"

픽스가 물었다.

"그렇습니다. 브린디시에서 인도로 가는 우편물을 싣고 곧바로 옵니다. 토요일 오후 5시에 브린디시를 출발했으니까 기다려 보세요. 이제 금방 도착할 겁니다. 그런데 몽골리아 호에 범인이 타고 있다고 해도 인상착의만 가지고 알아볼 수 있을지 모르겠군요."

"영사님, 그런 인간들은 알아보는 게 아니라 냄새를 맡는 겁니다. 그러려면 특별한 직감이 필요하지요. 청각과 시각, 후각이 합쳐진 특별한 직감이 말입니다. 저는 지금까지 그런 신사들을 여러 명 체포했습니다. 범인이 배에 타고 있다면 절대로 제 손을 빠져나갈 수 없을 것입니다."

픽스가 자신만만하게 대답했다.

"그랬으면 좋겠군요, 픽스 씨. 엄청난 사건이니까요."

"정말 엄청나지요. 5만 5,000파운드라니! 이렇게 액수가 큰 절도 사건은 흔하지 않지요! 요즘은 범죄자들이 갈수록 쩨쩨해지고 있거든요. 영국에는 대도가 사라지고 있어요. 고작 단돈 몇 실링을 훔치는 정도지요."

픽스 형사가 흥분해서 말했다.

"픽스 씨, 범인을 꼭 잡길 바랍니다. 하지만 정황상 쉽진 않을 것 같군요. 가지고 계신 인상착의를 보면 매우 점잖은 사람처럼 보이니까요."

"영사님, 큰 도둑들은 전부 점잖은 사람처럼 보인답니다. 사기꾼처럼 생긴 사람들은 법을 어기지 않고 착하게 사는 수밖에 선택의 여지가 없어요. 범죄를 저질렀다가는 금방 잡힐 테니까요. 정직하게 생긴 얼굴이야말로 유심히 살펴야 합니다. 어려운 일이라는 것은 저도 인정합니다. 직업을 넘어 예술의 경지에 올라야 하니까요."

픽스 형사가 단호한 어투로 말했다.

한편 부두는 점점 더 분주해졌다. 다양한 나라의 선원들, 상인들, 중개인들, 짐꾼들, 노동자들이 떼로 몰려들었다. 곧 여객선이 도착할 게 분명해 보였다.

날씨는 화창했지만 동쪽에서 불어오는 바람 때문에 공기가 차가웠다. 흐릿한 햇살 속에서 도시 위로 우뚝 솟은 이슬람 사원의 뾰족탑이 보였다. 남쪽으로는 2,000미터 길이의 방파제가 수에즈 운하 쪽으로 팔처럼 뻗어 있었다. 고깃배와 연안 선박 몇 척이 홍해 위에서 흔들리고 있었고, 그중 몇몇은 고대 갤리선(그리스 로마 시대 때부터 18세기까지 사용되었던 길쭉한 모양의 배로 노를 주동력 사용하고 돛은 보조적으로 쓰인다.)처럼 우아한 모습을 간직하고 있었다.

픽스 형사는 인파 사이를 종횡무진하며 직업적인 습관에 따라 지나가는 사람들을 재빨리 훑어보았다.

이제 시간은 10시 30분이 되었다.

"배가 안 올 것 같군요."

그가 부두의 시계 소리를 들으며 소리쳤다.

"멀지 않은 곳에 있을 겁니다."

영사가 말했다.

"수에즈에는 얼마나 머무릅니까?"

픽스 형사가 물었다.

"4시간입니다. 석탄을 싣는 데 걸리는 시간이에요. 수에즈에서 홍해 맨 끝에 있는 예멘의 아덴 항구까지 1,310해리(항공, 항해에서 사용하는 거리 단위로, 1해리는 1,852킬로미터다.)니까 충분한 연료가 필요하지요."

"수에즈에서 봄베이까지는 곧바로 가나요?"

"짐도 내리지 않고 곧장 갑니다."

"범인이 여기로 오는 배를 타고 있다면 수에즈에서 내리려고 할 겁니다. 네덜란드나 프랑스령 아시아 국가로 가기 위해서요. 인도는 영국령이니 안전하지 않다는 것을 알고 있을 겁니다."

"대단히 똑똑한 사람이 아니라면 그럴 겁니다. 아시다시피 영국인 범죄자들은 해외보다는 런던에 숨는 편이 더 쉬우니까요."

영사가 말했다.

픽스 형사는 영사의 말에 곰곰이 생각에 잠겼다. 영사는 멀지 않은 곳에 있는 사무실로 돌아갔다. 혼자 남은 형사는 끊임없이 초조함을 느꼈다. 범인이 몽골리아 호에 탔을 것만 같은 기이한 예감이 들었던 것이다. 이 사기꾼이 신세계(아메리카처럼 당시 새롭게 발견된 나라를 신세계로 일컬었다.)로 가기 위해 영국을 떠났다면 대서양 항로보다 감시가 힘들고 허술한 인도 항로를 택했을 가능성이 높았다.

픽스는 오랜 시간 생각에 빠져 있지 않았다. 여객선의 도착을 알리는 날카로운 기적 소리가 들렸기 때문이다. 짐꾼과 노동자들은 거칠고 위협적으로 서로를 밀쳐 대며 서둘러 부두로 향했다. 10여 척의 작은 배도 몽골리아 호를 맞이하기 위해 나아갔다.

잠시 후 운하로 들어오는 거대한 몽골리아 호가 시야에 들어왔다. 이 증기선은 11시를 알리는 시계 종이 울림과 동시에 배기관으로 시끄럽게 증기를 내뿜으며 항구에 멈춰 섰다.

많은 승객이 갑판에 나와 있었다. 그중 몇몇은 갑판에 남아 그림 같은 도시의 풍경을 감상했지만, 대부분은 몽골리아 호 옆에 와 있는 소형 배에 올라탔다.

픽스 형사는 육지에 발을 내딛는 모든 승객을 자세히 살폈다.

그때 한 승객이 도와주겠다고 나서는 일꾼들을 밀치고 픽스 형사에게 다가왔다. 승객은 공손한 태도로 픽스 형사에게 영국 영사관의 위치를 물었다. 아마도 비자 도장을 받으려는 듯 손에 든 여권도 함께 내밀었다.

픽스는 본능적으로 여권을 받아들고 재빨리 그곳에 기재된 인적사항을 읽었다.

그는 자신의 반응을 통제하기가 힘들었다. 손에 든 여권이 떨렸다. 그 여권에 기재된 인상착의는 런던 경찰청장이 보내 준 인상착의와 동일했다.

"이건 당신의 여권이 아니로군요?"

픽스 형사가 승객에게 물었다.

"그렇습니다. 제 주인님 여권입니다."

"그분은 어디 계시죠?"

"아직 배에 계십니다."

"신분을 증명하려면 본인이 직접 영사관에 가야 합니다."

"뭐라고요! 꼭 그래야만 합니까?"

"꼭 그래야만 합니다."

"영사관은 어디에 있습니까?"

"저기, 광장 모퉁이에 있습니다."

픽스 형사는 약 200미터 떨어진 건물을 가리켰다.

"그렇다면 가서 주인님을 모셔와야겠군요. 번거롭다고 언짢아하실 게 분명해."

승객은 픽스 형사에게 인사하고 증기선으로 돌아갔다.

07
여권은 경찰 수사에 아무 쓸모없다는 사실이
다시 한 번 입증되다

픽스 형사는 부두로 내려가 재빨리 영사관으로 향했다. 급한 일이라고 강조한 덕분에 곧바로 영사에게 안내되었다.

"영사님, 범인이 몽골리아 호에 탔다고 생각되는 유력한 증거를 잡았습니다."

픽스 형사는 곧장 본론으로 들어갔다.

픽스는 여권 때문에 하인과 만나게 된 이야기를 했다.

"글쎄요, 픽스 씨. 저도 범인이 어떻게 생겼는지 꼭 보고 싶군요. 하지만 정말로 범인이 맞다면 영사관에 나타나지 않을 겁니다. 도둑은 흔적을 남기려고 하지 않을 테고, 여권에 도장을 찍는 게 의무도 아니니까요."

"영사님, 우리가 예상한 대로 영리한 작자라면 여기에 올 겁니다."

픽스 형사가 대답했다.

"여권에 도장을 받으러 말입니까?"

"네. 여권은 법을 준수하는 시민들에게는 불편함만 안겨 주지만, 사기꾼에게는 쉽게 도망칠 수 있도록 도와주거든요. 분명히 그자가 이리로 올 테니 여권에 도장을 찍어 주지 마시길 바랍니다."

"어떻게 그럴 수 있겠습니까? 여권이 정상이라면 날인을 거부할 권한이 없습니다."

영사가 말했다.

"하지만 영사님, 런던에서 체포 영장이 도착할 때까지 그자를 여기 붙잡아 둬야만 합니다."

"그건 형사님 사정이고요. 제가 그럴 이유는……."

영사는 미처 말을 끝내지 못했다. 그때 문을 두드리는 소리가 들리고 사환이 두 사람을 데리고 왔다. 그중 한 사람은 방금 전에 픽스 형사와 이야기를 나눈 하인이 분명했다.

이번에는 주인도 함께였다. 주인은 영사에게 여권을 보여 주며 도장을 찍어 달라고 간결하고 상냥하게 요청했다.

영사가 여권을 받아들고 꼼꼼하게 읽는 동안 픽스 형사는 사무실 구석에 서서 낯선 자를 뚫어져라 쳐다보았다.

영사가 여권을 확인한 뒤 물었다.

"필리어스 포그 씨입니까?"

"네, 영사님."

신사가 대답했다.

"이쪽은 하인이고요?"

"네. 프랑스인이고 파스파르투라고 합니다."

"런던에서 오셨습니까?"

"네."

"어디로 가시죠?"

"봄베이로 갑니다."

"좋습니다. 비자 절차가 필요 없어졌고 여권을 제출할 이유도 없다는 것을 알고 계십니까?"

"알고 있습니다, 영사님. 하지만 수에즈에 있었다는 것을 입증해 줄 날인이 필요합니다."

필리어스 포그가 대답했다.

"알겠습니다."

영사는 여권에 서명하고 날짜를 적은 뒤 도장을 찍어 주었다. 포그 씨는 수수료를 내고 정중하게 인사한 뒤 하인을 거느리고 나갔다.

"어떻습니까?"

픽스 형사가 물었다.

"법을 준수하는 모범 시민으로 보이는데요."

영사가 대답했다.

"그럴 수도 있지만 중요한 것은 그게 아닙니다. 저 침착한 신사가 제가 받은 범인의 인상착의와 꼭 닮은 것 같지 않으십니까?"

픽스 형사가 물었다.

"그렇긴 합니다만, 아시다시피 인상착의라는 것이……."

"저는 반드시 진상을 밝혀내고 말겠습니다. 하인 쪽은 주인보다 파악하기 쉬워 보이더군요. 게다가 프랑스 사람이니까 오랫동안 입을 다물고 있지는 못할 겁니다. 그럼 또 뵙겠습니다, 영사님."

픽스 형사는 이렇게 말하고 나가서 파스파르투를 찾기 시작했다.

한편 포그 씨는 영사관을 나와 부두로 향했다. 그곳에서 하인에게 몇 가지 심부름을 시킨 후 소형 배를 타고 몽골리아 호의 객실로 돌아갔다. 그리고 다음과 같은 내용이 적힌 수첩을 꺼내 펼쳤다.

10월 2일 수요일, 저녁 8시 45분, 런던 출발

10월 3일 목요일, 오전 7시 20분, 파리 도착

목요일, 오전 8시 40분, 파리 출발

10월 4일 금요일, 오전 6시 35분, 몽스니를 경유하여 토리노 도착

금요일, 오전 7시 20분, 토리노 출발

10월 5일 토요일, 오후 4시, 브린디시 도착

토요일, 오후 5시, 몽골리아 호 승선

10월 9일 수요일, 오전 11시, 수에즈 도착

총 소요 시간 : 158.5시간(6.5일)

  포그 씨는 이렇게 줄을 그어 만든 여행 계획표에 10월 2일부터 12월 21일까지의 날짜와 요일을 기입하고는 파리, 브린디시, 수에즈, 봄베이, 캘커타, 싱가포르, 홍콩, 요코하마, 샌프란시스코, 뉴욕, 리버풀, 런던 같은 주요 중간 지점의 예상 도착 시간과 실제 도착 시간을 적어 넣었다. 이는 각 지점마다 시간을 얼마나 벌고 지체했는지 확인할 수 있게 해주었다.

  이렇게 모든 것이 상세하게 포함된 여행 계획표 덕분에 포그 씨는 예정보다 빠른지 혹은 늦은지 언제라도 알 수 있었다.

  그는 10월 9일 수요일, 수에즈에 도착했다고 기록했다. 도착 예정 시간과 정확히 일치했으므로 시간을 번 것도 잃은 것도 아니었다.

  그러고 나서 그는 객실로 배달된 점심을 먹었다. 시내 구경은 할 생각조차 하지 않았다. 그는 관광도 하인에게 대신 시킨다는 영국인이었기 때문이다.

08
파스파르투,
지나치게 말을 많이 하다

픽스 형사는 재빨리 쫓아가 부두에 있는 파스파르투를 따라잡을 수 있었다. 파스파르투는 관광에 흥미가 없는 주인과 달리 이리저리 구경을 하며 걷고 있는 중이었다.

"이보세요. 여권에 도장은 받았나요?"

픽스가 다가가며 물었다.

"아, 선생님이시군요. 만나서 반갑습니다. 서류 준비는 다 됐습니다."

프랑스 남자가 대답했다.

"관광 중이신가요?"

"네. 하지만 워낙 급하게 다니다 보니 정신이 하나도 없네요. 그러니까 여기가 수에즈 맞지요?"

"맞습니다."

"이집트가 맞고요?"

"이집트가 맞습니다."

"아프리카라는 거지요?"

"아프리카입니다."

"아프리카라니! 믿을 수가 없네요. 파리보다 더 멀리 가게 될 줄은 몰랐는데. 그 멋진 도시를 볼 수 있었던 건 고작 아침 7시 20분부터 8시 40분까지였습니다. 그것도 북부 역에서 리옹 역으로 가는 마차 창문 너머 억수같이 쏟아지는 빗줄기 사이로 말이지요. 이렇게 안타까울 데가! 페르 라쉐즈 묘지와 샹젤리제 광장을 꼭 다시 보고 싶었는데!"

"아주 급하신 모양이군요?"

형사가 물었다.

"제가 아니라 주인님이 바쁘죠. 그건 그렇고 저는 양말이랑 셔츠를 사러 가야 합니다. 여행 가방도 없이 작은 가방만 하나 덜렁 들고 왔거든요."

"필요한 물건을 전부 살 수 있는 시장까지 안내해 드리겠습니다."

"선생님은 정말로 친절하시군요!"

파스파르투가 말했다.

그리하여 두 사람은 함께 길을 나섰다. 파스파르투는 계속 잡담을 늘어놓았다.

"무엇보다 저는 배를 놓치지 않도록 신경 써야 합니다."

"시간은 많아요. 아직 정오밖에 안 됐으니까요."

픽스가 말했다.

파스파르투가 커다란 시계를 꺼냈다.

"정오라고요? 말도 안 돼요! 아직 9시 52분인데요."

"당신의 시계가 늦군요."

픽스가 대답했다.

"내 시계가 늦다고요? 이 시계는 증조할아버지 때부터 내려온 우리 집안의 가보예요. 일 년에 5분도 오차가 나지 않아요. 정말로 정확한 정밀 시계라고요."

"아, 왜 그런지 알겠습니다. 아직 런던 시간이군요. 런던이 수에즈보다 2시간 정도 느립니다. 다른 나라에 갈 때마다 그 나라 시간에 맞춰야 해요."

"내 시계의 시간을 바꾸라고요? 절대로 그럴 수는 없습니다."

파스파르투가 소리쳤다.

"그럼 태양과 시간이 맞지 않게 됩니다."

"태양한테는 안 된 일이로군요. 태양이 틀린 거니까요."

파스파르투는 자랑스럽게 시계를 조끼 주머니에 집어넣었다.

잠시 후 픽스가 물었다.

"런던을 급하게 떠났다고요?"

"그렇죠! 지난 수요일, 포그 씨가 평소답지 않게 저녁 8시에 클럽에서 돌아왔고, 정확히 45분 후에 출발했거든요."

"그런데 주인 양반은 정확히 어디로 가시는 거죠?"

"앞으로 쭉요. 세계 일주를 하시는 중이거든요."

"세계 일주라고요?"

픽스가 소리쳤다!

"네. 80일 동안요! 내기를 했다는데, 우리끼리 얘기지만 저는 털끝만큼도 믿지 않습니다. 딱 봐도 말이 안 되잖아요. 다른 뭔가가 있어요."

"아! 포그 씨는 괴짜인가요?"

"그런 것 같아요."

"부자고요?"

"물론이죠. 빳빳한 새 지폐를 잔뜩 가지고 다니시죠. 그 돈을 아끼지 않고 쓰시고요. 예정보다 일찍 봄베이에 도착하면 몽골리아 호 기관사에게 엄청난 보너스를 주겠다고 약속하셨죠."

"주인 양반을 안 지는 오래되었나 보죠?"

"저요? 하인이 된 바로 그날 여행길에 올랐는걸요."

파스파르투가 말했다.

그렇지 않아도 잔뜩 흥분한 상태였던 픽스 형사에게 그 대답이 어떤 영향을 미쳤는지는 빤한 일이었다.

절도 사건이 일어난 지 얼마 후 런던을 급하게 떠난 것이나 많은 돈을 가지고 다니는 것, 먼 해외까지 빨리 가려고 하는 것, 터무니없는 내기를 핑계로 삼은 것, 이 모든 정황이 픽스 형사의 생각에 확신을 심어 주고 있었다. 프랑스 남자에게 말을 더 시켜 본 결과 픽스는 그가 주인에 대해 잘 모른다는 것과 그 주인이 런던에 혼자 살며 부자라고는 하지만 어떻게 돈을 벌었는지 아는 사람이 없으며, 속을 알 수 없는 수수께끼 같은 사람이라는 것 등을 알아낼 수 있었다. 그리고 필리어스 포그가 수에즈에 내리지 않고 정말로 봄베이로 갈 것이라는 사실도 확신하게 되었다.

"봄베이는 먼가요?"

파스파르투가 물었다.

"꽤 멀지요. 배로 열흘 정도 걸리니까요."

픽스 형사가 대답했다.

"봄베이는 어디에 있습니까?"

"인도요."

"아시아 아닌가요?"

"그렇죠."

"맙소사! 사실 걱정거리가 한 가지 있습니다. 제 방의 등이요!"

"무슨 등 말인가요?"

"가스등이요. 깜빡하고 끄고 오지 않아서 제가 가스비를 내야 합니다. 계산을 해봤더니 하루에 2실링인데, 제 하루 수입보다 6펜스가 많아요. 이 여행이 계속 이어진다면 분명······."

픽스가 가스비를 걱정하는 파스파르투를 이해했을 리는 없었다. 이미 그는 파스파르투의 말을 흘려들으며 자신이 해야 할 일을 결정하고 있었다. 그러는 사이 프랑스 남자와 그는 시장에 도착했다. 픽스는 파스파르투에게 필요한 물건을 사라고 했고, 몽골리아 호의 출발 시간을 놓치지 말라고 당부한 후 영사관으로 돌아갔다.

이제 완전히 심증을 굳힌 그는 냉정을 되찾을 수 있었다.

"영사님, 이제 의심의 여지가 없습니다. 그자가 범인이에요. 80일 만에 세계 일주를 하겠다고 주장하는 괴짜로 위장했더군요."

"교활하군요. 두 대륙의 모든 경찰을 따돌리고 런던으로 돌아올 생각인 것 같군요!"

영사가 말했다.

"두고 보면 알겠지요."

픽스가 대답했다.

"그런데 확실한 건가요?"

영사가 다시 물었다.

"틀림없습니다."

"그렇다면 무엇 때문에 수에즈를 지나갔다는 도장을 여권에 받으려고 했을까요?"

"왜냐고요? 그건 저도 모릅니다. 하지만 제 말을 들어 보세요."

그는 하인에게 들은 말 중에서 중요한 부분만 간략하게 말해 주었다.

"정말로 모든 정황이 그 사람이 범인이라고 말해 주고 있군요. 이제 어떻게 하실 겁니까?"

영사가 물었다.

"런던에 전보를 쳐서 봄베이로 체포 영장을 보내 달라고 할 겁니다. 그리고 몽골리아 호를 타고 인도까지 쫓아가서 영국령에 도착하면 한 손엔 체포 영장을 들고, 다른 한 손엔 그자의 어깨를 움켜잡고 체포해야지요."

픽스 형사는 냉정하게 말을 끝낸 뒤 영사관을 나와 전보국으로 향했다. 그곳에서 앞에서 언급한 내용의 전보를 런던 경찰청장에게 보냈다.

15분 후 그는 간단한 짐과 여비를 넉넉이 챙겨서 몽골리아 호에 올랐다. 쾌속 증기선은 홍해를 가르며 힘차게 나아갔다.

09

홍해와 인도양이
필리어스 포그를 유리하게 이끌다

수에즈에서 아덴까지의 거리는 정확히 1,310해리로, 선박 회사의 항해 일정에는 증기선이 이 구간을 138시간 안에 통과하도록 되어 있었다. 몽골리아 호는 예정된 시간보다 일찍 도착하기 위해 엔진을 최대한 가동하며 빠르게 달렸다.

브린디시에서 탄 승객들은 대부분 인도가 목적지였다. 봄베이로 가거나 캘커타로 가는 사람들도 있었지만 캘커타를 가는 사람들 역시 봄베이를 거쳐야 했다. 인도 반도를 통과하는 철도가 개통된 이후로 실론 섬까지 돌아서 갈 필요가 없어졌기 때문이다.

몽골리아 호 승객 중에는 다양한 공무원과 여러 계급의 육군 장교들이 있었다. 장교들 중에는 영국 육군에 속한 이들과, 인도인 병사(인도가 영국의 식민 지배를 받을 당시 영국인들이 세운 동인도 회사에 고용되었던 인도인 병사)들로 이루어진 군대를 지휘하는 이들도 있었다. 이제 영국 정부가 옛 동인도 회사에 대한 책임과 비용을 맡고 있었지만 여전히 장교들은 모두 높은 봉급을 받고 있었다. 소위는 해마다 280파운드, 준장은 2,400파운드, 장군은 4,000파운드를 받았다.

이들 외에도 배에는 새로운 사업을 위해 머나먼 나라로 떠나는 부유한 젊은 영국인들도 섞여 있었다. 따라서 몽골리아 호 안에서의 생활은 매우 호화스러웠다. 선박 회사에서 가장 신임하는 인재이자 선장과 동등한 자격을 가진 사무장은 멋지게 업무를 처리했다. 아침 식사에 이어 오후 2시에 점심, 5시 30분에 저녁, 8시에 야식이 제공되었다. 증기선의 정육점과 식재료실에서 준비한 신선한 고기와 갖가지 요리가 푸짐하게 차려졌다. 여성 승객들은 하루에 두 번씩 옷을 갈아입었다. 파도가 잠잠할 때면 연주되는 음악에 맞추어 춤도 추었다.

하지만 길고 좁은 만들이 그렇듯, 홍해는 변덕스럽고 파도가 거칠 때가 많았다. 프로펠러로 움직이는 방추형의 몽골리아 호는 아시아나 아프리카 쪽에서 바람이 불어올 때마다 배의 중앙 부분으로 바람을 받아 크게 흔들렸다. 그럴 때면 여자들은 순식간에 모습을 감추었고 피아노 소리도 잠잠해지고 노래와 춤도 멈췄다. 하지만 몽골리아 호는 강풍과 파도에도 불구하고 강력한 엔진 덕분에 일정대로 바브엘만데브 해협을 향해 달릴 수 있었다.

그동안 필리어스 포그는 무엇을 하고 있었을까? 사람들은 그가 불안해하며 걱정하고 있을 것이라고 생각할지도 모른다. 바람의 방향이 바뀌어 배에 영향을 끼치지 않을까, 갑작스러운 파도에 엔진이 부서지지 않을까, 사고로 몽골리아 호가 항구에 묶여 여행에 차질이 생기지 않을까 하고 말이다.

그러나 전혀 그렇지 않았다. 속으로는 그런 걱정을 하고 있었을지도 모를 일이지만 그는 겉으로 드러내지 않았다. 그는 여전히 침착했고, 어떤 일이나 사고에도 쉽게 동요하지 않는 개혁 클럽의 회원이었다. 그는 선박용 정밀 시계만큼이나 전혀 흔들림이 없었다. 갑판으로 나가는 일도 없었거니와 인류 역사의 무대이자 갖가지 사건들로 가득한 홍해에도 관심을 보이지 않았다. 이따금 지평선상에 그림 같은 실루엣을 드러내며, 해안을 따라 펼쳐진 도시 풍경을 보러 나가지도 않았다. 홍해의 위험에 대해 상상하는 일도 없었다. 홍해는 스트라본, 아리아누스, 아르테미도로스, 이드리시 같은 고대 역사가들이 늘 경외심을 담아 이야기를 전하는 곳이자, 옛날 항해가들이 반드시 신에게 제물을 바치는 의식을 치른 후에야 접근했던 곳이었다.

그렇다면 이 괴짜 신사가 몽골리아 호에 꼼짝없이 갇혀서 한 일은 무엇이었을까? 우선 그는 하루에 네 끼 식사를 했다. 배가 이리저리 흔들리고 굽이쳐도 기계처럼 정확하게 생활하는 그의 습관을 깨뜨리지는 못했다. 그리고 남은 시간에는 휘스트를 했다.

그랬다. 그는 배에서 자신만큼이나 휘스트를 좋아하는 동지들을 만났다. 고아의 사무실에서 근무하는 세금 징수원, 봄베이로 돌아가는 데시무스 스미스 목사, 바라나시에 있는 부대로 돌아가는 영국군 준장이었다. 이 세 명의 승객은 포그 씨만큼이나 휘스트를 좋아했던지라, 아무 말 없이 몇 시간이고 카드놀이에 열중했다.

그리고 다른 한 사람, 파스파르투로 말하자면 뱃멀미로 고생하는 일이 전혀 없었다. 그는 배 앞쪽에 있는 선실을 차지하고는 매끼를 꼬박 챙겨 먹었다. 이런 모습을 보면 그도 이 여행을 매우 즐기고 있는 듯했다. 이미 현실을 받아들인 것이다. 잘 먹고 잘 자며 여러 나라를 구경할 수 있을 뿐 아니라, 기이한 이 여행이 봄베이에서 끝날 거라고 혼자 확신하고 있었기 때문이다.

수에즈를 떠난 다음 날인 10월 10일, 갑판에 나가 있던 파스파르투는 이집트에 도착했을 때 자신을 도와준 상냥한 사람과 마주치고는 매우 반가워했다.

"제가 잘못 본 게 아니라면, 수에즈에서 친절하게 저를 도와주신 그분이 맞죠?"

"그렇습니다. 저도 기억납니다. 그 특이한 영국 분의 하인이시죠?"

픽스 형사가 대답했다.

"맞습니다. 성함이……?"

"픽스입니다."

"픽스 씨, 배에서 다시 만나다니 반갑습니다. 그런데 어디로 가십니까?"

"그게, 저도 봄베이에 갑니다."

"잘됐군요! 봄베이에 가보신 적이 있습니까?"

"여러 번 있지요. 전 인도 반도 및 동양 선박 회사의 직원입니다."

"그럼 인도에 대해 잘 아시겠군요?"

"그거야……, 그렇죠."

픽스는 이야기가 더 깊이 들어가지 않기를 바랐다.

"인도는 신기한 곳인가요?"

"아주 신기하죠. 이슬람교 사원과 뾰족탑, 절, 탁발승, 불탑, 호랑이, 뱀, 무희들! 그런데 인도를 구경할 시간이 있을 것 같은가요?"

"저야 그러길 바랍니다, 픽스 씨. 알다시피 정신이 온전한 사람이라면 80일 안에 세계 일주를 해야 한다는 이유로 증기선에서 기차로, 기차에서 다시 증기선으로 계속 갈아타면서 지낼 수는 없을 테니까요! 이 성가신 일도 봄베이에서 끝날 겁니다. 제가 장담합니다."

"포그 씨는 잘 지내시나요?"

픽스가 지나가는 말투로 물었다.

"아주 잘 지내십니다, 픽스 씨. 저도 그렇고요. 특히 저는 걸신 들린 것처럼 먹어 대고 있습니다. 바닷바람 때문인가 봐요."

"주인 양반은 갑판에 나와 있는 걸 한 번도 보질 못했네요."

"절대로 나오지 않으실 거예요. 주변에는 통 관심이 없으시거든요."

"파스파르투 씨, 80일간의 세계 일주가 외교적인 임무를 감추기 위한 수단일 수도 있다고 생각하지 않으십니까?"

"픽스 씨, 솔직히 말씀드려서 저는 잘 모르겠습니다. 솔직히 큰 관심도 없고요."

파스파르투와 픽스는 그 후로도 종종 만나 잡담을 나누었다. 픽스 형사는 포그 씨의 하인과 친해지려고 애썼다. 언젠가 쓸모가 있을 거라고 생각했기 때문이었다. 그래서 픽스는 몽골리아 호 안의 바에서 파스파르투에게 자주 위스키나 에일 맥주를 사주었다. 파스파르투는 흔쾌히 호의를 받아들였고 빚만 지는 것이 싫어 자신도 술을 샀다. 그는 픽스를 아주 괜찮은 사람이라고 생각했다.

몽골리아 호는 빠르게 앞으로 나아갔다. 10월 13일에는 폐허가 된 성벽으로 둘러싸인 항구 도시 모카가 모습을 드러냈다. 성벽 위로 푸른 야자나무가 솟아 있고, 저 멀리 보이는 산 사이로 커피나무가 거대한 들판 가득 펼쳐져 있었다. 파스파르투는 이 유명한 도시를 볼 수 있게 되어 대단히 기뻤다. 둥글게 에워싼 담벼락과 마치 손잡이처럼 한쪽이 삐져나와 있는 무너진 요새는 마치 거대한 커피 잔처럼 보였다.

그날 밤 몽골리아 호는 아랍어로 '눈물의 문'이라는 뜻을 가진 바브

엘만데브 해협을 지났고, 다음 날인 10월 14일에는 아덴 항구의 북서쪽에 위치한 부두에 정박했다. 연료를 넣기 위해서였다.

주요 산업 중심지에서 멀리 떨어진 곳에서 여객선의 연료를 채우는 것은 매우 중요한 일이었다. 인도 반도 및 동양 선박 회사만 보더라도 일 년에 연료비로 80만 파운드를 지출했다. 여러 항구에 연료 창고를 지어야 했을 뿐 아니라 이렇게 산업 중심지에서 멀리 떨어진 곳에서는 석탄이 1톤당 3파운드가 넘었기 때문이다.

몽골리아 호가 봄베이에 도착하려면 아직 1,650해리나 남았지만, 부두에서 석탄을 채우기 위해 4시간이나 머물러야 했다.

하지만 이렇게 지체하는 시간이 필리어스 포그의 여행에 막대한 차질을 주는 것은 아니었다. 그것도 이미 계산에 포함되어 있었기 때문이다. 게다가 몽골리아 호가 아덴에 도착한 시간은 10월 15일 오전이 아니라 14일 저녁이었다. 즉 예정보다 15시간이나 빨리 도착한 것이다.

포그 씨와 하인은 육지로 내려갔다. 이 영국 신사는 여권에 도장을 찍을 생각이었다. 픽스는 포그 씨의 눈에 띄지 않도록 뒤를 밟았다. 포그 씨는 날인을 받자마자 바로 배로 돌아와 휘스트를 계속했다.

파스파르투는 늘 그렇듯 사람들 사이를 돌아다녔다. 아덴의 인구는 2만 5,000명으로, 소말리아인, 인도인, 유대인, 아랍인, 유럽인으로 이루어져 있었다. 파스파르투는 이 도시의 견고한 요새와 거대한 저수조를 감탄스럽게 바라보았다. 2000년 전 솔로몬 왕의 기술자들이 시작한 저수조를 지금은 영국의 기술자들이 이어받아 계속 공사하고 있었다.

"굉장해. 정말로 굉장해. 새로운 것을 보고 싶은 사람에게는 여행이 최고구나."

파스파르투가 갑판으로 돌아가면서 중얼거렸다.

저녁 6시가 되자 몽골리아 호의 프로펠러가 아덴 항구의 물살을 가르더니 이내 인도양으로 나아갔다. 아덴에서 봄베이까지는 통상 168시간이 걸리지만, 인도양이 순탄한 여행길을 도왔다. 게다가 북서쪽에서 불어오는 바람이 배의 추진력에 힘을 실어 주었다.

항해 조건이 순조러워지면서 배의 흔들림도 줄어들었다. 여자 승객들은 다시 옷을 갈아입고 갑판으로 나왔다. 노래와 춤도 다시 시작되었다.

항해의 조건은 최상이었다. 파스파르투는 운 좋게 만난 친구 픽스와 함께 흥청거리며 즐겁게 보냈다.

10월 20일 일요일 정오 무렵 인도 해안이 나타났다. 그로부터 2시간 뒤 항구의 수로 안내인이 몽골리아 호에 올라탔다. 지평선 너머로 어렴풋이 보이던 언덕들이 조화로운 윤곽을 드러내기 시작했다. 곧이어 도시를 뒤덮고 있는 야자나무가 나타났다. 배는 살세트, 콜라바, 엘레판타, 바처 섬들에 둘러싸여 자연스럽게 만들어진 항구로 들어갔고, 4시 30분에 봄베이 부두에 도착했다.

그때 필리어스 포그는 그날의 서른세 번째 게임을 끝마쳤다. 파트너와 함께 대담한 작전을 펼친 덕분에 13점을 따내며 항해의 끝을 멋지게 장식했다.

몽골리아 호는 원래 10월 22일에 봄베이에 도착할 예정이었다. 그런데 20일에 도착했으니 이틀을 번 셈이었다. 필리어스 포그는 여행 수첩에 이를 꼼꼼하게 기록했다.

10
파스파르투,
신발만 잃고 위기에서 벗어나다

알다시피 인도는 북쪽을 밑변으로, 남쪽을 꼭짓점으로 하는 거대한 역삼각형 모양을 하고 있다. 140만 평방 마일의 면적에 1억 8,000만 명의 인구가 고르지 않게 흩어져 살고 있다. 영국 정부는 이 거대한 나라의 일부를 실질적으로 지배하고 있었다. 특히 캘커타에는 총독을, 마드라스와 봄베이, 벵골에는 주지사를 그리고 아그라에는 총독 보좌관을 두었다.

그러나 영국령 인도는 겨우 70만 평방 마일 정도였고 그곳에 살고 있는 인구는 1억에서 1억 1,000만 명 정도에 불과했다. 인도의 상당 부분이 영국 여왕의 권한에서 벗어나 있는 셈이었다. 무시무시한 인도 지배층들이 관할하는 내륙 지방은 여전히 완전한 자치권이 유지되고 있었다.

그 유명한 동인도 회사는 1756년 오늘날의 마드라스 시에 영국의 첫 번째 교역소가 들어섰을 때부터 1857년에 세포이 항쟁이 일어날 때까지 절대 권력을 행사했다. 동인도 회사는 인도 지배층들에게 연금을 주고 ―결국은 지불하지 않는 경우가 많았지만― 구입하는 방식으로 점차 여러 지역을 합병해 나갔다. 이 회사는 지역의 총독을 비롯해 민간인과 군 기관의 직원까지 모두 임명했다. 하지만 동인도 회사는 이제 존재하지 않고, 인도의 모든 영국령은 여왕의 직속 관할이 되었다.

그 결과 인도의 모습과 풍습, 민족 구성도 나날이 변화해 갔다. 예전에는 인도를 여행하려면 걷거나 사람의 등에 업히거나 말, 손수레, 외바퀴 손수레, 가마, 마차처럼 온갖 구식 수단을 이용해야만 했다. 하지만 지금은 증기선이 빠른 속도로 인더스 강과 갠지스 강을 오르내리고 있었고, 인도 전역을 오가는 철도 덕분에 봄베이에서 캘커타까지 3일밖에 걸리지 않았다.

철도가 인도를 직선으로 가로지르는 건 아니다. 직선 거리로는 1,000마일에서 1,100마일밖에 되지 않아 기차가 보통 속도로 달려도 3일이면 된다. 하지만 철도 노선이 인도 북부에 있는 알라하바드까지 멀리 우회하기 때문에 거리가 최소 3분의 1이 더 길어졌다.

인도 반도 철도가 지나는 노선은 대략 다음과 같다. 봄베이 섬을 떠난 기차는 살세트 섬을 지나 타나 반대편에 있는 본토로 들어가서 서

고츠 산맥을 지난 후 부란푸르까지 북동쪽으로 멀리 달린다. 그리고 거의 독립된 영토라 할 수 있는 분델칸드를 통과하며 알라하바드까지 올라갔다가 동쪽으로 돌아 바라나시에서 갠지스 강과 만난다. 그런 다음 갠지스 강을 약간 비껴서 다시 남동쪽으로 내려와 부르드완과 프랑스령 도시 찬다나가르를 지나 종착역인 캘커타에 도착한다.

몽골리아 호의 승객들이 봄베이에 내린 것은 오후 4시 30분이었다. 캘커타행 기차는 정각 저녁 8시에 출발할 예정이었다.

포그 씨는 함께 휘스트를 했던 사람들과 작별했다. 육지까지 가는 소형 배에서 내린 그는 하인에게 사야 할 것들을 설명하고는 8시 전까지 기차역으로 오라고 당부했다. 그러고 나서 천문 시계의 초침처럼 정확한 발걸음으로 여권 사무실로 걸어갔다.

포그 씨는 역시나 시청, 웅장한 도서관, 요새, 부두, 목화 시장, 거리 시장, 이슬람교 사원, 유대교 예배당, 아르메니아 교회, 말라바르 언덕에 있는 두 개의 다각형 탑으로 장식된 화려한 사원 등 봄베이의 경이로운 볼거리에는 관심이 없는 듯했다. 엘레판타 섬의 남동쪽에 숨겨져 있는 사원이나 살세트 섬에 있는 칸헤리 석굴 같은 웅장한 불교 건축물도 마찬가지였다.

그 무엇도 포그 씨의 흥미를 끌지 못했다. 그는 여권 사무실에서 나와 곧장 기차역으로 가서 저녁을 먹었다. 레스토랑의 지배인은 '밀림 토끼'로 만든 프리카세(다진 고기와 채소를 넣은 요리)가 맛있다고 추천했다.

필리어스 포그는 프리카세를 시키고 신중하게 맛을 보았는데, 향신료가 진한 소스의 맛이 매우 끔찍했다.

그는 지배인을 불렀다.

"지배인, 지금 이게 토끼라는 겁니까?"

그는 지배인의 눈을 똑바로 쳐다보며 물었다.

"네, 그렇습니다. 밀림 토끼입니다."

지배인이 뻔뻔하게 대답했다.

"이 토끼를 잡을 때 혹시 '야옹' 소리를 내진 않던가요?"

"야옹이라고요? 이건 토끼입니다. 맹세코……."

"지배인, 맹세는 그만두고 이 말을 기억해요. 과거에 인도에서는 고양이를 신성시했습니다. 좋은 시절이었지요."

포그 씨가 차갑게 말했다.

"고양이한테 좋은 시절이었다는 말씀인가요?"

"여행자들에게도 좋은 시절이었소."

포그 씨는 요점만 말한 뒤 조용히 식사를 계속했다.

포그 씨가 몽골리아 호에서 내린 후 픽스 형사도 서둘러 내려 봄베이 경찰서장에게 달려갔다. 그는 자신의 신분을 밝히고 절도 용의자를 잡으러 왔다고 설명했다. 과연 런던에서 체포 영장이 도착했을까? 아직 도착하지 않았다. 포그 씨가 떠난 후에야 출발했을 영장이 벌써 도착했을 리 없었다.

픽스 형사는 맥이 빠졌다. 그는 그곳의 경찰서장에게 포그라는 작자를 체포하기 위해 영장을 발급받아야 한다고 요청했지만 거절당했다. 런던 경찰청이 관할하는 사건이므로 영국 경찰청만이 합법적인 체포 영장을 발부할 수 있기 때문이었다. 이렇게 원칙을 고수하고 법을 준수하는 인도 경찰의 태도는 지극히 영국적인 관습에 따른 것으로, 개인의 자유에 대해서는 어떤 권력 행사도 허용되지 않았다.

픽스 형사는 더 이상 고집부리지 않고 체포 영장을 기다리는 수밖에 없음을 받아들였다. 하지만 봄베이에 머무르는 동안 도무지 그 속을 알 수 없는 악당을 절대 시야에서 놓치지 않겠노라고 다짐했다. 파스파르투가 확신하듯이 그 역시 필리어스 포그가 봄베이에 머무를 것이라고 확신했으므로 체포 영장이 도착할 때까지 시간을 벌 수 있다고 생각했다.

한편 몽골리아 호에서 내린 후 주인의 지시를 받은 파스파르투는 수에즈나 파리에서와 마찬가지로 이곳이 여행의 종착지가 아님을 깨달았다. 더 멀리까지, 최소한 캘커타까지 이 여행이 계속되리라는 것을 확신한 그는 혹시 포그 씨의 내기가 진짜는 아닌지, 운명의 여신이 조용하게 살려는 자신을 80일간의 세계 일주로 떠민 것은 아닌지 걱정하기 시작했다.

파스파르투는 셔츠와 양말을 산 후 봄베이 거리를 쏘다녔다. 여러 국가의 유럽인들, 뾰족한 모자를 쓴 페르시아인들, 둥근 터번을 쓴 인도 상인들, 네모난 모자를 쓴 신드족들, 기다란 옷을 입은 아르메니아인과 검정 모자를 쓴 파르시 신자들의 인파로 거리는 북적거렸다. 그날은 마침 조로아스터교 신자의 직계 후손인 파르시의 축제가 열리고 있었다. 조로아스터교 신자는 인도에서 가장 개화되고 똑똑하며 성실하고 금욕적인 사람들로, 현재 봄베이의 부유한 토착 상인들이 대부분 이에 속해 있었다. 이날은 사육제 같은 종교 행사가 열리고 있었는데, 행렬이 끝나자 여흥이 시작되었다. 금색과 은색 명주실로 짠분홍색 옷을 입은 무희들이 비올과 북소리에 맞춰 아름다운 춤을 추었다.

파스파르투는 이 신기한 축제에 흠뻑 빠져들었다. 휘둥그레진 눈으로 귀를 기울이는 그의 모습은 완전히 넋이 나간 듯했다.

그의 호기심은 자신은 물론 주인의 여행을 위태롭게 만들 정도로 도를 지나쳤다. 파르시의 사육제를 구경하고 기차역으로 향하던 파스파르투는 말라바르 언덕에 있는 경이로운 사원 앞을 지나는 순간, 안을 구경하고 싶다는 어리석은 생각을 하게 되었다.

그런데 그가 모르는 사실이 두 가지 있었다. 하나는 이 사원은 기독교인의 출입을 엄격히 금지하고 있다는 것이었고, 둘째는 힌두교 신자라도 입구에 신발을 벗어야만 들어갈 수 있다는 것이었다. 여기서 꼭 짚고 넘어가야 할 점은 영국 정부가 배려 정책의 일환으로써 인도의 사소한 종교 의식까지 존중하고 시행하기 위해 이를 어기는 사람을 엄중히 처벌한다는 사실이었다.

파스파르투는 여느 여행자와 마찬가지로 아무런 악의 없이 말라바르 언덕의 사원으로 들어갔다. 그리고 다소 지나칠 정도로 화려한 장식을 감탄하며 바라보다가 갑자기 바닥으로 고꾸라졌다. 분노로 이글거리는 눈을 한 세 명의 사제가 달려와 그의 신발과 양말을 벗기더니 마구 고함을 지르며 두드려 패기 시작했다.

힘이 세고 민첩한 프랑스 남자는 재빨리 자리에서 일어나 치렁치렁한 옷가지 때문에 움직임이 느린 두 명을 쓰러뜨렸다. 그리고 온 힘을 다해 사원 밖으로 달려 나갔다. 나머지 사제 한 명이 다른 사람들을 불러 모으며 쫓아오기 시작했지만, 이들을 따돌릴 수 있었다.

기차가 출발하기 직전인 8시 5분 전, 파스파르투는 모자도 없이 맨발로 역에 도착했다. 몸싸움을 하느라 심부름한 물건이 담긴 꾸러미도 잃어버린 채였다.

픽스는 기차가 출발하는 플랫폼에 서 있었다. 포그 씨를 기차역까지 따라온 그는 악당이 봄베이를 떠날 예정임을 깨달았다. 그는 그 즉시 캘커타까지, 필요하다면 더 멀리까지 쫓아가기로 마음먹었다. 파스파르투는 어둑한 곳에 서 있던 픽스의 모습을 보는 못했지만, 픽스는 파스파르투가 주인에게 간략하게 전하는 모험 이야기를 엿들을 수 있었다.

"다시는 이런 일이 없으리라고 믿네."

필리어스 포그는 이렇게만 말하고 기차에 올라탔다. 맨발에 풀이 죽

은 파스파르투는 아무 말 없이 주인을 따라 기차에 올랐다.

그들을 따라 다른 칸에 타려던 픽스는 갑자기 마음을 바꾸었다.

'아니, 난 여기 남겠어. 인도 땅에서 저지른 범죄니 이제 잡은 거나 다름없으니까.'

그 순간 증기 기관차는 요란한 기적 소리를 울리며 어둠 속으로 사라졌다.

11
필리어스 포그,
이동 수단에 엄청난 돈을 지불하다

기차는 예정된 시간에 출발했다. 기차 안에는 장교들과 민간 공무원들, 아편 장수들과 인디고 염료 상인들 등 동쪽 지방으로 가려는 수많은 승객이 타고 있었다.

파스파르투는 주인 옆에 앉았고, 또 다른 여행자 한 명이 반대쪽 구석 자리에 앉아 있었다. 그는 수에즈에서 봄베이까지 포그 씨와 함께 휘스트를 즐긴 사람 중 한 명인 프랜시스 크로마티 준장으로, 바라나시 근처에 주둔한 부대로 돌아가는 중이었다.

프랜시스 크로마티 경은 키가 큰 금발의 50대 남자로 지난 세포이 항쟁 때 혁혁한 공을 세웠다. 그는 고국인 영국에는 가끔씩 방문했을 뿐 어릴 때부터 줄곧 인도에서 살았기 때문에 거의 인도 토박이라고 할 수 있었다. 그는 교육을 많이 받았기 때문에 필리어스 포그가 묻기만 한다면 인도의 풍습이나 역사, 정치에 대해 기꺼이 설명해 줄 수 있었다. 그러나 이 영국 신사는 아무것도 묻지 않았다. 필리어스 포그는 여행을 하는 것이 아니라 그저 지구를 선회하고 있었다. 그는 지금 물리 법칙에 따라 지구의 궤도를 도는 물질과도 같았다. 그는 머릿속으로 런던을 떠난 지 몇 시간이나 되었는지 계산해 보았는데, 불필요한 움직임을 하는 버릇이 있는 사람이라면 아마도 만족스럽게 두 손을 비벼 댔을 것이다.

프랜시스 크로마티 경이 포그 씨와 함께한 시간은 두 번의 카드놀이가 전부였지만, 그가 괴짜라는 사실은 충분히 알 수 있었다. 크로마티 경이 이 여행 동무의 차가운 외면 아래 인간의 심장이 뛰고 있는지, 자연의 아름다움이나 도덕적인 열망에 대한 신념을 갖고 있는지 의아해하는 것도 무리는 아니었다. 그는 아니라는 쪽으로 마음이 기울었다. 그가 만나 본 사람들 중에서 정밀 과학의 산물처럼 보이는 필리어스 포그에 견줄 만한 사람은 없었기 때문이다.

필리어그 포그는 프랜시스 크로마티 경에게 세계 일주를 하고 있다는 사실과 이를 어떻게 완수할 계획인지 숨기려고 하지 않았다. 크로마티 준장은 이 내기가 아무런 의미 없는 별난 짓에 불과하다고 생각했다. 이성적인 사람이라면 응당 유익한 일을 하면서 살기 마련인데, 그런 사람의 행동 원칙이나 기준이 빠졌다고 생각되었기 때문이다.

이 별난 신사의 행동을 보고 있노라면 자신은 물론 남에게 도움되는 일을 하면서 살고 있는 것처럼 보이지 않았다.

봄베이를 출발한 지 1시간 후, 기차는 고가교를 지나 살세트 섬을 통과해 본토를 향해 빠르게 달려갔다. 칼리안 역은 칸달라와 푸나를 거쳐 인도의 남동쪽으로 내려가는 지선이 시작되는 분기점이었다. 기차는 파울레 역을 향했고 거기서 다시 광활한 서고츠 산맥으로 들어갔다. 화성암과 현무암 지층으로 이루어진 이 산맥의 꼭대기에는 나무들이 빼곡하게 들어차 있었다.

프랜시스 크로마티 경과 필리어스 포그는 이따금 몇 마디씩 주고받았는데 맥 빠지는 대화 분위기를 살리고자 준장이 말했다.

"포그 씨, 몇 년 전이라면 이 역에서 시간이 지연되어 전체 여행 일정이 늦춰졌을 겁니다."

"왜 그렇지요, 프랜시스 경?"

"산기슭에서 철도가 끊겼거든요. 그래서 가마나 조랑말을 타고 반대편에 있는 칸달라 역으로 넘어가야 했답니다."

"그래도 제 일정에 차질을 빚진 않았을 겁니다. 그런 장애물이 나타날 가능성도 전부 고려했으니까요."

포그 씨가 대답했다.

"포그 씨, 그래도 여기 이 친구 때문에 큰 문제가 생길 뻔하지 않았습니까?"

파스파르투는 담요로 발을 두르고 잠든 터라 자기 이야기가 나오고 있다는 사실을 알지 못했다.

"영국 정부는 그런 위반 행위를 엄하게 다룹니다. 특히나 인도의 종교 관습을 존중하려고 안달이 나 있지요. 만약 당신의 하인이 붙잡혔다면⋯⋯."

프랜시스 크로마티 경이 말했다.

"프랜시스 경, 만약 그가 붙잡혔다면 유죄 판결을 받고 형벌을 마친 후 조용히 유럽으로 돌아가야 했겠죠. 그렇지만 하인이 그런 일을 당했다고 해서 그게 왜 주인의 일정에 차질을 주는지는 모르겠군요!"

대화는 이렇게 끝이 났다. 기차는 밤새도록 고츠 산맥을 넘어 나시크를 지났고, 다음 날인 10월 21일에는 비교적 평평한 칸데시 지방을 가로질렀다. 작은 마을이 흩어져 있는 그곳은 경작이 잘 되어 있었고, 마을 위로는 유럽 교회의 첨탑 대신 사원의 탑이 솟아 있었다. 고다바리 강에서 갈라져 나온 수많은 물줄기가 이 비옥한 땅에 물을 공급하고 있었다.

잠에서 깬 파스파르투는 인도 반도 철도를 타고 인도를 지나고 있다는 사실에 새삼 놀랐다. 믿어지지 않았지만 엄연한 사실이었다. 영국 기관사가 운전하고 영국 석탄을 연료 삼아 달리는 이 기관차는 목화와 커피, 육두구, 정향, 붉은 후추가 자라는 농장을 향해 연기를 내뿜었다. 연기는 종려나무 주위로 나선형을 그리며 올라갔다. 그 사이로 그림 같은 방갈로와 이제는 폐허가 된 불교 사원 그리고 화려하고 섬세한 장식으로 꾸며진 인도 건축 양식의 경이로운 사원이 보였다. 그 뒤로는 거대한 평야가 끝도 없이 펼쳐졌고, 기차 소리에 놀란 호랑이와 뱀이 우글대는 밀림이 나타났다. 마지막으로 철도 때문에 양쪽으로 갈라진 숲이 모습을 드러냈는데, 그곳에는 여전히 코끼리들이 살고 있었다. 코끼리들은 재빠르게 지나는 기차를 생각이 잠긴 듯한 눈으로 쳐다보았다.

그날 아침 기차는 말레가온 역을 지나 칼리 여신의 숭배자들이 자주 유혈 사태를 일으켰다는 현장인 금단의 구역을 지났다. 멀지 않은 곳에 엘로라 마을과 경이로운 사원으로 유명한 아우랑가바드가 모습을 드러냈다. 아우랑가바드는 한때 무시무시하기로 소문난 무굴 제국의 왕 아우랑제브가 수도로 삼았던 곳이었지만, 지금은 니잠 왕국에서 떨어져 나간 지방의 중심 도시에 불과했다. 이곳은 투그의 우두머리이자 교살자들의 왕이라고 불린 페링게아가 통치했던 곳이었다. 이 암살자들의 집단은 법의 손길이 미치지 않는 곳에서 활동하며 연령에 상관없이 희생자들을 교살했다. 그들은 죽음의 여신을 섬겼으나 절대로 피를 흘리지는 않았다. 한때는 땅을 파기만 하면 시체가 나왔던 시절도 있었다. 영국 정부가 이 무시무시한 살인자들의 숫자를 줄이는 데 성공했지만 아직까지 잔여 일당이 활동하고 있었다.

기차는 낮 12시 30분에 부란푸르 역에 멈추었다. 파스파르투는 꽤 비싼 돈을 주고 가짜 진주로 장식된 동양의 가죽신 한 켤레를 구입했다. 그는 신발의 값어치를 떠올리며 걸을 때마다 자랑스러워했다.

서둘러 점심을 먹은 승객들은 다시 가치를 타고 아수르구르 역으로 출발했다. 기차는 한동안 수라트 근처에서 캄베이 만으로 흘러가는 탑티 강을 따라 내달렸다.

이때쯤 파스파르투가 무슨 생각을 하고 있는지 살펴보는 것이 좋을 것 같다. 파스파르투는 봄베이에 도착하기 전까지만 해도 거기에서 여행이 끝날 것이라고 믿었다. 하지만 인도를 빠르게 가로지르고 있는 지금 그 생각이 바뀌어 있었다. 그의 천성이 맹렬하게 되살아난 것이다. 자유를 갈망하던 젊은 시절의 생각들이 되살아나 주인의 계획을 진지하게 받아들이게 되었고, 이제는 이 내기가 진짜라고 믿게 되었다. 가능한 짧은 시간 동안 세계를 일주해야 한다는 사실을 상기하며 그는 이제 기차가 연착되지 않을지, 사고가 생기지 않을지 걱정하였다. 그는 자신도 내기에 관련된 것처럼 느껴졌고, 이와 더불어 자신이 전날 관광하며 싸돌아다니다 돌이킬 수 없는 실수를 저지르는 바람에 내기를 망칠 수도 있었다는 생각을 하니 온몸이 떨렸다. 포그 씨만큼 침착하지 못한 그는 매우 초조했다. 지금까지 지나간 날짜를 세고 또 셌으며 기차가 멈출 때마다 저주를 퍼부었고 너무 느리다고 불평했다. 그리고 속으로는 포그 씨가 기관사에게 일찍 도착할 경우 보너스를 주겠다고 제의하지 않은 것을 원망했다. 그런 일이 여객선에

서는 가능했지만 규칙적인 속도로 달리는 기차의 경우는 불가능하다는 사실을 알지 못했기 때문이었다.

저녁이 되자 기차는 칸데시 지방과 분델칸드 지방을 가르는 사트푸라 산맥으로 들어갔다.

다음 날인 10월 22일, 파스파르투는 시간을 묻는 프랜시스 크로마티 경에게 새벽 3시라고 대답했다. 그의 시계는 여전히 서쪽으로 77도 정도에 위치한 그리니치 천문대의 자오선에 맞춰져 있는 탓에 4시간이나 느렸다.

프랜시스 경은 파스파르투가 말한 시간을 바로 잡아 주며 픽스와 똑같은 말을 했다. 새로운 자오선에 따라 시간을 맞춰야 한다는 것과 지금은 태양이 있는 동쪽으로 나아가고 있으므로 자오선 하나를 지날 때마다 4분씩 시간이 빨라진다는 사실을 설명해 주려고 했다. 하지만 소용없었다. 고집 센 파스파르투는 준장의 말을 이해했는지 못했는지 시곗바늘을 앞당기는 것을 거부했고 런던 시간을 고수하기로 했다. 누구에게도 해로울 것 없는 고집이었다.

아침 8시가 되자 기차는 로탈 역을 15마일 남겨 두고 넓은 공터 한가운데에서 멈추었다. 주변에 방갈로와 인부들의 오두막 몇 채가 있었다. 기관사가 통로를 지나다니며 큰 소리로 외쳤다.

"승객 여러분 모두 여기서 내리셔야 합니다."

필리어스 포그는 프랜시스 크로마티 경을 쳐다보았다. 크로마티 경

역시 타마린드와 카주르나무들이 우거진 숲 한가운데에 왜 기차가 멈추었는지 어리둥절한 표정이었다.

깜짝 놀라 철로 쪽으로 뛰어나갔던 파스파르투가 이내 돌아와 소리쳤다.

"주인님, 철로가 끊겼어요!"

"그게 무슨 말인가?"

프랜시스 크로마티 경이 물었다.

"기차가 더 이상 앞으로 나갈 수 없다는 뜻입니다!"

준장은 곧바로 기차에서 내렸다. 필리어스 포그도 서두르지 않고 뒤따랐다. 두 사람은 함께 기관사를 찾았다.

"여기가 어딥니까?"

프랜시스 크로마티 경이 물었다.

"콜비라는 작은 마을입니다."

기관사가 대답했다.

"여기서 멈추는 겁니까?"

"그렇습니다. 철로가 아직 완공되지 않았거든요."

"뭐라고요? 철로가 완공되지 않았다고요?"

"네. 여기서 알라하바드까지 약 50마일 정도 더 철로를 깔아야 합니다. 알라하바드부터는 철로가 다시 이어집니다."

"하지만 신문에서는 철도가 완공됐다고 했는데!"

"어쩌겠습니까? 신문이 잘못 알았나 보지요."

"그런데도 당신들이 봄베이에서 캘커타까지 가는 기차표를 팔았잖소?"

프랜시스 경은 화가 나기 시작했다.

"그렇죠. 하지만 다른 승객들은 콜비에서 알라하바드까지 다른 이동 수단을 찾아야 한다는 사실을 알고 있습니다."

기관사가 대답했다.

프랜시스 크로마티 경은 분노가 치밀었다. 파스파르투 역시 기관사의 잘못이 아닌데도 흠씬 패주고 싶은 기분이었다. 그는 주인의 얼굴을 감히 쳐다볼 수 없었다.

"프랜시스 경, 괜찮으시다면 알라하바드까지 어떻게 갈지 결정해야만 합니다."

포그 씨가 차분하게 말했다.

"포그 씨, 여기서 지체하는 바람에 당신의 여행에 심각한 차질이 생기는 거 아니오?"

"아닙니다, 프랜시스 경. 고려해 둔 부분입니다."

"뭐라고요? 그렇다면 철로가 끊긴 것도 알고 계셨다는……."

"아닙니다. 하지만 언젠가 장애물이 나타나리라는 것은 알고 있었습니다. 그러니 차질을 가져올 일이 전혀 아닙니다. 이틀을 벌어 두었으니까요. 25일 정오에 캘커타에서 홍콩으로 가는 증기선이 있습니다.

오늘이 아직 22일이니까 캘커타에 제시간에 도착할 수 있을 겁니다."

포그 씨의 단정적인 말에 프랜시스 경은 뭐라고 대꾸할 말이 없었다. 철로 공사가 이 지점에서 중단되었다는 것은 유감스럽게도 사실이었다. 그런데 신문은 앞서가는 시계처럼 철로가 완공되었다고 미리 보도했다. 대부분의 승객들은 철로가 여기에서 끊긴다는 사실을 알고 있었기에 기차에서 내린 후, 작은 마을에서 구할 수 있는 이동 수단을 찾느라 정신이 없었다. 바퀴 네 개 달린 팔키가리(두 마리의 말이 끄는 사륜마차), 등에 혹이 달린 제부 소가 끄는 수레, 이동식 사원처럼 보이는 마차, 가마, 조랑말 등이 그곳에서 볼 수 있는 이동 수단이었다. 포그 씨와 프랜시스 크로마티 경도 온 마을을 샅샅이 뒤져 보았지만 아무런 성과가 없었다.

"걸어서 가야겠습니다."

필리어스 포그가 말했다.

그때 파스파르투가 주인이 있는 곳으로 왔다. 보기에는 멋졌지만 신기에는 불편한 가죽신을 끌며 그가 얼굴을 찡그리고 있었다. 다행히 방법을 찾아냈지만. 그는 약간 머뭇거리며 말했다.

"주인님, 제가 탈 것을 구한 것 같습니다."

"어떤 건가?"

"코끼리예요. 여기서 100미터 정도 떨어진 곳에 인도 사람이 가지고 있는 코끼리입니다."

"코끼리를 보러 가세."

포그 씨가 대답했다.

5분 후 필리어스 포그와 프랜시스 크로마티 경, 파스파르투는 높은 울타리로 둘러싸인 우리 옆에 자리한 오두막에 도착했다. 오두막 안에는 인도 남자 한 명이, 우리 안에는 코끼리 한 마리가 있었다. 인도 남자는 포그 씨와 두 동행인을 우리로 안내했다.

그곳에는 반쯤 길들여진 동물이 있었다. 이 코끼리는 짐 운반용이 아니라 싸움용으로 키워진 것이었다. 그래서 천성적으로 순한 코끼리의 성질을 잔뜩 흥분한 분노 상태로 서서히 바꿔 가는 중이었다. 이것을 인도어로 '무트쉬(발정한 광포 상태)'라고 하는데 이를 위해 주인은 코끼리에게 석 달 동안 설탕과 버터를 먹인다. 그럴 듯한 방법처럼 여겨지지는 않지만 어쨌든 코끼리 사육자들은 이 방법으로 성공을 거두고 있었다. 다행스럽게도 이 코끼리는 식이요법을 시작한 지 얼마 되지 않아 아직 무트쉬 상태에 이르지 않았다.

'키우니'라는 이름의 이 코끼리는 코끼리들이 그러하듯 오랜 시간 꽤 빠른 속도로 걸을 수 있었다. 다른 이동 수단이 없었으므로 필리어스 포그는 키우니를 이용하기로 결정했다.

하지만 인도에서는 코끼리가 점점 귀해지는 추세라 값이 무척 비쌌다. 특히 서커스장에서 쓰일 수 있는 것은 수컷뿐이었으므로 수놈 코끼리는 인기가 많았다. 코끼리는 사육 상태에서는 거의 번식을 하지 않으므로 코끼리를 구할 수 있는 방법은 야생에서 사냥을 하는 것뿐이었다. 따라서 인도에서는 코끼리를 극진히 보살폈다. 인도 남자는 코끼리를 빌려 달라는 부탁을 단박에 거절했다.

포그는 고집을 꺾지 않고 1시간당 10파운드라는 지나치게 높은 가격을 제안했다. 그래도 거절당했다. 20파운드? 거절이었다. 40파운드? 역시 거절이었다. 파스파르투는 값이 올라갈 때마다 점점 경악했다. 하지만 인도 남자는 좀처럼 넘어오지 않았다.

시간당 40파운드면 상당히 큰돈이었다. 알라하바드까지 코끼리를 타고 가는 데 15시간이 걸린다면 주인은 무려 600파운드를 벌 수 있는 것이다.

　필리어스 포그는 아무런 감정을 내보이지 않은 채 인도 남자에게 코끼리를 사겠다면서 1,000파운드를 제시했다.

　그러나 인도 남자는 코끼리를 팔고 싶어하지 않았다. 어쩌면 교활하게도 엄청난 돈을 벌 기회라고 생각했는지도 몰랐다.

　프랜시스 크로마티 경은 포그 씨를 옆으로 데리고 가서 흥정을 벌이기 전에 신중하게 생각해 보라고 충고했다. 그러나 필리어스 포그는 신중하게 생각하지 않고 행동하는 것은 자신의 습관이 아니며, 2만 파운드의 돈이 걸린 내기이기 때문에 스무 배나 많은 돈을 내야 한다고 해도 코끼리를 살 것이라고 대답했다.

포그 씨는 다시 인도 남자에게 다가갔다. 탐욕으로 반짝거리는 그의 작은 눈은 결국 가격이 가장 중요한 문제임을 말하고 있었다. 필리어스 포그는 1,200파운드를 제시했다가 1,500파운드, 1800파운드를 차례로 제시했고, 마침내 2,000파운드를 불렀다. 혈색 좋은 파스파르투의 얼굴이 하얀 종잇장처럼 창백해졌다.

인도 남자는 결국 2,000파운드에 고개를 끄덕였다.

"맙소사! 코끼리고기에 비해 터무니없이 비싼 값이라고요!"

파스파르투가 소리쳤다.

거래는 그렇게 끝이 났고 이제 안내인을 구하는 일만 남았다. 그것은 훨씬 쉬웠다. 똑똑해 보이는 젊은 파르시 남자가 안내를 맡아 주겠다고 나선 것이다. 포그 씨는 이를 받아들였고, 수고비를 넉넉히 주겠다고 약속했다. 그러자 파르시 남자는 더욱 똑똑해지는 듯했다.

곧바로 코끼리를 데리고 나와 준비를 갖추었다. 파르시 남자는 '마후트'라고 불리는 코끼리 안내인의 역할을 속속히 알고 있었다. 그는 천으로 된 안장 같은 것으로 코끼리를 덮고 코끼리의 양옆에 약간 불편해 보이는 바구니 같은 것을 두 개 달았다.

필리어스 포그는 가방에서 은행권을 꺼내 인도 남자에게 값을 치렀다. 파스파르투는 마치 자신의 내장을 끄집어내는 수술을 받는 것 같은 기분이었다! 포그 씨는 프랜시스 경에게 알라하바드 역까지 태워다 주겠다고 했다. 준장은 이를 흔쾌히 받아들였다. 여행자를 한 명 더 태운다고 해도 이 거대한 동물에게는 별 차이가 없을 터였다.

　이들은 콜비 마을에서 식량을 구입했다. 프랜시스 크로마티 경이 먼저 바구니 하나에 자리 잡고 앉았고, 필리어스 포그는 다른 바구니 에 앉았다. 파스파르투는 주인과 준장 사이에 깔린 덮개에 걸터앉았 다. 파르시 남자는 코끼리의 목에 올라탔다. 코끼리는 9시에 작은 마 을을 떠나 지름길을 따라 곧장 야자나무가 빽빽이 들어선 숲으로 들 어갔다.

12

필리어스 포그와 일행,
인도 정글로 들어가다

안내인은 이동 거리를 단축하기 위해 아직 공사가 진행 중인 선로의 왼쪽 길을 택했다. 선로는 빈디아 산맥 때문에 몹시 험난한 탓에 직행 노선과는 거리가 멀었다. 다시 말하자면 필리어스 포그에게 가장 적합한 지름길이 아니었다. 하지만 이 지방의 큰길과 샛길을 훤히 알고 있는 파르시 청년이 숲을 가로질러 가면 20마일이나 단축할 수 있다고 하자 모두들 그의 결정에 따랐다.

마후트의 재촉으로 코끼리가 움직일 때마다 바구니 위로 머리만 보일 정도로 깊숙이 앉은 필리어스 포그와 프랜시스 크로마티 경은 심하게 흔들렸다. 하지만 그들은 영국 신사답게 이러한 상황을 잘 견뎠다. 서로 얼굴이 잘 보이지도 않았던 탓에 대화도 거의 할 수 없었다.

한편 코끼리의 등에 올라앉은 파스파르투는 위아래로 출렁거리는 움직임을 온몸으로 느끼고 있었다. 그는 주인의 말대로 혀가 치아 사이에 놓이지 않도록 조심했다. 자칫하다가는 혀가 잘려 나갈 수도 있었기 때문이었다. 코끼리 목 부분으로 던져졌다가 엉덩이 부분으로 밀려났다가 하는 파스파르투의 모습은 마치 트램펄린에 서서 공중 곡예를 하는 광대처럼 보였다. 하지만 그는 공중으로 튀어 오르면서도 농담을 하며 웃었고, 이따금씩 가방에서 설탕 덩어리를 꺼내 코끼리에게 주었다. 영리한 키우니는 코끝으로 설탕을 받아먹으면서도 빠르고 안정적인 보폭을 잃지 않았다.

두 시간쯤 지나자 안내인은 코끼리를 멈추고 1시간 동안 쉬게 했다. 코끼리는 나뭇가지와 관목을 먹어 치우더니 길을 떠난 후 처음으로 근처의 웅덩이에서 갈증을 해소했다. 프랜시스 크로마티 경은 몹시 지쳐 있었던 탓에 잠시 쉬는 것에 불만이 전혀 없었다. 하지만 포그 씨는 금방 침대에서 자고 일어난 사람처럼 쌩쌩해 보였다.

"저 친구는 철로 만들어진 게 분명해!"

준장이 포그 씨를 감탄스러운 표정으로 쳐다보며 말했다.

"강철 같은 분이시지요."

간단한 점심을 준비하며 파스파르투가 대답했다.

정오가 되자 안내인이 출발 신호를 보냈다. 주변 풍경은 어느새 황량해져 갔다. 거대한 숲 뒤로 타마린드나무와 작은 야자나무가 섞인

잡목림이 펼쳐지더니, 이윽고 광활하고 건조한 평원이 모습을 드러냈다. 그곳에는 바짝 마른 관목들 사이로 군데군데 거대한 섬장암이 솟아 있었다. 분델칸드 고지대인 이곳은 사람들이 거의 찾지 않는 곳이다. 힌두교를 신봉하는 광신도들이 살고 있었기 때문에 영국 정부도 제대로 권력을 행사할 수 없었다. 게다가 이곳을 지배하는 토후(영국의 보호와 감독 아래 토호국을 지배하던 군주)들은 산속에 숨어 매우 민첩하게 움직이기 때문에 접근하기도 불가능했다.

이곳을 지나는 동안 몇 번이나 위협적인 모습을 보이는 인도인들과 마주하였다. 그들은 빠르게 지나는 네 발 짐승을 보고 화난 몸짓을 보였다. 그들이 위험하다고 판단한 파르시 청년은 되도록 그들을 피해 갔다. 그 외에 눈에 띄는 동물은 별로 없었다. 이따금 마구 몸을 흔들며 우스꽝스러운 표정을 지은 채 달아나는 원숭이 몇 마리가 보일 뿐이었다. 파스파르투는 원숭이들을 보며 몹시 즐거워했다.

파스파르투에게는 걱정거리가 하나 있었다. 알라하바드에 도착하면 포그 씨는 코끼리를 어떻게 할까? 데려갈까? 그것은 불가능하겠지! 코끼리를 구입한 돈도 모자라 운반하는 비용까지 써야 한다면 금전적으로 엄청난 타격을 입을 거야. 그럼 주인은 코끼리를 되팔 건가? 아니면 야생에 풀어 줄까? 이 놀라운 동물은 특별한 대우를 받을 만한 가치가 있어. 만약 포그 씨가 나에게 코끼리를 선물로 주기라도 한다면 어떻게 하지? 정말 난처하겠지? 그러나 파스파르투는 고민을 오랫

동안 하는 사람이 아니었다.

저녁 8시쯤이 되어서야 여행자들은 빈디아 산맥을 넘어 북쪽에 있는 폐허가 된 방갈로에 멈추었다. 그들은 그날 약 25마일을 지나왔는데, 알라하바드 역에 도착하려면 앞으로 온 길만큼 더 가야만 했다.

밤이 되자 몹시 쌀쌀했다. 파르시가 방갈로 안에 마른 나뭇가지들을 모아 불을 피우자 따뜻해졌다. 저녁 식사는 콜비 마을에서 구입한 식품으로 해결했다. 여행자들은 몹시 피곤한 탓에 식사만 겨우 할 수 있었다. 잡담 몇 마디가 오가다 이내 요란하게 코 고는 소리로 바뀌었다. 안내인만이 밤새도록 커다란 나무줄기에 기대선 채로 자고 있는 키우니를 살폈다.

밤사이 아무 일도 일어나지 않았다. 이따금 치타와 표범의 포효 소리가 정적을 깨뜨렸고, 원숭이들이 날카롭게 끽끽거리는 소리가 들려왔다. 하지만 육식 동물들은 울부짖기만 할 뿐 잠시 방갈로를 빌리고 있는 사람들을 공격할 마음은 없어 보였다. 프랜시스 크로마티 경은 전쟁터에서 지친 병사처럼 곤히 잠들었다. 파스파르투는 꿈속에서도 코끼리 등에서 위아래로 흔들거리느라 숙면을 취하지 못했다. 하지만 포그 씨는 마치 새빌로의 조용한 집으로 돌아온 것처럼 평온하게 잠들었다.

다음 날 아침 6시 그들은 다시 길을 떠났다. 안내인은 그날 저녁에는 알라하바드에 도착할 수 있기를 바랐다. 그러면 포그 씨는 여행 초

반에 벌어 둔 이틀의 시간 중에서 고작 일부만 잃게 될 터였다.

일행은 빈디아 산맥의 마지막 내리막길을 내려가고 있었다. 키우니는 또다시 빠르게 속력을 내기 시작했다. 정오 무렵이 되자 안내인은 칼링거 마을을 빙 둘러갔다. 그곳은 갠지스 강의 지류 중 하나인 카니 강에 위치한 마을이었다. 사람이 없는 쪽이 더 안전하다고 생각했기 때문에 안내인은 사람들이 사는 곳을 피해 갔다. 그가 선택한 곳은 커다란 강이 시작되는 오목한 평지였다. 알라하바드 역은 북동쪽으로 12마일도 떨어지지 않은 곳에 있었다. 이들은 바나나무 아래에서 잠시 멈추었다. 빵처럼 건강에 좋고 크림처럼 맛이 풍부하다는 바나나 열매는 여행자들에게도 인기가 좋았다.

오후 2시가 되자 안내인은 수 마일을 헤쳐 가야지만 빠져나갈 수 있는 빽빽한 숲으로 들어갔다. 그는 이렇게 숲을 은신처 삼아서 가는 방법을 즐겼다. 지금까지는 아무런 사건도 없었고 여행은 이대로 별 탈 없이 끝날 것만 같았다. 그런데 그때 갑자기 코끼리가 불안한 모습을 보이며 자리에 멈춰 섰다.

그때 시간은 오후 4시였다.

"무슨 일인가?"

프랜시스 크로마티 경이 바구니 안에서 고개를 들며 물었다.

"모르겠습니다, 선생님."

파르시 청년이 빽빽한 나뭇가지 사이로 들려오는 낯선 소리에 귀를 기울였다.

잠시 후 알 수 없던 소리들이 조금씩 분간되기 시작했다. 마치 사람의 목소리와 놋쇠로 된 악기가 합쳐진 듯한 연주 소리가 멀리서 들려왔다.

파스파르투는 바짝 주의를 기울였다. 포그 씨는 아무 말도 하지 않고 끈기 있게 기다렸다.

파르시는 땅으로 뛰어내려 코끼리를 나무에 묶고 빽빽한 덤불 쪽으로 다가갔다. 잠시 후 그가 돌아와 말했다.

"힌두교 사제들의 행렬이 이쪽으로 오고 있습니다. 가능한 눈에 띄지 않아야 합니다."

안내인은 코끼리를 풀어 잡목림 속으로 더 깊이 데려갔고 여행자들에게 절대로 내리지 말라고 했다. 그러고는 급하게 도망쳐야 할 경우에 대비해 곧바로 코끼리에 올라탈 수 있도록 준비 태세를 갖추었다. 하지만 두꺼운 나뭇잎에 가려져 있어서 힌두교 신자들의 무리가 일행을 알아보지 못하고 지나치리라고 생각했다.

사람의 목소리와 악기 소리가 조화롭지 못한 음을 내며 점점 가까워졌다. 단조로운 노랫소리가 북소리와 심벌즈 소리와 섞여 들려 왔다. 잠시 후 행렬의 맨 앞부분이 나무 아래로 모습을 드러냈다. 포그 씨 일행이 있는 곳에서 약 50미터 떨어진 거리였다. 그들은 나뭇가지 사이로 이 기이한 종교 의식에 참가한 사람들의 모습을 볼 수 있었다.

맨 앞줄에는 높은 모자를 쓰고 반짝이는 장식이 달린 기다란 옷을 입은 사제들이 있었다. 아이부터 노인까지 다양한 나이의 남녀 신자들이 그들을 둘러싼 채 죽은 이를 애도하는 노래를 불렀고, 그 사이로 일정하게 북소리와 징소리가 울려 퍼졌다. 그들 뒤에는 커다란 바퀴가 달린 가마가 있었다. 바퀴살과 테두리에는 뒤얽힌 뱀들의 모습이 장식되어 있었다. 그리고 화려하게 장식된 두 마리의 제부 소가 흉측한 조각상을 이끌고 있었다. 팔이 네 개나 달린 조각상은 온몸이 짙은 붉은색으로 눈은 흥분한 듯 노려보고 있으며 머리카락은 헝클어져 있었다. 그리고 혀를 축 늘어뜨린 채 입술은 헤나와 구장나무 염료로 칠해져 있었다. 목에는 죽은 사람의 뼈로 만든 목걸이를, 허리에는 잘린 손으로 엮어 만든 허리띠가 걸려 있었다. 이 끔찍한 조각상은 머리가 잘린 채 쓰러져 있는 거인을 밟고 서 있었다.

프랜시스 크로마티 경이 조각상을 알아보고 중얼거렸다.

"칼리 여신이군. 사랑과 죽음의 여신."

"죽음의 여신이라는 건 동의하지만 사랑의 여신은 아닙니다. 절대로요! 추하게 생긴 여자예요."

파스파르투가 말했다.

안내인은 파스파르투에게 조용히 하라는 신호를 보냈다.

한 무리의 늙은 힌두교 신자들이 조각상 옆에서 몸을 비틀며 광란의 몸짓을 하고 있었다. 그들의 몸에는 밝은 노란색 줄무늬가 그려져 있었고 십자가 모양으로 낸 상처에서는 피가 뚝뚝 떨어지고 있었다. 이 광신도들은 힌두교 의식을 행할 때면 극락에 갈 수 있다는 믿음으로, 크리슈나(힌두교에서 중요시하는 신) 신의 가마 바퀴 아래로 몸을 내던지곤 했다.

그들 뒤로 동양의 화려한 복장을 한 사제 몇 명이 몸도 제대로 가누지 못하는 여자 한 명을 끌고 갔다.

여자는 젊었고 유럽 사람처럼 하얀 피부를 가졌다. 여자의 머리와 목, 어깨, 귀, 팔, 손, 손가락과 발가락에는 보석과 목걸이, 팔찌, 귀걸이, 반지가 주렁주렁 달려 있었다. 금실로 짠 튜닉을 입고 얇은 망사로 된 베일로 가려져 있었지만 아름다운 몸매가 드러났다.

젊은 여자 뒤로는 매우 대조적인 풍경이 펼쳐졌다. 호위병들이 허리띠에 장식 없는 기다란 칼을 차고 무늬가 새겨진 기다란 총으로 무장한 채 가마로 시체를 운반하고 있었다.

그것은 화려한 토후의 의상을 입은 노인의 시체였다. 마치 살아 있는 것처럼 진주로 수놓은 터번을 쓴 채 명주실과 금실로 짠 옷을 입고 다이아몬드가 박힌 캐시미어 허리띠를 두르고 인도 토후의 화려한 무기를 차고 있었다.

그 뒤로 음악을 연주하는 사람들과 광신도들이 따라왔다. 그들이 내지르는 소리는 귀를 멍하게 만드는 악기 소리까지 뒤덮을 정도였다.

몹시 슬픈 표정으로 이 모든 풍경과 의식을 쳐다보던 프랜시스 크로

마티 경이 안내인을 돌아보며 말했다.

"사티로군!"

파르시는 고개를 끄덕이며 손가락을 입술에 댔다. 기다란 행렬이 천천히 나무 사이로 지나갔고 마침내 마지막 줄까지 울창한 숲 속으로 사라졌다.

노랫소리도 서서히 잦아들었다. 아직도 이따금씩 멀리서 고함 소리가 들렸지만 마침내 깊은 정적만이 남았다.

프랜시스 크로마티 경이 한 말을 들은 필리어스 포그가 행렬이 사라지자마자 물었다.

"사티가 뭡니까?"

"포그 씨, 사티는 인간을 제물로 바치는 것을 말합니다. 하지만 자발적으로 목숨을 바치는 거죠. 방금 전에 본 여자는 내일 동이 트자마자 불에 타 죽을 겁니다."

준장이 대답했다.

"아, 이런 몹쓸 놈들!"

파스파르투가 분노를 참지 못하고 소리쳤다.

"그 시체는 뭐죠?"

포그 씨가 물었다.

"여자의 남편인 토후의 시체입니다. 분델칸드에서 독립한 지역의 토후지요."

안내인이 답했다.

"저런 야만적인 풍습이 아직도 인도에 남아 있다니. 영국이 뿌리 뽑지 못했습니까?"

필리어스 포그가 아무런 감정도 싣지 않은 목소리로 물었다.

"대부분의 지역에서는 이런 제물 의식이 사라졌지만, 여기 분델칸드처럼 미개한 지역까지는 영국의 힘이 닿지 못합니다. 빈디아 산맥의 북쪽 지역은 아직도 살인과 약탈이 끊이지 않고 있습니다."

프랜시스 크로마티 경이 말했다.

"불쌍한 여자로군요! 산 채로 타 죽다니!"

파스파르투가 중얼거렸다.

"그래요. 하지만 그 여자가 불에 타 죽지 않으면 친척들이 여자에게 얼마나 끔찍한 짓을 할지 여러분은 믿지 못할 겁니다. 그들은 남편이 먼저 죽은 여자는 정숙하지 못하다며 여자의 머리를 밀어 버리고는 쌀 몇 줌만 주고 연을 끊어 버립니다. 결국 병에 걸린 개처럼 길바닥에서 죽게 내버려 두는 거죠. 안타깝게도 여자들은 그렇게 끔찍한 상황이 닥쳐올 거라는 두려움 때문에 차라리 희생을 선택하지요. 사랑이나 광신적인 신앙심에서가 아니라요. 하지만 가끔 정말로 자발적으로 희생하는 경우도 있습니다. 이런 걸 막으려면 정부가 적극적으로 개입해야 해요. 한 예로 제가 봄베이에 살 때, 젊은 과부가 남편의 뒤를 따라 불에 타 죽겠다고 주지사를 찾아간 일이 있습니다. 당연한 일이지만 주지사는 허락해 주지 않았지요. 그러자 젊은 과부는 독립국의 토후를 찾아가 자신의 목숨을 바쳤답니다."

준장이 말했다.

그 이야기를 들으며 안내인은 가만히 고개를 끄덕이다가 이야기가 끝나자 말했다.

"하지만 내일 새벽에 제물로 바쳐질 여자는 자발적으로 목숨을 바치는 게 아닙니다."

"그걸 어떻게 아나?"

"분델칸드 사람들이라면 다 아는 이야기입니다."

안내인이 대답했다.

"그렇지만 그 불쌍한 여인은 아무런 저항도 하지 않는 것 같던데."

프랜시스 크로마티 경이 말했다.

"그건 대마와 아편 연기를 들이마시게 했기 때문입니다."

"그런데 여자를 어디로 데려가는 건가?"

"필라지 사원이요. 여기서 2마일 정도 떨어진 곳에 있습니다. 여자는 그곳에서 오늘 밤을 보낼 겁니다. 제물로 바쳐질 시간을 기다리면서요."

"그게 언제지?"

"내일, 동이 트자마자요."

안내인이 대답하며 울창한 덤불에 숨겨 둔 코끼리를 끌고 와 목에 올라탔다. 그가 휘파람 소리로 코끼리를 출발시키려는 순간, 포그 씨가 그를 막았다. 그러고는 프랜시스 크로마티 경에게 말했다.

"우리가 여자를 구하면 어떻겠습니까?"

"여자를 구한다고요, 포그 씨!"

준장이 놀라 소리쳤다.

"저에게는 아직 12시간의 여유가 있습니다. 그러니 이 일에 쓸 수 있습니다."

"이런, 이런! 당신에게도 감정이 있었군요!"

프랜시스 크로마티 경이 말했다.

"가끔은요. 시간이 있을 때만 그렇습니다."

필리어스 포그가 간단하게 대답했다.

13

행운의 여신은 용기 있는 자의 편임을
파스파르투가 다시 한 번 증명하다

계획은 대담했으나, 어려움이 많아서 어쩌면 실행하지 못할 수도 있었다. 포그 씨는 자신의 목숨을, 아니 적어도 자유를 잃게 될 수 있었다. 그로 인해 여행의 성공 여부마저 내걸어야 했지만 망설이지 않았다. 무엇보다 그에게는 프랜시스 크로마티 경이라는 믿음직한 동료도 있었다.

파스파르투 역시 행동을 개시할 준비가 되어 있었고 언제든 그들의 지시에 따를 예정이었다. 사실 그는 여자를 구하겠다는 주인의 제안에 열광했다. 얼음처럼 차가운 겉모습 아래에 심장과 영혼이 자리하고 있음을 느꼈기 때문이다. 그는 필리어스 포그가 점점 더 좋아지기 시작했다.

이제 남은 사람은 안내인뿐이었다. 그는 과연 어느 편에 설까? 힌두교 신자들의 편을 들지 않을까? 안내인이 한편이 되어 돕지는 않더라도 최소한 중립적인 입장을 지켜 주어야만 했다.

프랜시스 크로마티 경이 안내인에게 단도직입적으로 물었다.

"선생님, 저는 파르시이고 그 여자도 파르시입니다. 명령만 내려 주십시오."

안내인이 대답했다.

"좋네."

포그 씨가 대답했다.

"하지만 이 사실을 꼭 아셔야 합니다. 저희는 목숨을 잃을 수도 있을 뿐만 아니라 잡혔다가는 끔찍한 고문을 받게 된다는 것을요. 부디 그 점도 생각해 주시기 바랍니다."

"알겠네. 어두워질 때까지 기다렸다가 행동을 해야 할 것 같군."

포그 씨가 대답했다.

"제 생각도 그렇습니다."

안내인이 말했다.

이 훌륭한 인도인은 제물로 바쳐질 여자에 대해 자세하게 알려 주었다. 빼어난 미모를 가진 그녀는 파르시 혈통이며 봄베이의 부유한 상인 가문의 딸이라고 했다. 여자는 봄베이에서 영국식 교육을 받았기 때문에 행동이나 학식을 보면 유럽인이나 마찬가지였다. 그녀의 이름은 아우다였다. 여자는 부모를 잃은 후 자신의 의지와 상관없이 분델칸드의 늙은 토후에게 시집을 왔으며 3개월 만에 과부가 되었다. 눈앞에 어떤 미래가 기다리고 있는지 잘 아는 여자는 도망쳤지만 곧바로 붙잡혔고, 여자가 죽어야만 이익을 얻게 되는 토후의 친척들이 제물로 바쳤으니 그녀가 이 상황에서 벗어날 가능성은 없는 듯했다.

이야기를 들은 포그 씨와 일행은 여자를 구해 줘야겠다는 결심이 더욱 확고해졌다. 안내인이 코끼리를 몰아 필라지 사원에서 최대한 가까운 곳까지 가기로 했다.

30분 후 그들은 사원에서 약 500미터 떨어진 잡목림에 멈추었다. 보이지는 않았지만 광신도들의 함성이 분명하게 들려왔다.

그들은 여자에게 접근할 수 있는 방법을 의논했다. 안내인은 여자가 갇혀 있는 사원에 대해 잘 알고 있었다. 광신도들이 마약에 취해 잠든 사이에 문으로 들어갈 수는 없을까, 아니면 벽에 구멍을 내야만 할까? 지금 당장 내릴 수 없는 결정이었다. 하지만 반드시 오늘 밤에 여자를 구출해야 한다는 사실만은 분명했다. 다음 날이면 여자는 죽음에 이르게 될 것이다. 그때가 되면 인간의 힘으로는 절대로 여자를 구할 수 없을 것이다.

포그 씨와 일행은 밤이 오기를 기다렸다. 저녁 6시가 되어 어둑해지기 시작하자 사원 주변을 정찰하기로 했다. 힌두교 신자들의 고함 소리가 서서히 잦아들고 있었다. 인도인들은 관습대로 '항'을 마신 덕분에 약에 취해 인사불성이 되어 있을 터였다. 항은 대마 우려낸 물에

액체 아편을 섞은 것이었다. 어쩌면 정신없이 쓰러진 그들을 슬그머니 지나쳐 사원으로 들어갈 수 있을지도 모를 일이었다.

파르시가 앞장서서 포그 씨와 프랜시스 크로마티 경, 파스파르투를 데리고 소리 없이 숲을 가로질렀다. 빽빽한 덤불 아래로 10분 동안 기어가니 작은 강가에 도착했다. 그곳에는 송진을 바른 횃불이 타고 있었다. 그 덕분에 조심스럽게 쌓아 둔 장작더미가 어렴풋이 보였다. 그 것은 값비싼 백단향으로 만든 화장용 장작더미였는데, 이미 향유도 뿌려 놓은 상태였다. 장작더미 위에는 방부 처리된 토후의 시체가 놓여 있었다. 다음 날 과부가 된 아내와 함께 불타게 될 터였다. 장작더미에서 약 100미터 떨어진 곳에 사원이 있었다. 어둑한 나무 꼭대기 사이로 첨탑이 솟아 있었다.

"어서 따라오세요."

안내인이 속삭였다.

그는 더욱 조심스럽게 일행을 데리고 키 큰 풀들 사이로 조용히 기어갔다. 나뭇가지 사이로 부는 바람 소리만이 정적을 깨뜨렸다.

잠시 후 공터가 나타나자 안내인은 숲 가장자리에서 멈추었다. 그곳에는 몇 개의 횃불이 켜져 있었다. 땅바닥에는 약에 취해 인사불성으로 쓰러져 잠든 사람들의 무리가 보였다. 마치 시체로 뒤덮인 전쟁터 같았다. 남자와 여자, 아이들이 너나 할 것 없이 쓰러져 있었고 여기저기서 약에 취한 신음 소리가 들렸다.

뒤쪽에 무성한 나무 사이로 필라지 사원이 흐릿하게 보였다. 하지만 안내인은 크게 실망하고 말았다. 검은 연기를 내뿜는 횃불 아래 칼을 찬 호위병들이 왔다 갔다 하며 문을 지켜서고 있는 모습이 보였기 때문이다. 사원 안에도 사제들이 불침번을 서고 있을 터였다.

파르시는 더 이상 앞으로 나가지 않았다. 사원으로 밀고 들어가는 것이 불가능하다는 것을 깨닫고 일행에게도 뒤로 물러나라고 했다.

필리어스 포그와 프랜시스 크로마티 경도 안내인과 마찬가지로 이쪽에서 할 수 있는 일이 없다는 사실을 깨달았다.

그들은 멈추어 서서 작은 목소리로 이야기를 나누었다.

"기다립시다. 아직 8시밖에 되지 않았으니 호위병들도 나중에 잠들

거요."

준장이 말했다.

"정말 그럴 수도 있습니다."

파르시가 대답했다.

필리어스 포그와 일행은 나무 발치에 누워 기다리기로 했다.

시간이 무척 느리게 느껴졌다. 안내인은 이따금 자리를 떠나 상황을 살피러 숲 가장자리로 갔다. 토후의 호위병들은 여전히 횃불 속에서 불침번을 서고 있었고 사원의 창문에서도 희미한 불빛이 흘러나왔다.

그들은 자정까지 그렇게 기다렸다. 하지만 상황은 달라지지 않았고 호위병들은 여전히 밖을 지키고 서 있었다. 호위병들이 잠들기만을 기다릴 수는 없다는 것이 확실해졌다. 그들은 향을 마시지 않은 것 같았다. 이제 포그 일행은 다른 방법을 찾아야 했다. 결국 벽에 구멍을 뚫어서 안으로 들어가기로 했지만 문제는 문밖을 지키는 호위병들처럼 안에서도 사제들이 희생자를 감시하고 있을지도 모른다는 것이었다.

최종 의논을 마친 후 안내인은 움직일 준비가 되었다고 말했다. 포그 씨와 프랜시스 경, 파스파르투가 그의 뒤를 따랐다. 그들은 뒤쪽으로 길게 빙 둘러 사원을 향해 다가갔다.

밤 12시 30분경 그들은 누구도 마주치지 않고 사원 뒷벽에 도착했다. 거기까지 호위병들이 감시하진 않았지만 문이나 창문 역시 하나도 없었다.

무척 어두운 밤이었다. 커다란 구름이 지평선 끝에 걸린 하현달을 가리고 있었다. 키 큰 나무들 때문에 주변은 더욱 어두웠다.

뒷벽에 도착한 것으로 끝이 아니었다. 벽에 구멍을 내야만 했다. 필리어스 포그와 일행이 사용할 수 있는 도구라고는 주머니칼뿐이었다. 다행스럽게도 사원 벽은 벽돌에 목재를 섞어 지은 것이라 구멍 뚫기가 어렵지 않았다. 벽돌 하나를 빼내면 나머지 벽돌도 쉽게 빠질 터였다.

일행은 최대한 소리를 내지 않으려고 애쓰며 작업을 시작했다. 약 2피트(1피트는 약 30.48센티미터다.) 정도 되는 구멍을 만들기 위해 한쪽에서는 파르시가, 다른 쪽에서는 파스파르투가 벽돌을 떼어 냈다.

한창 작업을 하고 있는데 갑자기 사원 안에서 외침 소리가 들리더니 곧바로 밖에서 답하는 소리가 들렸다.

파스파르투와 안내인은 하던 일을 멈추었다. 들킨 것일까? 누군가 경고를 한 것일까? 그 상황에서 그들이 해야 할 행동은 당연히 도망치는 것이었다. 그들은 그렇게 했고 필리어스 포그와 프랜시스 크로마티 경도 동시에 몸을 숨기고 나무숲 아래에 쭈그리고 앉았다. 만약 경보가 울린 것이라면 끝날 때까지 기다렸다가 다시 작업을 시작해야 했다.

하지만 안타깝게도 몇 명의 호위병이 사원 뒤쪽에 나타나 자리를 잡는 바람에 더 이상 다가갈 수가 없었다.

일을 끝마치기도 전에 중단해야만 하다니 네 남자의 실망감은 이루 말할 수 없었다. 더 이상 희생자에게 다가갈 방법이 없으니 어떻게 그녀를 구해 줄 수가 있을까? 프랜시스 크로마티 경은 분한 나머지 씩씩거렸다. 옆에 있던 파스파르투도 분노가 치밀어 올랐다. 안내인이 이들을 달래느라고 진땀을 뺐다. 포그는 침착하게 아무 감정도 내비치지 않고 조용히 기다렸다.

"그냥 돌아가는 수밖에 없겠지요?"

준장이 낮은 목소리로 물었다.

"네. 그냥 돌아가는 수밖에 없습니다."

안내인이 말했다.

"기다립시다. 알라하바드에는 내일 정오까지만 도착하면 됩니다."

포그 씨가 말했다.

"뭘 바라시는 겁니까? 이제 몇 시간이면 날이 밝을 테고……."

프랜시스 경이 말했다.

"결정적인 순간에 우리의 운이 바뀔 수도 있습니다."

준장은 필리어스 포그의 표정을 읽을 수 있으면 좋겠다고 생각했다. 이 냉정한 영국 신사는 무엇을 믿고 저러는 것일까? 젊은 여자가 제물로 바쳐지기 직전에 달려가 모두가 보는 앞에서 손을 낚아채기라도 하려는 것일까?

그것은 정신 나간 짓이리라. 설마 이 남자가 그렇게 정신 나간 짓을 할까? 프랜시스 크로마티 경은 이 끔찍한 상황이 마지막에 이를 때까지 기다려 보기로 했다. 안내인은 일행을 다른 쪽 공터로 데려갔다.

그곳에서는 무성한 나무를 은신처 삼아 잠들어 있는 광신도들을 지켜볼 수 있었다.

가장 낮은 나뭇가지에 걸터앉아 있던 파스파르투는 계속 머릿속을 맴도는 생각을 곱씹고 있었다. 그 생각은 스치듯 떠올랐다가 머릿속을 떠나지 않았다. 처음에 그는 혼잣말을 했다. "이건 미친 짓이야." 그런데 이제는 이렇게 말하고 있었다. "안될 게 뭐 있어? 가능성이 있어. 어쩌면 유일한 가능성이야. 상대가 저런 미치광이들이라면……."

파스파르투는 생각을 표현하는 대신 민첩한 뱀처럼 나뭇가지를 타고 아래로 내려왔다.

어느새 시간이 흘러 희미한 빛이 비치며 곧 날이 밝으리라는 것을 알려 주었다. 하지만 사방은 아직 어두웠다.

바로 그때였다. 잠자던 사람들이 깨어난 듯 움직이기 시작했다. 징소리가 들리고 노랫소리와 외침 소리가 터져 나왔다. 불쌍한 여자가 죽게 될 시간이 다가온 것이다.

그때 사원의 문이 열렸다. 안에서 더욱 밝은 빛이 새어 나왔다. 포그 씨와 프랜시스 크로마티 경은 두 명의 사제에 의해 끌려 나오는 희생자의 모습을 분명히 볼 수 있었다. 가엾은 여자는 약에 취한 상태에서도 본능적으로 사형 집행자들의 손아귀에서 빠져나오려고 발버둥쳤다. 프랜시스 크로마티 경은 가슴이 마구 뛰어서 자신도 모르게 필리어스 포그의 손을 와락 붙잡았다. 그때야 그는 필리어스 포그가 칼을 쥐고 있다는 사실을 알았다.

그 순간 무리들이 앞으로 움직이기 시작했다. 젊은 여자는 대마 연기에 취해 무기력한 상태였다. 여자는 힌두교의 주술을 외우며 따라오는 신자들을 지나쳤다.

필리어스 포그와 일행은 무리의 뒤쪽에 섞여 여자를 따라갔다.

2분 후 그들은 강가에 도착했고 토후의 시체가 놓인 장작더미에서 50미터도 떨어지지 않은 곳에 멈추었다. 어스름한 새벽빛 사이로 죽은 듯 꼼짝도 하지 않고 남편의 시체 옆에 누운 희생자가 보였다.

그때 횃불 하나가 앞으로 나오더니 기름을 발라 놓은 나무가 곧장 타올랐다.

그 순간 정신이 나간 것처럼 장작더미 앞으로 뛰어들려는 필리어스 포그를 프랜시스 크로마티 경과 안내인이 순간적으로 붙잡았다.

하지만 필리어스 포그는 그들의 손길을 뿌리쳤다. 바로 그때 눈앞의 장면이 갑자기 바뀌었다. 공포의 비명 소리가 울려 퍼지며 모든 사람들이 공포에 질려 땅에 엎드렸다.

늙은 토후가 죽지 않았던 것일까? 토후가 갑자기 유령처럼 벌떡 일어나더니 젊은 여자를 두 팔로 안고는 소용돌이치는 연기 사이를 뚫고 장작더미에서 내려왔다. 그야말로 유령 같은 모습이었다.

신자들과 호위병들, 사제들은 모두 공포에 사로잡혀 땅에 엎드렸고 감히 이 초자연적인 모습을 쳐다볼 엄두조차 내지 못했다.

정신을 잃은 젊은 여인은 새털처럼 가볍게 강인한 두 팔에 들려 옮겨 졌다. 포그 씨와 프랜시스 크로마티 경은 얼어붙은 듯 서 있었고, 파르 시는 고개를 숙이고 있었다. 파스파르투도 분명히 놀랐을 터였다.

유령 같은 형체가 포그 씨와 프랜시스 크로마티 경이 서 있는 곳으 로 다가와 짤막하게 말했다.

"어서 도망칩시다!"

자욱한 연기 사이를 뚫고 장작더미로 기어 올라간 것은 파스파르투 였다! 파스파르투는 아직 주위가 어두운 것을 틈타 죽음을 앞둔 젊은 여자를 낚아채 온 것이다. 그는 완벽한 연기를 펼치며 공포에 질린 군 중 사이를 대담하게 걸어왔다!

잠시 후 네 사람은 숲 속으로 사라졌고 코끼리가 그들을 신속하게 태우고 달아났다. 하지만 곧이어 비명과 고함 소리와 함께 총알 한 발 이 날아와 필리어스 포그의 모자를 관통한 덕분에 이들의 계략이 들 통 났음을 알 수 있었다.

불타고 있는 장작더미에서 늙은 토후의 시체가 뚜렷이 보였다. 공포 에서 벗어난 사제들은 여자가 구출된 것을 알아차렸다.

그들은 곧바로 숲으로 달려갔고 그 뒤를 호위병들이 뒤따랐다. 호위병 들이 일제히 총알을 발사했지만 여자를 구출한 일행은 이미 도망친 뒤였 고, 잠시 후에는 총알과 화살이 닿지 않을 만큼 완전히 벗어나 있었다.

14

필리어스 포그, 갠지스 강을 지나면서도
멋진 풍경을 구경할 생각조차 하지 않다

　대담한 구출 작전은 대성공이었다. 파스파르투는 1시간이 지난 후에도 자신이 거둔 성공을 한껏 즐기고 있었다. 프랜시스 크로마티 경이 용감무쌍한 파스파르투의 손을 잡고 흔들었다. 그의 주인은 "잘했네." 라고 한마디 했을 뿐이었지만 사실 그 말은 그가 할 수 있는 최고의 찬사였다. 파스파르투는 자신이 한 거라곤 '바보 같은' 아이디어를 낸 것뿐이며, 모두 주인님 덕분이라고 대답했다. 그는 체조 강사이자 소방대원이었던 자신이 잠시나마 매력적인 여인의 남편, 즉 방부 처리된 늙은 토후 행세를 한 것에 마음껏 즐거워하고 있었다.

　젊은 인도 여인은 여전히 무슨 일이 있었는지 알아차리지 못했다. 그녀는 여행 담요에 둘둘 말려 코끼리에 매달린 바구니에 들어가 있었다.

코끼리는 파르시의 능숙한 지시에 따라 아직도 어두운 숲을 빠르게 지났다. 필라지 사원을 떠난 지 1시간쯤 지나자 광활한 평원을 지나기 시작했다. 7시쯤 그들은 휴식을 취했다. 젊은 여인은 여전히 몸을 가누지 못하는 상태였다. 안내인이 그녀에게 물과 브랜디 몇 모금을 마시게 했지만 약 기운이 사라지려면 좀 더 시간이 필요했다.

프랜시스 크로마티 경은 대마 연기를 마셨을 때의 증상을 잘 알고 있었으므로 여인의 상태에 대해 조금도 걱정하지 않았다.

여인의 회복은 걱정되지 않았지만 여인의 안전은 전혀 다른 문제였다. 그는 포그 씨에게 여인이 인도에 계속 남아 있으면 다시 광신도들의 손아귀에 붙잡힐 것이라고 말했다. 그 광신도들은 인도 전역에 퍼져 있어서 영국 경찰이 아무리 최선을 다한다고 해도 희생자는 마드라스에서건 봄베이나 캘커타에서건 다시 붙잡힐 것이 분명하다고 말이다. 프랜시스 경은 그 말을 뒷받침하기 위해 최근에 일어난 비슷한 사건을 들려주었다. 준장은 젊은 여인이 인도를 떠나야만 안전해질 수 있을 거라고 확신했다.

필리어스 포그는 프랜시스 경의 말을 참고해 어떻게 할 것인지 결정하겠다고 대답했다.

10시쯤 되자 안내인은 알라하바드 역에 도착했음을 알렸다. 끊어졌던 철도가 다시 시작되는 곳으로, 여기서부터 캘커타까지 하루가 채 안 걸렸다.

필리어스 포그는 다음 날인 10월 25일 정오까지 캘커타에 도착해야만 홍콩으로 가는 증기선을 탈 수 있었다.

이들은 젊은 여인을 기차역의 대합실에 내려놓았다. 그녀를 위해 파스파르투에게는 세면 도구와 옷, 숄과 모피 등 눈에 띄는 대로 필요한 물건을 사오라는 지시가 내려졌다. 주인은 필요한 만큼 얼마든지 돈을 써도 좋다고 했다.

파스파르투는 곧 길을 나서 온 시내를 돌아다녔다. 신의 도시로 알려진 알라하바드는 두 개의 신성한 강인 갠지스 강과 아무나 강이 만나는 곳에 있었다. 이 강물은 인도 전역에서 순례자들을 모이게 했다. 인도의 대서사시 '라마야나'의 전설에 따르면 갠지스 강의 수원은 원래 천국에 있었는데 브라만(힌두교 최고의 신)의 은총 덕분에 지상으로 내려오게 되었다고 한다.

파스파르투는 물건을 사러 다니면서 도시 전체를 둘러볼 수 있었다. 이곳은 과거에는 산업과 무역의 요충지였지만 이제는 더 이상 산업과 무역 활동이 활발하게 이루어지고 있지 않았다. 파스파르투는 런던의 옥스퍼드 거리에라도 온 것처럼 최신 상품을 파는 가게를 찾아다녔지만 소용없었다. 결국 퉁명한 유대인 노인이 운영하는 중고 상점에서야 격자무늬 모직물로 된 드레스와 커다란 망토 등의 필요한 물건을 살 수 있었다. 75파운드나 주고 수달 모피까지 산 그는 의기양양한 모습으로 기차역으로 돌아왔다.

그러는 사이 아우다 부인은 조금씩 정신을 차리기 시작했다. 필라지 사원의 사제들이 먹인 약의 기운이 서서히 사라지기 시작하자 그녀의 아름다운 눈동자에는 인도인 고유의 그윽한 매력이 되살아났다.

시인이기도 했던 인도의 유수프 아딜 왕은 아내 아마드나가르 왕비의 아름다움을 이렇게 찬양했다.

곱게 가르마를 탄 빛나는 머리카락은 윤기로 반짝이는 섬세하고 하얀 뺨을 따라 부드럽게 흐르네. 칠흑처럼 검은 눈썹은 사랑의 신 카마의 활처럼 둥글고 강인하구나! 비단처럼 부드러운 긴 속눈썹 아래 히말라야의 호수처럼 성스럽고 순수한 천상의 빛이 맑고 커다란 두 눈 속에 비추도다! 미소 짓는 입술 사이로 반짝거리는 하얀 치아는 반쯤 벌어진 석류꽃에 맺힌 이슬방울 같아라. 완벽한 모양을 이루는 앙증맞은 귀, 장밋빛 두 손, 연꽃 봉오리처럼 작고 볼록한 작은 발이여! 실론에서 가장 훌륭한 진주와 골콘다(다이아몬드 대표 생산지)에서 가장 훌륭한 다이아몬드처럼 빛나는구나. 한 손으로 감쌀 수 있는 늘씬하고 유연한 허리는 우아한 허리 곡선과 풍만한 젖가슴을 돋보이게 하도다. 이 곡선은 젊음의 가장 고귀한 보물이어라. 비단으로 만들어진 옷자락의 주름 아래에 보이는 모습은 신들의 조각가 비스와카르마의 성스러운 손이 순은으로 빚은 듯하구나.

하지만 분델칸드 토후의 미망인인 아우다 부인은 이렇게 화려한 미사여구가 없어도 매우 매력적인 여인이었다. 완벽한 영어를 구사하는 것만 봐도 이 젊은 파르시 여인이 철저한 영국식 교육을 받아 왔기에 유럽인이나 다름없다는 안내인의 말은 과장이 아니었다.

한편 기차는 알라하바드 역을 떠나기 직전이었다. 파르시 청년은 대가를 기다리고 있었다. 포그 씨는 동전 한 푼도 더 보태지 않고 약속한 만큼만의 보수를 지불했다. 파스파르투는 그동안 안내인이 얼마나 헌신적으로 주인어른을 도왔는지 알았기에 놀라지 않을 수 없었다. 파르시 안내인은 목숨을 잃을 수 있었음에도 기꺼이 필라지 사원에 함께 간 데다, 만약 나중에라도 힌두교 신자들에게 붙잡힌다면 복수를 피하기 어려울 터였다.

키우니를 처리하는 문제도 남아 있었다. 엄청나게 비싼 값을 치르고 산 코끼리를 어떻게 할 것인가?

하지만 필리어스 포그는 이미 그 문제에 대한 결정을 내린 상태였다.

"파르시, 자네는 헌신적으로 우리를 도와주었네. 자네가 한 일에 대한 보수는 지불했지만 자네의 헌신에 대한 값은 지불하지 않았네. 이 코끼리를 가지면 어떻겠나? 원한다면 자네에게 주겠네."

포그 씨가 안내인에게 말했다.

안내인의 두 눈이 빛났다.

"이렇게 큰 재산을 주시다니요!"

그가 소리쳤다.

"받게나, 이걸 준다고 해도 자네에게 진 빚은 다 못 갚을 걸세."

포그 씨가 대답했다.

"잘됐네! 받아, 친구! 키우니는 믿을 수 있는 용감한 짐승이야!"

파스파르투가 소리쳤다.

파스파르투는 코끼리에게 다가가 설탕 몇 조각을 내밀며 말했다.

"먹어, 키우니. 어서."

코끼리는 만족스러운 듯 울음소리를 냈다. 그리고 코로 파스파르투의 허리를 감아 머리 높이까지 들어올렸다. 파스파르투는 전혀 두려워하지 않고 코끼리를 쓰다듬었고, 코끼리는 파스파르투를 가뿐히 땅에 내려놓았다. 충직한 키우니가 자신의 코를 내밀며 악수를 청하자 파스파르투는 진심어린 마음으로 코끼리의 코를 잡았다.

잠시 후 필리어스 포그와 프랜시스 크로마티 경과 파스파르투는 편안한 객실에 자리 잡았다. 아우다 부인이 가장 좋은 자리에 앉았다. 기차는 바라나시를 향해 속력을 내기 시작했다.

알라하바드에서 바라나시까지는 80마일밖에 되지 않아 두 시간이면 도착할 터였다. 기차를 타고 가는 동안 젊은 여인은 완전히 의식을 되찾았다. 대마 연기의 약 기운은 이제 남아 있지 않았다.

당연한 말이겠지만 여인은 낯선 여행자들에 둘러싸인 채 유럽식 옷차림을 하고 달리는 기차 안에 앉아 있는 자신을 발견하고는 기절초풍할 정도로 놀랐다!

일행은 우선 여인을 진정시키며 증류수 몇 모금을 먹여 정신을 차리도록 했다. 그러고 나서 준장이 그녀에게 그동안 있었던 일을 이야기해 주었다. 그는 필리어스 포그가 한 치의 망설임도 없이 목숨을 바쳐그녀를 구출하려고 했으며, 파스파르투의 대담한 행동 덕분에 작전이성공적으로 끝났음을 강조했다.

포그 씨는 설명에 한마디도 보태지 않았다. 파스파르투는 무척 당황스러워하며 "별것 아니었다니까요."라고 말할 뿐이었다.

아우다 부인은 자신을 구해 준 사람들에게 말보다는 눈물로 감사를전했다. 아름다운 두 눈동자가 입술보다 그녀의 감사한 마음을 더욱잘 표현해 주었다. 이어서 그녀는 사티의 한 장면을 떠올리며 여전히많은 위험이 기다리고 있는 인도 땅을 바라보았다. 그녀는 갑자기 몰려오는 공포에 몸을 부들부들 떨었다.

아우다 부인이 무슨 생각을 하는지 눈치챈 필리어스 포그는 그녀에게 홍콩까지 데려다 주겠다면서 사건이 잠잠해질 때까지 그곳에 머무르는 것이 어떻겠냐고 차분하게 제안했다.

아우다 부인은 고마워하며 제안을 받아들였다. 마침 홍콩에 친척이살고 있다고 했다. 자기와 같은 파르시로, 홍콩에서 손꼽히는 무역상이었다. 홍콩은 중국 연안에 위치했지만 영국령이었다.

기차는 오후 12시 30분에 바라나시 역에 도착했다. 힌두교 전설에따르면 이곳은 고대 카시 왕국에 속했던 곳으로, 카시 왕국은 마호메

트의 무덤처럼 하늘과 땅 사이 공간에 떠 있었다고 한다. 하지만 동양 학자들이 인도의 아테네라고 부르는 이 도시는 현실에서는 땅 위에 있었다. 윗가지를 엮어 흙을 발라 만든 오두막과 벽돌집이 어렴풋이 보였지만 파스파르투의 눈에는 칙칙하고 황량해 보일 뿐이었다.

프랜시스 크로마티 경의 여행은 여기서 끝이었다. 그는 바라나시에 서 북쪽으로 몇 마일 떨어진 곳에 주둔해 있는 군대로 돌아가는 길이 었기 때문이다. 준장은 필리어스 포그에게 작별 인사를 하며 모든 일 이 잘되기를 바란다고 했다. 그리고 좀 더 평범하고 유익하게 남은 여 행을 해나가기를 기원했다. 포그 씨는 크로마티 경의 손을 가볍게 잡 고 악수했다. 아우다 부인과의 작별 인사는 보다 친절했다. 그녀는 크 로마티 경의 은혜를 절대로 잊지 않겠다고 했다. 영광스럽게도 파스 파르투는 준장과 진심 어린 악수를 나누었다. 그는 감동받은 기색이 역력한 얼굴로 언제, 어디서, 어떻게 준장에게 보답할 수 있을까 생각 했다. 이렇게 그들은 헤어졌다.

철로는 바라나시를 떠나 갠지스 강의 계곡을 지났다. 맑은 날씨 덕 분에 창문 너머로 비하르 지역의 다채로운 풍경이 드러났다. 초록색 으로 뒤덮인 산과 보리밭, 옥수수밭, 밀밭, 초록색 악어가 우글거리 는 강과 연못, 정돈된 마을과 울창한 숲이 나타났다. 코끼리와 제부 소 몇 마리가 신성한 강물에서 목욕을 하고 있었다. 이미 동절기로 접 어들어 날씨가 쌀쌀했지만 남녀 힌두교 신자들이 목욕으로 심신을 정화하고 있었다. 불교를 배척하는 힌두교 신자들은 브라만교의 충실한 신자들이었다. 브라만교는 태양신 '비슈누', 자연의 힘을 신격화한 '시바' 그리고 사제와 입법자들을 지배하는 '브라만'이라는 신을 믿는 종교다. 하지만 브라만과 시바, 비슈누는 '영국화'된 인도에 대해 어떻게 생각할까? 증기선이 칙칙거리며 성스러운 갠지스 강물을 가르고, 그 위를 날아다니는 갈매기와 강가에 떼 지은 거북이들과 힌두교 신자들을 본다면!

풍경은 순식간에 스쳐 지나 갔다. 게다가 기차가 뿜어내는 하얀 연기에 가려져 자세히 보이지 않을 때가 많았다. 바라나시에서 남서쪽으로 20마일 떨어진 추나르 요새와 비하르 토후들의 옛 성채, 가지푸르 시내와 그곳의 대규모 장미 화장수 공장들, 갠지스 강둑 왼편에 서 있는 콘월리스 경의 무덤, 요새 도시 북사르, 인도 최대의 아편 시장이 있는 상공업의 요충지 파트나 그리고 주물 공장과 철물, 무기 공장으로 유명한, 맨체스터나 버밍엄 못지 않게 유럽적인 도시 몽기르 등이 어렴풋이 보일 뿐이었다. 특히 몽기르에 높이 솟은 공장 굴뚝은 검은 매연을 내뿜으며 브라만의 천상을 모욕하고 있었다.

밤이 되자 호랑이와 곰, 늑대가 기차를 보고 도망치며 울부짖는 가운데 기차는 전속력으로 달렸다. 골콘다나 구르의 폐허, 옛 수도였던 무르시다바드, 부르드완, 후글리, 프랑스의 전초 기지가 있는 찬다나가르 등 벵골을 대표하는 풍경은 더 이상 볼 수 없었다. 파스파르투가 찬다나가르에서 바람에 휘날리는 프랑스의 국기를 보았더라면 몹시 뿌듯해했을 텐데 말이다!

7시가 되어 마침내 캘커타에 도착했다. 홍콩으로 가는 증기선은 정오에 출발할 예정이었다. 따라서 필리어스 포그는 5시간의 여유가 있었다.

계획대로라면 런던을 떠난 지 23일 만인 10월 25일에 인도의 수도 캘커타에 도착해야 했는데 그대로 도착한 셈이었다. 따라서 그는 일정보다 뒤처지지도 앞서지도 않았다. 알다시피 런던과 봄베이 사이에서 벌어 놓은 이틀은 인도 대륙을 횡단하며 써버렸다. 하지만 필리어스 포그는 그 시간을 후회하지 않을 터였다.

15
또 몇 천 파운드가 빠져나가
돈 가방이 가벼워지다

기차가 역에 멈추자 파스파르투가 제일 먼저 기차에서 내렸고, 포그 씨가 그 뒤를 따르며 젊은 여인이 내리는 것을 도와주었다. 포그 씨는 곧바로 홍콩행 항구로 갈 생각이었다. 인도에 남아 있는 한 위험했으므로 아우다 부인을 혼자 내버려 두고 싶지 않았다. 그는 그녀를 여객선에서 편하게 쉬게 할 생각이었다.

포그 씨가 역을 떠나려는 순간 경찰이 다가와 말했다.

"필리어스 포그 씨입니까?"

"네."

"이 사람은 하인입니까?"

경찰이 파스파르투를 가리키며 물었다.

"네."

"두 분 모두 따라오십시오."

포그 씨는 전혀 놀란 기색을 보이지 않았다. 경찰관은 법의 대리인이었고 영국 신사에게 법은 신성한 것이었기 때문이다. 한편 파스파르투는 프랑스인답게 언쟁을 벌이고 싶었지만 경찰관이 경찰봉으로 그를 툭 쳤다. 필리어스 포그는 파스파르투에게 복종하라는 몸짓을 보냈다.

"여기 젊은 부인도 함께 가도 됩니까?"

포그 씨가 물었다.

"그렇게 하십시오."

경찰관이 대답했다.

경찰은 포그 씨와 아우다 부인, 파스파르투를 두 마리의 말이 끄는 4인용 사륜마차인 팔키가리에 태웠다. 마차가 출발했다. 마차가 달리는 약 20분 동안 아무도 말하지 않았다.

마차는 가장 먼저 인도인 구역을 지났다. 좁은 길가를 따라 양쪽에 오두막이 늘어서 있었고 누더기를 걸친 지저분해 보이는 사람들이 득실거렸다. 그곳을 벗어난 마차는 유럽인 구역으로 들어섰다. 아름다운 벽돌집들 사이로 코코넛나무의 그림자가 드리웠고, 돛대가 서 있었다. 아직 이른 아침이었지만 세련된 옷차림을 한 사람들이 멋진 마차를 타고 돌아다녔다.

팔키가리가 공공건물로 보이는 단조로운 건물 앞에 멈추었다. 경찰은 죄수들을 —달리 어울리는 말이 없었다.— 내리게 하고 쇠창살이 쳐진 창문이 있는 방으로 데려갔다.

"8시 30분에 오바디아 판사 앞에 출두하게 될 겁니다."

그는 방에서 나가며 문을 잠갔다.

"우린 잡힌 거예요!"

파스파르투가 의자에 털썩 주저앉으며 소리쳤다.

"저를 그냥 두고 가셔야 해요. 저 때문에 기소되신 거예요. 저를 구해 주셨기 때문에!"

아우다 부인이 포그 씨를 쳐다보며 감정이 고스란히 담긴 목소리로 말했다.

필리어스 포그는 그렇지 않다고 대답했다. 사티 때문에 기소되다니! 도저히 용납할 수 없는 일이었다. 고소인들이 어떻게 감히 법정에 나타나겠는가? 뭔가 착오가 있는 것이 분명했다. 포그 씨는 어떤 경우라도 여인을 두고 가지 않을 것이며 홍콩으로 데려가겠노라고 덧붙였다.

"하지만 배는 정오에 떠나잖아요!"

파스파르투가 말했다.

"우리는 12시 전에 배에 타게 될 거야."

신사가 침착하게 대답했다.

어찌나 확고하던지 파스파르투는 이렇게 생각하지 않을 수 없었다.

'그래, 분명히 그럴 거야! 우린 정오에는 배에 타게 될 거야!'

하지만 도무지 확신이 들지는 않았다.

8시 30분에 문이 열렸다. 경찰관이 다시 와서 죄수들을 옆방으로 데려갔다. 그곳은 법정이었고 유럽인과 인도인으로 이루어진 방청객들이 자리를 메우고 있었다.

포그 씨와 아우다 부인, 파스파르투는 치안판사와 서기의 맞은편에 있는 긴 의자에 앉았다.

곧바로 오바디아 판사가 법정으로 들어왔고, 서기가 그 뒤를 따랐다. 판사는 둥그스름한 얼굴의 뚱뚱한 남자였다. 그는 못에 걸려 있는 가발을 벗겨 민첩하게 머리에 썼다.

"첫 번째 사건."

그는 이렇게 말한 후 한 손을 머리에 얹고 소리쳤다.

"잠깐. 이건 내 가발이 아니잖아!"

"그렇습니다. 판사님, 그건 제 가발입니다."

서기가 말했다.

"오이스터퍼프 서기, 자네는 판사가 서기의 가발을 쓰고 제대로 된 판결을 내릴 수 있다고 생각하는가?"

두 사람은 가발을 바꿔 썼다. 시간이 지체되는 동안 파스파르투는 초조해서 참을 수가 없었다. 법정에 있는 커다란 시곗바늘이 엄청나게 빨리 움직이는 것처럼 느껴졌다.

"첫 번째 사건."

오바디아 판사가 다시 말했다.

"필리어스 포그?"

서기가 말했다.

"여기 있습니다."

포그 씨가 대답했다.

"파스파르투?"

"출석했습니다."

파스파르투가 대답했다.

"좋습니다. 이틀 동안 경찰들이 두 사람을 찾으려고 봄베이의 모든 기차를 뒤졌습니다."

판사가 말했다.

"무슨 일로 기소된 거죠?"

파스파르투가 참지 못하고 소리쳤다.

"곧 알게 될 겁니다."

판사가 대답했다.

"판사님, 저는 영국 시민으로서 권리가……."

포그 씨가 입을 열었다.

"무례한 대우를 받았습니까?"

오바디아 판사가 물었다.

"그렇지 않습니다."

"좋아요! 원고를 들여보내세요."

판사의 명령과 함께 문이 열리고 문지기가 세 명의 힌두교 사제를 들여보냈다.

"이럴 줄 알았어. 이 젊은 부인을 불태워 죽이려던 사기꾼 놈들이야."

파스파르투가 중얼거렸다.

사제들이 판사 앞에 서자 서기가 신성 모독 혐의로 기소된 사실을 큰 소리로 읽었다. 필리어스 포그와 그의 하인이 힌두교의 성지를 훼손한 죄목으로 기소되었다는 내용이었다.

"이 죄목에 대해 들어 본 적이 있습니까?"

판사가 필리어스 포그에게 물었다.

"네, 판사님. 유죄를 인정합니다."

포그 씨가 시계를 보며 말했다.

"아, 유죄를 인정한다고요"

"인정합니다. 그러니 세 명의 사제들도 필라지 사원에서 했던 일에 대해 죄를 시인하기 바랍니다."

사제들은 서로를 쳐다보았다. 피고가 무슨 말을 하는지 도저히 모르겠다는 표정이었다.

"맞아요. 필라지 사원에서 저들이 제물을 불태우려고 했습니다!"

사제들은 더욱 어리둥절한 표정이었고, 판사는 몹시 놀랐다.

"제물이라고요? 누구를 불태워요? 봄베이 한복판에서?"

"봄베이라고요?"

파스파르투가 소리쳤다.

"그래요. 필라지 사원이 아니라 봄베이 말라바르 언덕에 있는 사원 말입니다."

"증거물로 피고가 신성 모독죄를 행할 때 신었던 신발을 제출합니다."

서기가 신발 한 켤레를 책상에 올려놓으며 덧붙였다.

"내 구두다!"

파스파르투는 너무도 놀란 나머지 자신도 모르게 소리쳤다.

당연히 주인과 하인 모두 어리둥절할 수밖에 없었다. 그들은 봄베이의 사원에서 있었던 일을 까맣게 잊고 있었다. 그런데 바로 그 일 때문에 캘커타의 법정에 서게 되다니!

사정은 이러했다. 픽스 형사가 그 사건을 자신에게 유리한 쪽으로 이용한 것이었다. 그는 출발 시간을 두 시간 미루고 말라바르 언덕에 있는 사원의 사제들에게 법적인 조언을 해주었다. 영국 정부가 그러한 행위를 엄중하게 처벌하고 있음을 잘 아는 그는 사제들에게 거금의 손해 배상액을 받아낼 수 있다고 했다. 그리고 그들과 함께 기차를 타고 신성 모독자들을 찾아 나섰다. 하지만 포그 일행이 젊은 미망인을 구출하느라 시간을 지체하는 바람에 픽스와 힌두교 사제들이 먼저 캘커타에 도착했다. 전보를 받은 경찰은 필리어스 포그와 그의 하인을 기차에서 내리자마자 체포할 작정이었다. 그러나 필리어스 포그가 캘커타에 도착하지 않았다는 것을 안 픽스 형사는 몹시 실망했다. 그는 이 강도가 인도 반도의 어느 기차역에 내려서 북쪽 지방으로 도망친 것은 아닐지 매우 초조해하며 필리어스 포그가 나타나기만을 하루 종일 기다렸다. 그러나 그날 아침에 필리어스 포그가 정체를 알 수 없는 여인과 함께 기차에서 내리는 모습을 보고 얼마나 기뻤겠는가. 그는 곧바로 경찰관 한 명을 보냈다. 이리하여 필리어스 포그와 파스파르투와 분델칸드 토후의 미망인이 오바디아 판사 앞에 서게 된 것이다.

파스파르투가 조금이라도 덜 흥분했다면 방청석 구석에 앉아 열심히 재판을 지켜보는 픽스 형사의 존재를 알아차렸으리라. 봄베이와 수에즈에서처럼 여기 캘커타에도 아직 체포 영장이 도착하지 않은 탓이었다.

오바디아 판사는 파스파르투의 입에서 나온 말을 유죄를 인정하는 증거로 채택했다. 파스파르투는 자신의 전 재산을 바쳐서라도 무모하게 내뱉은 그 말을 도로 주워 담고 싶었다.

"모든 사실을 인정합니까?"

판사가 물었다.

"인정합니다."

포그 씨가 냉정하게 대답했다.

"영국 법은 인도 국민의 모든 종교를 차별하지 않고 적극적으로 보호하고 있습니다. 파스파르투 씨가 인정한 대로 10월 20일 말라바르 언덕에 있는 사원에 신발도 벗지 않고 들어가는 불경한 잘못을 저질렀으니 구류 15일과 300파운드의 벌금형에 처합니다."

"300파운드라고요!"

파스파르투가 벌금의 액수에만 반응하며 소리쳤다.

"조용히 하세요."

법정의 수위가 소리쳤다.

"그리고 하인과 주인이 공모했다는 물리적인 증거는 없지만 주인은 자신이 고용한 하인의 행동을 책임질 의무가 있으므로 필리어스 포그에게는 일주일의 구류와 150파운드의 벌금형을 선고합니다. 서기, 다음 사건 진행하세요."

구석에 앉아 이를 듣고 있던 픽스는 이루 말할 수 없는 만족감을 느꼈다. 필리어스 포그가 8일 동안 캘커타에 묶여 있다니, 체포 영장이 도착하고도 남을 시간이었다.

파스파르투는 말문이 막혀 버렸다. 이번 판결은 주인을 망치고 말았다. 그가 아무 생각 없이 그 빌어먹을 사원에 들어갔기 때문에 주인은 2만 파운드가 걸린 내기에서 지게 된 것이다.

필리어스 포그는 마치 다른 사람에게 판결이 내려진 것처럼 침착함을 전혀 잃지 않았다. 서기가 다음 사건을 낭독하려고 하자 그가 자리에서 일어나 말했다.

"보석을 신청합니다."

"당신에겐 그럴 권리가 있습니다."

판사가 답했다.

픽스 형사는 등줄기가 오싹해졌다. 하지만 그는 필리어스 포그와 하인이 '외국인' 신분임을 고려해서 한 사람당 1,000파운드라는 어마어마한 보석금을 내야 한다는 판사의 말에 다시 평정을 되찾았다.

필리어스 포그가 형을 피하려면 2,000파운드를 내야만 했다.

"내겠습니다."

이 신사는 파스파르투가 들고 있던 가방에서 은행권 뭉치를 꺼내 서기의 책상에 내려놓았다.

"이 돈은 당신들이 형을 받고 나올 때 다시 돌려줄 겁니다. 그때까지는 보석으로 석방하겠습니다."

판사가 말했다.

"가세."

필리어스 포그가 하인에게 말했다.

"제 신발은 돌려줘야지요!"

파스파르투가 분노에 찬 목소리로 외쳤다.

그는 구두를 되돌려 받았다.

"엄청나게 비싼 구두군. 한 짝에 1,000파운드라니. 게다가 맞아 죽을 뻔하기까지 했는데!"

그가 중얼거렸다.

파스파르투는 풀이 죽은 채 포그 씨를 뒤따랐다. 포그 씨는 아우다 부인에게 팔을 내밀었다. 픽스는 강도가 2,000파운드를 포기하지 않고 일주일 동안 감옥에 갇혀 있기만을 바랐을 뿐이었다. 그는 포그를 뒤따라가기로 했다.

포그 씨는 마차를 불러 세웠고 아우다 부인과 파스파르투에 이어 올라탔다. 픽스 역시 마차를 따라 달렸다. 마차는 캘커타의 부둣가에 멈추었다.

앞바다에서 약 0.5마일 떨어진 정박지에 항해 준비를 끝마친 랑군 호가 서 있었다. 11시를 알리는 종소리가 울렸다. 배가 출발하기까지 1시간이 남아 있었다. 픽스는 마차에서 내린 포그가 아우다 부인과 하인과 함께 소형 배에 올라타는 모습을 지켜보았다. 그는 발로 바닥을 힘껏 내리쳤다.

"저 몹쓸 놈이 떠나 버렸군! 2,000파운드나 버리다니 강도 놈이 돈을 물 쓰듯 잘도 써대는군. 필요하다면 세상 끝까지 놈을 쫓아갈 거야. 하지만 저러다간 훔친 돈이 전부 바닥나겠어!"

픽스 형사가 그렇게 생각할 만도 했다. 필리어스

포그는 런던을 떠난 후 지금까지 여행 경비와 사례금을 지불하고 코끼리를 사고 보석금과 벌금을 내느라고 벌써 5,000파운드가 넘는 돈을 썼다. 회수한 훔친 돈의 일부가 범인을 검거한 형사에게 돌아가게 되는데, 그 돈이 계속 줄어들고 있었다.

16

픽스, 무슨 말을 들었는지
모르는 체하다

　　인도 반도 및 동양 선박 회사가 중국과 일본을 오가며 운항하는 여객선 랑군 호는 프로펠러로 움직이는 철제 증기선으로, 중량 1,770톤에 400마력의 동력을 갖추고 있었다. 속도는 몽골리아 호만큼 빨랐지만 편안함은 그렇지 못했다. 때문에 아우다 부인은 필리어스 포그의 바람대로 배 안에서 편안하게 있을 수 없었다. 하지만 3,500해리밖에 거리가 되지 않아 11일에서 12일 안에 도착할 수 있는 데다 이 젊은 여인은 그리 까다로운 승객이 아니었다. 항해를 하는 동안 아우다 부인은 필리어스 포그에 대해 좀 더 알게 되었다. 그녀는 기회가 생길 때마다 그에게 진심에서 우러나오는 감사를 표시했다. 이 침착한 신사는 목소리와 행동에 감정을 담아 반응하는 일은 없었지만 아우다 부인의 말에 귀를 기울였다. 적어도 그렇게 보였다. 그는 부족한 것은 없는지 그녀에게 주의를 기울였다. 정해진 시간마다 주기적으로 그녀를 찾아왔으며 그때마다 말을 하지 않더라도 그녀의 말에 귀를 기울였다. 최대한 정중하고 세심한 태도로 그녀를 대했지만, 그의 태도는 마치 이러한 용도로 제작된 자동인형처럼 보였다. 포그 씨의 그런 모습을 어떻게 받아들여야 할지 몰라 하는 아우다 부인에게 파스파르투가 주인의 별난 행동에 대해 설명해 주었다. 내기 때문에 세계 일주를 하고 있다는 사실도 덧붙여 이야기해 주었다. 아우다 부인은 그가 재미있다고 생각했다. 자신의 목숨을 구해 준 고마운 은인이라는 생각에 포그 씨에 대한 호감이 더욱 커져 갔다.

아우다 부인은 코끼리 안내인이 들려주었던 그녀의 사연이 사실임을 확인해 주었다. 그녀는 정말로 인도 사회에서 가장 높은 계급에 속한 사람이었다. 인도에는 면화 사업으로 엄청난 돈을 번 파르시 무역상들이 있었다. 그중 제임스 제지브호이 경은 영국 정부로부터 기사 작위를 받았는데, 봄베이에 사는 그 부유한 무역상이 바로 아우다 부인의 친척이었다. 또한 그녀가 홍콩으로 만나러 가는 사람은 제지브호이 경의 사촌인 제지흐였다. 그가 과연 그녀를 받아 주고 도와줄까? 그녀는 확신할 수 없었다. 포그 씨는 그녀에게 걱정할 게 전혀 없으며 모든 일이 수학적으로 잘될 것이라고 말했다! 포그 씨는 분명히 '수학적'이라는 단어를 사용했다.

아우다 부인이 이 끔찍한 표현을 이해했을까? 그것은 알 수 없다. 어쨌든 그녀는 '히말라야의 성스러운 호수처럼 맑은' 두 눈으로 포그 씨를 바라보았다. 그러나 무뚝뚝한 포그 씨는 늘 그렇듯 과묵해서 그 호수에 뛰어들 남자처럼 보이지 않았다.

랑군 호의 항해는 초반에는 무척 순조로웠다. 무엇보다도 날씨가 호의적이었다. 랑군 호는 선원들이 '벵골의 내해'라고 부르는 거대한 만의 일부분을 순조롭게 지났고, 이내 안다만 제도의 가장 큰 섬인 '그랜드 안다만'에 접어들었다. 그곳은 2,400피트에 이르는 새들피크봉 덕분에 항해사들이 쉽게 알아볼 수 있는 커다란 섬이었다.

배는 해안과 꽤 가까이 달리고 있었다. 이 섬에 사는 야만인들의 모습은 눈에 띄지 않았다. 그들은 가장 미개한 종족이었지만 식인종이라는 것은 잘못된 소문이었다.

이어지는 섬들의 전경은 장관이었다. 섬 앞쪽으로는 부채꼴 야자나무와 아레카야자, 대나무, 육두구나무, 티크나무, 거대한 미모사, 나무고사리가 거대한 숲을 이루고 있었고, 뒤쪽으로는 산이 장엄하게 펼쳐져 있었다. 해안에는 좀처럼 보기 어려운 바다제비 수천 마리가 떼 지어 있었다. 바다제비의 둥지는 중국에서 별미 중의 별미로 꼽았다. 하지만 안다만 제도의 다채로운 풍경은 금세 끝났고 랑군 호는 이제 중국해로 이어지는 말라카 해협을 향해 빠르게 나아갔다.

그렇다면 본의 아니게 세계 일주에 말려든 픽스 형사는 어떻게 되었을까? 그는 체포 영장이 도착하면 홍콩으로 보내 달라는 조치를 취해 놓고 캘커타를 떠났다. 파스파르투의 눈에 띄지 않고 랑군 호에 올라 탄 그는 끝까지 자신이 발각되지 않기를 바랐다. 파스파르투와 마주친다면 자신이 배에 탄 이유를 의심스럽지 않게 설명하기가 힘들 테니까 말이다. 파스파르투는 그가 봄베이에 있다고 생각할 터였다. 하지만 픽스는 파스파르투와 다시 한 번 마주칠 수밖에 없었다. 어떻게 된 일인지는 다음과 같다.

픽스 형사의 모든 희망과 기대는 단 한 곳, 홍콩에 쏠려 있었다. 그 이유는 증기선이 머무는 싱가포르에서는 시간이 짧아 행동을 개시하기가 힘들기 때문이었다. 따라서 홍콩에서 반드시 강도를 체포해야만 했다. 그렇지 않으면 영영 놓치고 말 것이다.

앞에서 말한 것처럼 홍콩은 영국령이자 여행의 마지막 영국령이기도 했다. 홍콩을 벗어난 후에 가는 중국, 일본, 미국은 포그에게 안전한 안식처가 되어 줄 것이다. 따라서 홍콩에 체포 영장이 무사히 도착하기만 한다면 픽스는 포그를 붙잡아 홍콩 경찰에 넘길 수 있었다. 그렇게만 된다면 문제될 것이 없었다. 하지만 홍콩을 벗어난다면 체포 영장만으로는 충분하지 않을 뿐만 아니라 별다른 범죄인 인도 절차가 필요할 터였다. 그러면 또다시 온갖 기나긴 절차와 지연, 장애물이 발생할 것이고, 그 기회를 틈타 악당이 영영 도망쳐 버릴 가능성이 있었다. 따라서 홍콩에서의 체포 작전이 실패한다면 그 후로는 체포가 아예 불가능해지거나 대단히 힘들어질 것이다.

픽스 형사는 선실에서 머문 오랜 시간 동안 중얼거렸다.

"그래, 그렇다면 둘 중 하나야. 체포 영장이 홍콩에 도착하면 놈을 체포할 수 있을 거고, 만약 체포 영장이 도착하지 않는다면 무슨 수를 써서라도 놈의 출발을 지연시켜야 해. 봄베이에서도 놓쳤고 캘커타에서도 놓쳤지. 홍콩에서도 놓친다면 내 평판이 떨어질 거야. 무슨 일이 있어도 반드시 성공해야만 해. 어떻게 하면 이 빌어먹을 포그가 출발하지 못하게 시간을 끌 수 있을까?"

마침내 픽스는 파스파르투에게 모든 것을 털어놓기로 결심했다. 파스파르투가 주인과 공범이 아니라면 그에게 주인이 어떤 인간인지 밝히는 게 더 좋을 수도 있었다. 그가 진실을 알게 된다면 사건에 연루되는 것이 두려워 픽스 형사의 편을 들 것이다. 하지만 이것은 최종 무기로 활용해야 하는 위험한 전략이었다. 파스파르투가 주인에게 한마디라도 하는 날에는 모두 물거품이 되고 말 테니까.

이처럼 매우 곤란한 처지에 놓여 있던 픽스 형사는 랑군 호에 함께 승선한 아우다 부인을 보는 순간 새로운 가능성을 발견했다.

저 여인은 누구일까? 어떤 사정으로 포그와 동행하게 되었을까? 봄베이와 캘커타 사이에서 만난 것이 분명했다. 하지만 정확히 인도 대륙 어디에서 만난 것일까? 필리어스 포그와 젊은 여인은 도대체 어떤 계기로 만난 것일까? 아니면 애초에 포그는 저 아름다운 여인을 만나려고 인도로 온 것이 아닐까? 캘커타의 법정에서부터 느꼈지만 굉장히 우아하고 아름다운 여인이었다.

쉽게 짐작할 수 있겠지만 이 상황이 픽스 형사에게 매우 흥미롭게 느껴졌다. 그는 이 사건이 납치 범죄와 연관된 건 아닌지 의문스러웠다. 그렇다! 그것이 분명했다! 이런 생각이 머릿속 깊숙이 박히자 픽스 형사는 상황을 유리하게 이용할 수 있다는 사실을 깨달았다. 만약 포그가 정말로 여자를 납치한 것이라면, 여자의 결혼 여부와 상관없이 이번만큼은 납치범이 홍콩에서 돈을 내고 풀려날 수 없으리라.

하지만 랑군 호가 홍콩에 도착하기 전까지 가만히 있을 수는 없었다. 포그라는 작자는 배를 자꾸 갈아타는 골치 아픈 버릇이 있으므로 픽스 형사의 작전이 시작되기 전에 도망쳐 버릴 수도 있었다.

따라서 랑군 호가 목적지에 도착하기 전에 미리 영국 경찰에 알리는 것이 가장 중요했다. 그것은 매우 간단한 일이었다. 증기선이 정박할 예정인 싱가포르에서 중국 본토로 전보를 보낼 수 있었기 때문이다.

하지만 픽스는 행동을 개시하기 전에 만약을 위하여 파스파르투에게 정보를 캐보기로 했다. 그는 파스파르투의 입을 열게 하는 것이 그리 어려운 일이 아님을 알고 있었으므로 눈에 띄지 않도록 숨어 있겠다는 생각을 바꾸었다. 이제는 낭비할 시간이 없었다. 오늘이 10월 30일이니 내일이면 랑군 호가 싱가포르에 정박할 것이다.

따라서 이날 픽스는 파스파르투를 만날 작정으로 갑판으로 올라갔다. 만나면 깜짝 놀라는 연기를 할 작정이었다. 그는 갑판 앞쪽을 거니는 파스파르투에게 달려가 소리쳤다.

"당신을 랑군 호에서 만나다니요!"

"픽스 씨도 이 배에 타고 계셨군요!"

파스파르투가 몽골리아 호에서 만난 픽스를 알아보고 깜짝 놀라 소리쳤다.

"놀랍군요! 봄베이에서 헤어졌는데 홍콩으로 가는 배에서 또 만나다니요! 혹시 선생님도 세계 일주를 하십니까?"

"아뇨, 아닙니다. 홍콩에서 내릴 생각이에요. 최소한 며칠은 있을 겁니다."

"그래요? 그런데 어째서 캘커타를 떠난 후 배에서 한 번도 못 봤을까요?"

파스파르투가 잠시 깜짝 놀란 표정으로 물었다.

"아, 그게 몸이 좋지 않아서…… 뱃멀미를 앓았어요……. 내내 선실에서 누워 있었습니다. 벵골만은 인도양만큼 저한테 맞지 않는군요. 그나저나 당신의 주인, 필리어스 포그 씨는 안녕하신가요?"

"아주 건강히 계십니다. 여행도 계획대로 하고 계시고요. 단 하루도 늦지 않았어요! 아, 픽스 씨, 모르고 계시겠지만 젊은 여자분이 우리와 함께 있답니다."

"젊은 여자분요?"

픽스 형사는 무슨 말인지 전혀 모르겠다는 듯 완벽하게 연기했다.

이내 파스파르투가 어떻게 된 일인지 그동안의 일들을 설명해 주었다. 봄베이의 사원에서 있었던 사건, 2,000파운드에 코끼리를 산 일, 사티 사건, 아우다 부인을 구해 준 일, 캘커타 법정에서 유죄 판결을 받은 일, 보석금을 내고 풀려난 일 등을 전부 이야기했다. 픽스는 이야기의 후반부는 알고 있었지만 모르는 척했다. 파스파르투는 잔뜩 호기심을 보이며 듣는 상대에게 자신의 모험 이야기를 마음껏 떠벌렸다.

"그런데 당신의 주인은 그 젊은 여인을 유럽으로 데려갈 생각인가요?"

"아닙니다, 픽스 씨. 절대로 아니에요. 홍콩에 있는 여자분의 친척에게 안전하게 데려다 줄 거예요. 홍콩의 무역상으로 큰 부자라고 합니다."

"어떻게 할 수가 없겠군."

픽스가 실망감을 감추고 혼잣말을 했다.

"파스파르투 씨, 한잔하시겠습니까?"

"좋지요, 픽스 씨. 랑군 호에서 만났는데 당연히 그래야지요."

17

싱가포르에서 홍콩으로 가는 동안
많은 일이 생기다

그날 이후 픽스 형사는 파스파르투와 자주 만났지만 경계심을 늦추지 않았고, 그에게서 정보를 캐내려고 애쓰지도 않았다. 포그 씨를 본 것은 한두 번뿐이었다. 포그 씨가 아우다 부인과 함께 있을 때와, 늘 똑같은 하루 일과대로 휘스트를 하기 위해 큰 라운지에 있을 때였다.

파스파르투는 주인의 여행길에서 픽스와 다시 한 번 마주치게 된 기이한 우연에 대해 진지하게 생각하기 시작했다. 생각해 보면 무척 놀라운 일이었다. 기꺼이 도움을 베푸는 이 친절한 신사는 수에즈에서 처음 나타났고 몽골리아 호에도 탔으며 봄베이에 머물겠다고 하더니 홍콩으로 가는 랑군 호에 다시 나타났다. 한마디로 그는 포그 씨의 여행 일정을 한 걸음 한 걸음 따라오고 있었다. 이 모든 것은 생각해 봐야 할 문제였다. 이 우연한 만남에는 뭔가 기이한 점이 있었다. 픽스는 누구를 쫓고 있는 것일까? 파스파르투는 픽스가 자신들과 똑같은 시간에 똑같은 증기선을 타고 홍콩을 떠날 거라는 것에 이제는 소중히 아끼게 된 자신의 가죽신을 걸 준비가 되어 있었다.

파스파르투는 아무리 곰곰이 생각해 봐도 픽스의 진짜 속셈을 알 수 없었다. 필리어스 포그가 도둑으로 몰려 형사의 미행을 받으며 세계 일주를 하고 있으리라고는 상상조차 하지 못했기 때문이다. 하지만 사람이라면 모든 일에 대한 합당한 이유를 찾으려고 애쓰기 마련이다. 파스파르투도 마찬가지였다. 불현듯 그는 픽스가 계속 나타나는 그럴 듯한 이유를 떠올렸다. 꽤 그럴 듯한 설명이었다. 파스파르투는 픽스를 내기의 조건에 명시된 경로에 따라 필리어스 포그가 제대로 세계 일주를 하고 있는지 살펴보기 위해 개혁 클럽 회원들이 보낸 사설탐정이라고 생각했다.

"분명해! 분명하고말고!"

파스파르투는 자신의 영특함에 감탄하며 외쳤다.

"그 신사들이 우리 뒤를 밟으라고 보낸 스파이가 분명해. 이건 공정하지 못해! 포그 씨가 얼마나 올곧고 훌륭한 분인데! 그런 분을 사설탐정을 시켜 몰래 뒤쫓게 하다니! 개혁 클럽 회원 여러분, 대가를 치르게 될 겁니다!"

파스파르투는 스스로 알아낸 사실에 한껏 도취되었지만, 주인어른에게는 알리지 않기로 결정했다. 포그 씨가 내기 상대자들의 불신에 상처받을지도 모른다는 생각에서였다. 하지만 기회가 닿는다면, 자신이 알고 있다는 사실은 내비치지 않은 채 신중하게 픽스를 비웃어 주리라고 맹세했다.

10월 30일 수요일 오후, 랑군 호는 말레이 반도와 수마트라 섬 사이에 있는 말라카 해협으로 들어갔다. 가파른 산들로 이루어져 그림 같은 경치를 자랑하는 작은 섬들이 수마트라 섬으로 향하는 눈길을 빼앗았다.

다음 날 새벽 4시, 랑군 호는 석탄을 싣기 위해 예정보다 반나절 빨리 싱가포르에 정박했다.

필리어스 포그는 이번에도 수첩에 절약한 시간을 기록했다. 그리고 아우다 부인과 함께 육지로 내려갔다. 그녀가 산책을 하고 싶어했기 때문이었다.

포그 씨의 모든 행동을 의심하는 픽스는 들키지 않도록 그들의 뒤를 쫓았다. 한편 파스파르투는 픽스의 우스꽝스러운 행동을 비웃으며 평소처럼 필요한 물건을 사러 갔다.

싱가포르 섬은 특별히 크지도 인상적이지도 않았다. 큰 산이 없어서

TRUE LIFE IS LIVED
WHEN
TINY CHANGES OCCUR

LEV TOLSTOY

80

강한 인상을 주지는 않았지만 매력은 있었다. 마치 멋진 도로가 나 있는 공원 같았다. 호주에서 특별히 수입해 온 우아한 말들이 끄는 멋진 마차에 아우다 부인과 필리어스 포그는 몸을 실었다. 이윽고 마차는 종려나무와 정향나무가 무성한 숲으로 그들을 데려갔다. 유럽의 시골에서 흔히 볼 수 있는 가시 울타리 대신 후추나무 덤불이 놓여 있었다. 야자나무와 길게 갈라진 커다란 잎을 가진 양치식물이 열대 지방의 느낌을 더해 주었다. 초록빛 나뭇가지가 반짝이는 육두구나무에서 알싸한 향기가 진하게 퍼졌다. 원숭이들이 이빨을 드러낸 채 활기차게 나무 사이를 돌아다녔다. 아마 깊은 밀림에는 호랑이도 있을 것이다. 이렇게 작은 섬에서 왜 사나운 포식 동물인 호랑이를 없애지 않았는지 의아해하는 사람이 있다면 호랑이가 말라카 해협을 헤엄쳐 건너온다는 사실을 알아야 한다.

아우다 부인과 필리어스 포그 씨는 두어 시간 동안 시골길을 둘러본 뒤 시내로 돌아왔다. 포그 씨는 풍경에 별 관심을 쏟지 않았다. 시내를 가득 메운 땅딸막한 집들은 망고스틴과 파인애플 같은 맛있는 열대 과일이 열린 정원에 둘러싸여 있었다. 그들은 10시에 증기선으로 돌아왔다. 물론 그들은 모르고 있었지만 픽스 형사가 뒤를 쫓고 있었다. 그는 마차로 쫓아가느라 큰돈을 써야만 했다.

파스파르투는 랑군 호의 갑판에서 기다리고 있었다. 그는 망고스틴을 수십 개 사왔다. 망고스틴은 보통 크기의 사과만 했는데 겉은 진한

갈색이었지만 속은 붉었다. 하얀 속살을 깨물면 사르르 녹아내려 미식가들에게 특별한 즐거움을 주는 과일이었다. 파스파르투는 기쁜 마음으로 아우다 부인에게 망고스틴을 주었고, 아우다 부인은 이를 고맙게 받았다.

11시가 되자 석탄을 채운 랑군 호가 닻을 올렸다. 몇 시간이 지나자 세계 최고의 호랑이들이 사는 말라카의 높은 산들이 승객들의 시야에서 사라졌다.

싱가포르에서 중국 본토와 떨어진 영국령의 작은 섬인 홍콩까지는 약 1,300해리다. 필리어스 포그는 늦어도 엿새 안에 홍콩에 도착해야 했다. 그래야만 11월 6일에 일본의 주요 항구 도시인 요코하마로 가는 배를 탈 수 있었다.

랑군 호는 매우 북적거렸다. 싱가포르에서 인도, 스리랑카, 중국, 말레이시아, 포르투갈 등 다양한 인종의 승객들이 많이 탔는데, 이들 대부분은 2등석 승객이었다.

그때까지만 해도 날씨가 좋은 편이었으나 하현달이 기울면서부터 상황은 바뀌었다. 바다는 거칠어졌다. 때로 바람이 몰아쳤지만 다행히 남동쪽에서 불어오는 바람이라 증기선이 속도를 내는 데에는 도움이 되었다. 바람이 세지 않으면 선장은 돛을 올렸다. 쌍돛대를 가진 랑군 호는 주로 두 개의 사각돛과 앞돛을 이용해 항해를 했고, 증기와 바람의 힘이 합쳐진 덕분에 속도가 더 빨라졌다. 이렇게 파도가 일렁이는 가운데 배는 안남(베트남의 중부 지방을 부르던 옛 이름)과 코친차이나(베트남 남부 지방의 옛 이름) 연안을 따라 나아갔다.

문제는 바다가 아니라 랑군 호였다. 승객들이 뱃멀미와 피로에 시달리는 이유는 증기선 탓이었다.

인도 반도 및 동양 선박 회사가 중국 항로에서 운항하는 배들은 구조적으로 심각한 결함이 있었다. 적재했을 때 '배가 물에 잠기는 깊이'와 '배 밑바닥 길이'의 비율을 잘못 계산하는 바람에 거친 바다에서 안정감이 부족했다. 게다가 물이 새지 않도록 에워싸는 공간이 충분하지 못했다. 뱃사람의 말을 빌리자면 배는 그야말로 '익사 상태'였다. 이러한 구조 때문에 갑판을 향해 커다란 파도가 부딪혀 오면 배의 속도가 느려졌다. 그래서 이런 배들은 엔진과 증기 기관은 제외하더라도 앵페라트리스나 캉보주 호 같은 프랑스의 우편 수송선보다 구조적인 면에서 크게 뒤처졌다. 측량 기사들의 계산에 따르면 프랑스의 우편 수송선은 선박과 동일한 무게의 물이 들어와야 가라앉지만 골콘다 호나 코리아 호, 랑군 호 같은 인도 반도 및 동양 선박 회사의 배들은 선체 무게의 6분의 1도 되지 않는 물이 들어와도 가라앉을 위험이 있었다.

따라서 날씨가 나쁠 때는 극도의 주의가 필요했다. 이따금 증기의 힘을 줄여 배의 속도를 늦춰야 했던 것이다. 이 때문에 시간이 지체되었지만, 필리어스 포그는 전혀 동요하지 않았다. 파스파르투는 그 사실이 신경 쓰여 견딜 수 없었다. 그는 때때로 선장과 기관사, 선박 회사를 탓했고 승객 수송과 관련된 모든 사람을 저주했다. 어쩌면 새빌로에 켜놓고 온 가스등의 가스비를 내야 한다는 사실 때문에 조바심이 났을 수도 있다.

"그렇게 빨리 홍콩에 도착해야 하나요?"

어느 날 픽스 형사가 파스파르투에게 물었다.

"아주 급합니다."

파스파르투가 대답했다.

"포그 씨는 요코하마로 가는 증기선을 서둘러서 타려고 하겠죠?"

"그러실 겁니다."

"당신도 이 특이한 세계 일주가 가능하다고 믿나요?"

"당연하지요. 당신은 어떻습니까, 픽스 씨?"

"저요? 저는 조금도 믿지 않습니다."

"당신은 참 재미있는 분이세요."

파스파르투가 눈을 찡긋하며 대답했다.

그 말은 픽스 형사에게 생각할 거리를 남겼다. 확실히 알 수는 없었지만 파스파르투의 말은 묘하게 신경이 쓰였다. 프랑스 남자가 픽스의 정체를 알아챈 것일까? 그는 갈피를 잡을 수 없었다. 하지만 그가 경찰이라는 사실을 숨기려고 그토록 애썼는데 파스파르투가 어떻게 눈치챘겠는가? 하지만 그런 말을 하는 데에는 무언가 꿍꿍이가 있는 게 분명했다.

한번은 파스파르투가 훌쩍 앞서 간 적도 있었다. 도저히 입을 다물고 있을 수 없었던 탓이었다.

"픽스 씨, 홍콩에 도착하면 더 이상 함께 여행을 하지 못하겠죠?"

그가 픽스에게 짓궂게 말했다.

"글쎄요. 잘 모르겠습니다. 어쩌면……."

픽스가 당황해하며 대답했다.

"아, 계속 함께 가신다면 기쁘겠군요. 이 선박 회사의 직원이신데 여행을 도중에 멈출 리가 없겠죠! 그래도 봄베이까지만 가신다고 했는데 이렇게 중국까지 오셨잖아요. 이제 미국도 멀지 않았습니다. 미국에서 유럽까지는 금방이지요."

픽스는 너무도 친절한 표정으로 말하는 파스파르투를 주의 깊게 쳐다본 후 웃음으로 넘겼다. 하지만 한참 신이 난 파스파르투는 픽스가하는 일이 돈을 많이 버는지 물었다.

"그렇기도 하고 아니기도 합니다. 돈이 많이 벌릴 때도 있고 그렇지 않을 때도 있거든요. 하지만 아시다시피 제 돈을 내고 여행하는 건 아니죠."

픽스가 눈썹도 까딱하지 않고 말했다.

"아, 그건 저도 잘 알고 있어요!"

파스파르투가 더 크게 웃으며 말했다.

대화는 그렇게 끝이 났다. 선실로 돌아온 픽스는 좀 전의 대화를 곰곰이 곱씹었다. 아무래도 정체를 들킨 것이 분명했다. 도대체 어떻게 알았을까? 그 프랑스 남자는 픽스가 형사라는 사실을 알아차린 모양이었다. 주인에게도 말했을까? 이 사건에서 프랑스 남자가 맡은 역할은 무엇일까? 공모자일까, 아닐까? 비밀이 탄로 났으니 이제 모든 것이 끝난 것일까? 픽스 형사는 몇 시간 동안 고통스럽게 생각에 잠겼다. 모든 것을 잃었다는 생각과 함께 포그가 이 상황을 모르고 있기만을 바랐다. 픽스는 앞으로 어떻게 해야 할지 알 수 없었다.

잠시 후, 머릿속이 차분해진 그는 파스파르투에게 솔직하게 털어놓기로 결심했다. 만약 홍콩에서 포그를 체포하는 일이 실패로 돌아가고 그가 영국령을 완전히 떠나려고 한다면, 파스파르투에게 모든 것을 이야기할 작정이었다. 하인이 공모자라면 이미 포그가 모든 것을 알고 있을 테고 —그렇다면 모든 것이 끝이었다.— 하인이 강도 사건과 무관하다면 강도의 편에서 돌아서는 것이 이로우리라.

픽스 형사와 파스파르투의 상황은 이러했으나, 필리어스 포그는 놀라울 정도로 태평하게 지내고 있었다. 그는 주변에 있는 소행성 따위는 무시한 채 과학적으로 계산한 궤도대로 세계를 돌고 있었다.

하지만 그의 주변에는 천문학에서 말하는 '섭동체(행성궤도가 다른 천체의 힘에 의해 정상적 타원을 벗어나는 섭동 현상을 보이는 물체)'가 하나 있었다. 이 신사의 가슴을 흔들어 놓을 것이 분명해 보이는 별이었다. 하지만 아우다 부인의 매력도 포그 씨에게 그런 힘을 발휘하지 못했다. 그 사실에 파스파르투는 적잖이 놀랐다. 정말로 두 사람 사이에 섭동체가 존재한다면 해왕성을 발견하게 했던 천왕성의 섭동체를 발견하는 것보다 어려우리라.

그랬다. 젊은 여인의 눈에서 주인에 대한 애틋한 감사의 마음을 읽은 파스파르투는 이번에도 주인어른에게 놀라지 않을 수 없었다. 필리어스 포그가 영웅의 자질은 가졌지만, 사랑에 빠지는 마음은 없다는 사실 또한 분명하게 드러났다. 그는 이 여행이 과연 성공할 수 있을지에 대해서도 전혀 조바심을 드러내지 않았다. 그런 그와 달리 파스파라투는 하루하루 애가 탔다. 어느 날 그는 기관실 난간에 기대어 엔진을 쳐다보고 있었다. 배가 갑자기 흔들릴 때마다 엔진이 헛도는 바람에 프로펠러가 물 밖에서 헛돌며 밸브에서 거센 증기가 새어 나왔다. 이를 본 파스파르투는 화가 치밀었다.

"밸브에 제대로 압력을 주지 않으니까 저렇잖아! 속도가 너무 느리다고. 영국인들이 그럼 그렇지! 미국 배였다면 좋았을걸. 사람들이 미친 듯 날뛰긴 하겠지만 어쨌든 더 빨리 갈 수는 있을 텐데!"

그가 소리쳤다.

18
필리어스 포그, 파스파르투, 픽스,
저마다 바쁘게 움직이다

　항해 마지막 며칠 동안은 날씨가 무척 나빴다. 바람은 매우 거세졌고 북서풍의 영향으로 증기선의 속도가 심하게 느려졌다. 안정성이 부족한 랑군 호가 세찬 파도에 심하게 흔들렸고, 승객들은 뱃멀미를 일으키는 거센 바람을 원망했다.

　11월 3일과 4일에는 심한 폭풍이 몰려왔다. 강풍이 바다를 세차게 때려 댔다. 랑군 호는 폭풍을 이겨 내기 위해 엔진을 멈추다시피 하면서 천천히 표류하듯 나아가야 했다. 모든 돛을 걷어 올렸지만 그래도 강풍에 돛대나 밧줄 같은 뱃기구들이 쌕쌕 소리를 냈다.

　당연히 증기선의 속도는 크게 줄어들었고 홍콩 도착 시간은 예정보다 20시간이나 지연될 것으로 예측되었다. 만약 폭풍이 수그러들지 않으면 더 늦어질 것이었다.

필리어스 포그는 자신에게 싸움을 걸어오는 듯한 성난 바다를 예의 침착한 모습으로 바라보았다. 불안한 기색은 보이지 않았지만 스무 시간 이상 지체된다면 요코하마로 가는 배를 놓쳐 전체 일정에 차질을 빚게 될 것이다. 하지만 전혀 흐트러짐이 없는 이 남자에게서는 초조함도 따분함의 기색도 보이지 않았다. 마치 폭풍이 올 것이라고 이미 계획 안에 세워 넣은 것처럼 보였다. 아우다 부인은 날씨 때문에 일정이 지체되는 것에 대해 이야기할 때 포그 씨가 평소와 다름없이 침착한 모습이라는 것을 알았다.

그러나 픽스 형사의 상황은 달랐다. 아니 포그 일행과는 정반대로 폭풍은 그가 바라던 일이었다. 랑군 호가 폭풍을 뚫고 가야 하는 상황은 그에게 한없는 기쁨을 선사했다. 이런 식으로 시간이 지체되면 포그는 어쩔 수 없이 홍콩에서 며칠간 머물러야만 한다. 이는 픽스 형사에게 매우 반가운 일이었다. 드디어 세찬 바람을 몰아치며 날씨가 그의 편이 되어 주었다. 그는 몸 상태가 좋지 않았지만 그런 것쯤은 상관없었다! 벌써 몇 번째 하는 뱃멀미인지 셀 수도 없고 비록 몸은 아팠지만 마음만큼은 매우 만족스러웠다.

짐작하겠지만 파스파르투는 날씨가 가져다준 시련에 무척이나 분노하고 있었다. 지금까지는 모든 일이 순조롭게 이루어졌다. 땅과 바다가 주인의 명령을 따르는 듯했다. 바람과 증기가 힘을 합쳐 속도를 내어 주인어른을 돕지 않았던가. 이것은 앞으로 일이 잘못될 것이라는 신호인 것일까? 파스파르투는 2만 파운드가 자신의 주머니에서 나갈 돈이라도 되는 것처럼 몹시 애가 탔다. 폭풍 때문에 신경질이 났고 돌풍에 분노가 치밀었다. 말을 듣지 않는 바다를 마구 때려 주고 싶은 심정이었다. 불쌍한 녀석! 픽스 형사는 그의 앞에서 기쁨이 드러나지 않도록 조심했다. 그래야만 했다. 이 상황을 남몰래 즐거워하고 있다는 사실을 파스파르투에게 들킨다면, 큰일이 일어나도 놀랍지 않았을 것이다.

파스파르투는 폭풍이 몰아치는 동안 줄곧 랑군 호의 갑판에 나가 있었다. 도저히 선실에 가만히 있을 수가 없었다. 그는 마치 원숭이처럼 날렵하게 돛대 꼭대기로 기어올라가 이런저런 일을 도와 선원들을 놀라게 만들었다. 또 그는 선장과 항해사, 선원들에게 쉬지 않고 질문을 해댔다. 그들은 분통을 터뜨리는 파스파르투의 모습에 웃음을 참지 못했다. 폭풍이 언제 그칠지 알고 싶어하는 파스파르투에게 기압계를 확인해 보라고 했다. 기압계는 고집스럽게도 좀처럼 위로 올라갈 생각을 하지 않았다. 그가 아무 잘못 없는 기압계를 흔들고 욕을 퍼부어도 소용없었다.

11월 4일, 대기의 상태가 바뀌며 마침내 폭풍이 수그러들었다. 바람이 남쪽으로 2포인트 움직여 증기선이 앞으로 나아가는 데 도움을 주었다.

파스파르투도 날씨처럼 평온을 되찾았다. 랑군 호는 윗돛과 아랫돛을 다시 펼치고 빠른 속도로 쭉쭉 나아갔다.

하지만 잃어버린 시간을 전부 되돌릴 수는 없었다. 현실을 받아들여야만 했다. 11월 6일 새벽 5시에야 육지가 보이기 시작했다. 필리어스 포그의 계획대로라면 5일에 도착해야 했는데 6일에야 도착한 것이다. 24시간이나 늦었으니 요코하마로 가는 배를 놓칠 수밖에 없었다.

6시가 되자 수로 안내인이 랑군 호에 올라 홍콩 항구로 배를 끌고 가기 위하여 선교에 자리 잡았다.

파스파르투는 수로 안내인에게 요코하마행 증기선이 홍콩을 떠났는지 물어보고 싶어 죽을 지경이었다. 하지만 마지막 순간까지 작은 희망이라도 붙잡고 싶은 마음에 차마 그럴 수가 없었다. 그는 픽스에게 그런 마음을 털어놓았다. 늙은 여우처럼 교활하게도 픽스는 포그 씨가 다음 배편을 탈 수밖에 없다는 말로 위로했다. 그 말에 파스파르투는 더욱 분노가 치밀어 올랐다.

하지만 감히 수로 안내인에게 물어볼 엄두가 나지 않았던 파스파르투와 달리 포그 씨는 브래도 쇼의 《대륙의 철도 및 증기선 여행 안내서》를 살펴본 후 언제나 그렇듯 침착하게 요코하마로 가는 배가 언제 있는지 물었다.

"내일 아침 만조에 있습니다."

수로 안내인이 대답했다.

"아, 그렇군요."

포그 씨는 놀라는 기색도 없이 대답했다.

옆에 있던 파스파르투는 수로 안내인을 껴안아 주고 싶었다. 아마도 픽스 형사는 수로 안내인의 목을 비틀고 싶었으리라.

"그 증기선 이름이 뭡니까?"

포그 씨가 물었다.

"카르나티크 호입니다."

수로 안내인이 대답했다.

"그 배는 어제 출발 예정이 아니었습니까?"

"그렇습니다. 하지만 보일러 하나를 수리하느라고 출발이 내일로 미뤄졌습니다."

"고맙습니다."

포그 씨는 이렇게 말하고 기계 같은 걸음걸이로 랑군 호의 휴게실로 내려갔다.

파스파르투는 수로 안내인의 손을 잡고 힘차게 흔들며 말했다.

"수로 안내인, 당신은 정말로 좋은 사람이군요."

수로 안내인은 자신의 대답에 그렇게 따뜻한 반응이 돌아온 이유를 알 수 없었다. 휘파람 소리가 울려 퍼지자 그는 다시 선교로 올라가 랑군 호가 중국 범선인 정크선(사각돛을 단 바닥이 평평한 중국 배), 탕카선(운송, 수송 전문 배), 고깃배 등 온갖 배들을 뚫고 홍콩 항구에 닿을 수 있도록 지휘했다.

오후 1시에 랑군 호는 부두에 도착했고 승객들은 배에서 내렸다.

결국 필리어스 포그에게 유리한 쪽으로 일이 풀린 것이었다. 보일러를 고칠 필요가 없었다면 카르나티크 호는 11월 5일에 출발했을 것이고, 일본으로 가려면 다음 증기선까지 일주일을 더 기다려야만 했을 것이다. 원래 일정보다 24시간이 늦어졌지만, 결국 전체 일정에는 심각한 차질을 빚지 않았다.

요코하마에서 샌프란시스코까지 가는 증기선은 홍콩 증기선과 곧바로 연결되므로 홍콩 증기선이 도착하지 않으면 떠날 수 없었다. 물론 요코하마에 24시간 늦게 도착하겠지만 태평양을 건너는 22일 동안 쉽게 시간을 벌 수 있을 것이다. 따라서 필리어스 포그는 늦은 24시간만 제외하면, 런던을 떠난 후 35일 동안 예정대로 여행을 하고 있었다.

카르나티크 호는 다음 날 새벽 5시에 출발할 예정이었으므로 포그 씨에게는 자신의 일을 처리한 16시간이 주어졌다. 물론 아우다 부인에 관련된 일이었다. 배에서 내릴 때 그는 젊은 부인에게 팔짱을 끼게 하고 가마가 있는 곳까지 안내했다. 짐꾼들에게 호텔을 알려 달라고 하자 '클럽 호텔'을 소개해 주었다. 가마가 출발하고 파스파르투가 뒤

따랐다. 그들은 20분 후 목적지에 도착했다.

필리어스 포그는 젊은 부인을 위해 특실을 잡았고 부족한 것은 없는
지 확인했다. 그리고 아우다 부인에게 곧장 그녀의 친척을 찾으러 가
겠다고 알렸다. 그녀가 홍콩에서 무사히 지낼 수 있도록 해줄 사람이
었다. 그는 부인이 혼자 있지 않도록 파스파르투에게 자신이 돌아올
때까지 호텔에 남아 있으라고 했다.

이 신사는 마차를 타고 증권 거래소로 갔다. 그곳이라면 홍콩에서
가장 부유한 사업가 중 한 명인 제지흐를 모르는 사람이 없을 터였다.

포그 씨가 직원에게 물었더니 역시나 파르시 무역상 제지흐를 알고
있었다. 하지만 제지흐는 중국을 떠난 지 2년이나 되었다고 했다. 재

산을 모은 후 유럽으로 이주했다는 것이었다. 그는 주로 네덜란드 사람들과 거래를 하였으므로, 그곳으로 떠났을 거라고 했다.

필리어스 포그는 클럽 호텔로 돌아왔다. 먼저 그는 아우다 부인에게 올라가도 되는지 허락을 구하고는 곧바로 본론으로 들어갔다. 그리고 제지흐 씨가 더 이상 홍콩에 살지 않으며 아마도 네덜란드로 떠난 것 같다고 전했다.

아우다 부인은 처음엔 아무런 대답도 없었다. 그녀는 한 손을 이마에 올린 채 잠시 생각에 잠겼다. 그리고 잠시 후 부드러운 목소리로 말했다.

"저는 어떻게 해야 할까요, 포그 씨?"

"간단합니다. 유럽으로 함께 가시죠."

신사가 대답했다.

"하지만 폐를 끼치고 싶지……."

"폐를 끼치는 게 아닙니다. 부인이 함께 가셔도 제 일정에는 조금도 해가 되지 않습니다. 파스파르투?"

"네?"

파스파르투가 대답했다.

"카르나티크 호로 가서 선실 세 개를 예약하게."

파스파르투는 자신을 친절하게 대해 주는 젊은 부인과 여행을 계속하게 된 사실에 기뻐하며 곧장 클럽 호텔을 나섰다.

19

파스파르투,
주인에게 지나친 관심을 갖다

작은 섬인 홍콩은 1842년에 아편 전쟁이 끝나고 난징조약(영국과 청나라가 맺은 조약)에 따라 영국령이 되었다. 영국은 식민지 개척 정신을 발휘하여 몇 년 동안에 걸쳐 홍콩에 커다란 도시와 빅토리아 항구를 건설했다. 주장 강 어귀에 자리하고 있는 홍콩 섬은 반대편 강둑에 있는 포르투갈령 마카오와는 60마일 거리밖에 되지 않았다. 홍콩은 무역 경쟁에서 마카오를 반드시 이겨야만 했다. 그 노력의 결과 지금 중국의 수출품은 대부분 홍콩을 통해서 수송된다. 홍콩의 부두와 병원, 창고, 고딕 성당, 총독 관저, 포장도로는 이곳을 찾는 사람들에게 영국의 남동쪽에 위치한 도시를 지구 반대편에 있는 중국으로 옮겨 놓은 듯한 인상을 주었다.

파스파르투는 양손을 주머니에 찔러 넣은 채 빅토리아 항구로 걸어가면서 여전히 중국에서 인기 있는 장막을 씌운 외바퀴 손수레와 가마가 가득한 거리와 중국, 일본, 유럽, 세계 각지에서 온 인파를 구경했다. 약간의 차이는 있지만 봄베이나 캘커타, 싱가포르의 거리 느낌과도 비슷했다. 이렇듯 영국은 전 세계의 도시들에 비슷한 흔적을 남겼다.

파스파르투는 빅토리아 항구에 도착했다. 주장 강 어귀에는 영국, 프랑스, 미국, 네덜란드 등 전 세계에서 온 배와 무역선, 일본이나 중국의 소형선, 범선, 거룻배 등이 가득했고, 심지어 정원처럼 꾸민 꽃배도 물 위를 떠다녔다. 그곳을 걷던 파스파르투는 노란색 옷을 입은 중국인들을 보았는데 하나같이 나이 많은 노인들이었다. 파스파르투는 면도를 하기 위해 중국인이 운영하는 이발소에 들어갔다. 영어를 꽤 유창하게 하는 이발사가 노란색 옷을 입은 노인들이 적어도 여든 살은 되었으며, 그 나이가 되면 황제의 색깔인 노란색 옷을 입을 수 있는 특권이 주어진다고 설명해 주었다. 파스파르투는 잘 이해할 수는 없었지만 재미있다고 생각했다.

면도를 끝낸 파스파르투는 카르나티크 호가 정박해 있는 부두를 따라 걸었다. 그곳에서 서성이고 있는 픽스를 보았지만 놀라지 않았다. 픽스 형사의 얼굴에는 실망감이 역력했다.

'잘됐어! 상황이 개혁 클럽 회원들에게 불리하게 돌아가고 있으니까.'

파스파르투는 픽스 형사의 근심 어린 표정을 알아차리지 못한 척하면서 환한 미소를 지으며 다가갔다.

픽스 형사가 자신을 끈질기게 따라다니는 불운을 저주하는 것도 무리는 아니었다. 체포 영장은 아직도 도착할 낌새가 없었다. 체포 영장이 오고 있는 것은 분명했지만 도착하려면 며칠은 더 기다려야만 했다. 여행 경로에서 홍콩이 마지막 영국령이었으므로 이곳에 포그를 묶어 두지 않으면 영영 놓칠 수밖에 없었다.

"픽스 씨, 저희와 함께 미국에 가기로 결정하셨나요?"

파스파르투가 물었다.

"그렇습니다."

픽스가 이를 바드득 갈며 간신히 대답했다.

"그것 보세요! 선생님이 저희만 보내지 않으실 줄 알았다니까요. 어서 선실을 예약하러 갑시다. 어서요!"

파스파르투가 기뻐하며 웃음을 터뜨렸다.

두 사람은 선박 회사 사무실로 들어가 네 사람을 위한 선실을 예약했다. 직원이 카르나티크 호의 수리가 끝났기 때문에 다음 날 아침이 아니라 오늘 저녁 8시에 출발한다고 말해 주었다.

"아주 잘됐어! 주인님에게 잘된 일이야. 어서 가서 알려 드려야지."

파스파르투가 말했다.

그 순간 픽스는 극단적인 행동을 하기로 결심했다. 파스파르투에게 모두 털어놓기로 한 것이었다. 어쩌면 그것이 필리어스 포그를 홍콩에 붙잡아 둘 수 있는 유일한 방법일지도 몰랐다.

선박 회사 사무실에서 나온 후 픽스는 파스파르투에게 근처 술집에서 한잔하자고 제안했다. 파스파르투는 시간적 여유가 있었으므로 기꺼이 응했다.

마침 부두에 문을 연 술집이 하나 있었다. 두 남자는 외관이 괜찮아 보이는 그곳으로 들어갔다. 화려하게 장식된 커다란 방 뒤편에는 쿠션이 잔뜩 널브러진 접이식 침대가 놓여 있었다. 그 침대에는 여러 명의 남자가 잠든 채 뻗어 있었다.

자그마한 등나무 탁자가 놓인 실내에는 약 서른 명 정도 되는 손님이 앉아 있었다. 에일이나 포터 같은 영국 맥주를 마시는 사람도 있었고, 진이나 브랜디처럼 커다란 병에 담긴 술을 마시는 사람도 있었다. 그들 대부분은 장미 향유와 섞어 알갱이로 만든 아편을 붉은 도기로 만든 기다란 파이프에 담아 피우고 있었다. 이따금 기운이 빠져 탁자 아래로 쓰러지는 사람이 생기면 종업원들이 다리와 머리를 들어 접이식 침대로 옮겼다. 이렇게 약 스무 명 쯤 되는 사람들이 몽롱하게 취한 채로 나란히 누워 있었다.

픽스와 파스파르투는 자신들이 아편굴에 들어왔음을 깨달았다. 이곳은 약에 취해 정신이 몽롱한 인간들이 들락거리며 몸을 축내는 곳이었다. 영국은 이들에게 아편을 팔아 해마다 1,100만 파운드도 넘는 수익을 올렸다. 가장 끔찍한 범죄를 저질러 막대한 부를 축적하고 있는 것이었다!

중국 정부는 이 문제를 해결하고자 엄격한 법률을 도입했지만 허사였다. 초기에 부유층에만 퍼져 있던 아편은 점점 하층민에게까지 파고들었고 이는 걷잡을 수 없는 폐해를 가져왔다. 이제 중국 사람들은 언제 어디에서나 아편을 피운다. 안타깝게도 많은 남녀가 아편에 중독되었고, 아편을 끊으면 끔찍한 복통이 발생하기 때문에 쉽게 끊을 수도 없었다. 하루에 여덟 대까지 피우는 심각한 중독자들은 5년 안에 죽고 말았다.

픽스와 파스파르투가 한잔하러 들어온 곳 역시 홍콩에까지 퍼진 수많은 아편굴 가운데 하나였다. 파스파르투는 가진 돈이 없었지만 한잔 사겠다는 픽스의 제안을 받아들였고 나중에 기회가 오면 갚겠다고 고집을 부렸다.

그들은 포트와인 두 병을 주문했다. 파스파르투는 즐겁게 술을 마셨지만, 픽스는 상대방을 유심히 관찰했다. 그들은 이런저런 이야기를 나누었다. 특히 픽스가 카르나티크 호에 타기로 한 멋진 결정이 주된 이야깃거리였다. 카르나티크 호 이야기가 나오자 몇 시간 일찍 출발하게 되었다는 사실이 떠오른 파스파르투는 주인에게 이를 알리려고 자리에서 일어났다. 술병은 이미 비운 상태였다.

픽스가 그를 붙잡았다.

"잠깐만요."

"왜 그러시죠, 픽스 씨?"

"중요하게 할 이야기가 있습니다."

"중요한 이야기라니요? 내일 하죠. 오늘은 시간이 없어요."

파스파르투가 술병에 남은 몇 방울까지 비우며 말했다.

"잠깐이면 됩니다. 당신의 주인에 대한 이야기입니다."

그 말에 파스파르투는 픽스의 표정을 유심히 살폈다.

묘한 표정을 짓고 있는 픽스를 본 파스파르투는 도로 자리에 앉았다.

"하실 말씀이란 게 뭡니까?"

픽스는 파스파르투의 팔에 손을 얹으며 목소리를 낮춰 말했다.

"내가 누군지 짐작하고 계시죠?"

"그렇습니다."

파스파르투가 미소를 지으며 말했다.

"그렇다면 전부 솔직히 말하겠습니다."

"나도 이미 다 알고 있습니다, 친구! 그러니 더 들을 필요도 없어요. 아니, 그래도 듣는 편이 낫겠네요. 그 전에 이 말을 드리고 싶군요. 그 클럽의 신사분들은 돈 낭비를 하고 있는 겁니다."

"돈 낭비라니요? 말이야 쉽죠. 당신은 얼마나 큰돈이 연관된 일인지 몰라서 그러시는 겁니다."

픽스가 말했다.

"알다마다요. 2만 파운드잖아요!"

파스파르투가 대답했다.

"5만 5,000파운드입니다!"

픽스가 파스파르투의 손을 꽉 누르며 말했다.

"뭐라고요! 포그 씨가 그렇게까지 하셨을 줄이야! 5만 5,000파운드라니! 그렇다면 더더욱 일분일초도 지체해선 안 되겠군!"

파스파르투가 소리쳤다.

"5만 5,000파운드라고요."

픽스는 브랜디 한 병을 더 주문하고는 억지로 파스파르투를 자리에 앉혔다.

"만약 이 일이 성공한다면 나는 2,000파운드의 포상금을 받게 됩니다. 나를 도와주는 대가로 당신에게 500파운드를 준다면 어떻겠소?"

"당신을 도우라고요?"

파스파르투는 눈알이 튀어나올 만큼 놀라서 소리쳤다.

"그래요. 당신의 주인인 포그라는 작자를 홍콩에 이틀 동안 잡아 둘 수 있도록 도와준다면 말입니다."

"이봐요! 무슨 말을 하는 겁니까? 뭐가 어째요? 우리 주인어른을 뒤쫓게 하고, 정직함을 의심하는 것도 모자라 이제 훼방까지 놓겠다고요? 정말 부끄러운 줄 알아야지!"

"잠깐만요. 그게 무슨 말이죠?"

픽스가 물었다.

"용납할 수 없는 비겁한 행동이라는 말입니다. 차라리 포그 씨의 짐을 가로채 주머니에서 돈을 빼앗는 편이 더 낫지 않겠어요?"

"우리가 하려는 게 그겁니다."

"그건 함정이잖아요! 신사이자 동료라는 작자들이 그런 함정을 치다니요!"

픽스가 따라 준 브랜디에 어느새 취한 파스파르투가 잔뜩 흥분해서 소리쳤다.

픽스는 무슨 말인지 헷갈리기 시작했다.

"동료 좋아하시네! 망할 개혁 클럽 회원들! 픽스 씨, 한마디하죠. 우리 주인님은 훌륭한 분이십니다. 내기를 해도 정당한 방법으로 이기려고 하는 분이라고요."

파스파르투가 소리쳤다.

"대체 당신은 내가 누구라고 생각하는 겁니까?"

픽스가 파스파르투를 똑바로 쳐다보며 물었다.

"그야 물론 당신은 개혁 클럽 회원들이 우리 주인어른을 뒤쫓으라고 고용한 사설탐정이잖아요. 정말 수치스러운 일입니다! 그래서 얼마 전부터 당신의 정체를 눈치채고 있었지만 포그 씨에게는 비밀로 하고 있었던 겁니다."

"포그 씨는 아직 아무것도 모른다고요?"

픽스가 다급하게 물었다.

"전혀 모르십니다."

파스파르투가 브랜드를 한 잔 더 들이키며 말했다.

픽스 형사는 이마를 긁적거렸다. 그는 뭐라고 더 말하기 전에 잠시 고민했다. 어떻게 해야 할까? 파스파르투가 착각하는 것도 무리는 아니었지만, 그의 계획은 더욱 골치 아프게 되었다. 파스파르투의 말이 전부 사실이며 그가 공모자가 아니라는 것도 분명했다. 파스파르투가 공범일까 봐 걱정했던 픽스는 속으로 생각했다.

'그래, 주인과 공범이 아니라면 기꺼이 날 도와줄 거야.'

픽스는 또 다른 결정을 내렸다. 어쨌든 더 이상 낭비할 시간이 없었다. 무슨 일이 있어도 필리어스 포그를 홍콩에서 체포해야만 했다.

"이봐요. 내 말 잘 들어요. 나는 당신이 생각하는 사람이 아닙니다. 개혁 클럽 회원들이 고용한 사설탐정이 아니에요."

픽스가 퉁명스럽게 말했다.

"흥!"

파스파르투는 조롱하는 눈빛으로 픽스를 쳐다보았다.

"나는 런던 경찰청 소속 형사입니다."

"당신이…… 형사라고요?"

"그래요. 증명할 수 있습니다. 이게 내 신분증이오."

그는 지갑에서 종이를 꺼내더니 파스파르투에게 런던 경찰청장의 서명이 들어간 신분증을 보여 주었다. 파스파르투는 어안이 벙벙해져서 한마디도 하지 못했다.

"포그 씨의 내기는 위장일 뿐이에요. 당신도 개혁 클럽 회원들도 전부 속아 넘어갔죠. 당신이 눈치채지 못하도록 하면서 공범으로 만들어야 했으니까요."

"하지만 왜죠?"

파스파르투가 소리쳤다.

"잘 들어요. 9월 28일 영국 은행에서 5만 5,000파운드가 도난당했어요. 그 범인의 인상착의가 포그 씨와 완전히 똑같다는 말입니다."

"말도 안 돼요! 우리 주인어른은 세상에서 가장 정직한 분이라고요!"

파스파르투가 주먹으로 탁자를 둔탁하게 내리치며 소리쳤다.

"그걸 어떻게 알죠? 당신은 그 사람을 잘 알지도 못하잖아요. 하인으로 취직한 날 서둘러 여행을 떠났지요. 말도 안 되는 이유로, 짐도 제대로 챙기지 않고 말이죠. 엄청난 액수의 은행권 뭉치만 챙겼고요. 이래도 아직도 그가 정직한 사람이라고 생각합니까?"

"그래요. 그렇습니다."

가엾은 파스파르투는 기계처럼 답했다.

"당신도 공범으로 체포되고 싶습니까?"

파스파르투는 양손으로 머리를 감쌌다. 뭐가 어떻게 된 일인지 알 수 없었다. 감히 형사의 눈을 쳐다볼 수가 없었다. 필리어스 포그 씨가 강도라고? 아우다 부인을 구한 선하고 관대한 남자가? 하지만 모든 정황이 포그 씨에게 불리하다는 것도 부정할 수 없었다. 파스파르투는 마음속에 피어나는 의심을 떨쳐 버리려고 했다. 자신의 주인이 강도라고 믿고 싶지 않았다.

"나한테서 뭘 바라는 겁니까?"

파스파르투는 감정을 꽉 억누르며 픽스 형사에게 물었다.

"간단합니다. 나는 여기까지 포그를 뒤따라왔지만 런던에 요청한 체포 영장이 아직 도착하지 않았어요. 그 사람을 홍콩에 붙들어 둘 수 있도록 당신이 도와줬으면 합니다."

"뭐라고요? 나더러 뭘 하라고……."

"그럼 영국 은행에서 받게 될 포상금 2,000파운드를 당신에게 나눠 주겠습니다."

"절대로 그렇게는 못합니다."

파스파르투는 자리에서 일어나려고 했지만 몸과 마음이 따라 주지 않아 도로 주저앉고 말았다.

"픽스 씨, 그 말이 전부 사실이라고 해도…… 우리 주인어른이 정말 당신이 쫓고 있는 강도라고 해도…… 저는 전혀 믿지 않지만…… 난 그분을 위해 일하는 하인이고…… 지금도 마찬가지입니다. 그분이 얼마나 친절하고 너그러운 분인지는 내가 잘 압니다. 그러니 절대 그분을 배신하지 않을 겁니다……. 세상의 돈을 전부 다 준다고 해도요.

우리 조국 사람들은 그런 일은 하지 않습니다."

그가 더듬거리며 말했다.

"거절인가요?"

"거절합니다."

"그럼 내가 한 말은 다 잊어버리고 술이나 마시죠."

픽스가 말했다.

"그래요. 술이나 마십시다."

파스파르투는 점점 취기가 강하게 올라오는 것을 느꼈다. 픽스는 무슨 일이 있어도 파스파르투를 주인과 떼어 놓고 임무를 완료해야 한다고 생각했다. 탁자에 아편이 채워진 파이프가 있었다. 픽스가 파스파르투의 손에 슬쩍 파이프를 떨어뜨리자 자연스럽게 파스파르투는 파이프를 몇 모금 빨아들였고 이내 약 기운에 취해 정신을 잃고 쓰러졌다.

"드디어 됐다. 이제 포그는 카르나티크 호의 바뀐 출발 시간을 제때 알지 못하겠군. 만약 알게 된다고 해도 이 망할 프랑스 놈은 함께 가지 못하겠지!"

정신을 잃은 파스파르투를 보며 픽스가 말했다.

픽스는 술값을 치르고 밖으로 나갔다.

20
픽스,
필리어스 포그와 직접 접촉하다

포그 씨는 아편굴에서 자신의 차후 일정에 심각한 차질을 빚게 될 일이 벌어지는 동안, 아우다 부인과 홍콩의 영국인 구역을 산책했다. 유럽까지 데려다 주겠다는 제안을 아우다 부인이 받아들였으므로 포그 씨는 장기간의 여행에 필요한 것들을 생각해 봐야만 했다. 포그 씨 같은 영국 신사는 가방 하나만 가지고도 세계 여행을 할 수 있지만 여성에게는 불가능한 일이었다. 따라서 여행에 필요한 옷과 그 밖에 물건들을 구입해야 했다. 포그 씨는 이 일 역시 평소와 다름없이 침착하게 처리했다. 세심한 배려에 대해 젊은 미망인이 미안해하거나 극구 사양할 때마다 포그 씨는 매번 똑같이 대답했다.

"내 여행을 위해서입니다. 이것 역시도 내 계획에 포함되는 일입니다."

포그 씨와 아우다 부인은 필요한 물건을 구입하고 호텔로 돌아와 근사하게 차려진 식사를 했다. 그러고 나서 조금 피로해진 아우다 부인은 언제나 침착한 은인과 영국식 악수를 한 뒤 자신의 방으로 올라갔다. 훌륭한 신사는 저녁 내내 《타임스》와 《일러스트레이티드 런던 뉴스》를 읽으며 시간을 보냈다.

만약 그가 놀라움을 겉으로 표현하는 사람이었다면 잠이 들 때까지도 하인이 돌아오지 않은 것을 보고 그렇게 반응했으리라. 하지만 그는 요코하마행 증기선이 다음 날 아침에야 출발한다는 사실을 알고 있었기에 특별히 신경 쓰지 않았다. 다음 날 포그 씨가 벨을 눌러도 파스파르투는 나타나지 않았다.

하인이 호텔에 돌아오지 않았다는 사실에 이 신사가 무슨 생각을 했는지는 아무도 알 수 없을 것이다. 포그 씨는 가방을 챙기고 아우다 부인에게 알린 후 가마를 불렀다.

그때가 아침 8시였다. 카르나티크 호가 수로를 쉽게 빠져나갈 수 있는 만조가 되려면 9시 30분은 되어야 했다.

가마가 호텔 정문 앞에 도착했다. 포그 씨와 아우다 부인은 가마에 올라탔고 짐은 외바퀴 수레에 따로 실었다.

두 사람은 30분 후 부두에 도착했다. 포그 씨는 그곳에서 카르나티크 호가 전날 이미 출발했다는 사실을 알게 되었다.

부두에서 기다리고 있을 줄 알았던 증기선도, 하인도 없었다. 하지만 그의 얼굴에서는 실망한 기색을 찾아볼 수 없었다. 아우다 부인이 걱정스럽게 쳐다보자 포그 씨는 이렇게 대답할 뿐이었다.

"작은 문제일 뿐입니다, 부인. 그뿐입니다."

그때 포그 씨를 유심히 쳐다보고 있던 사람이 다가왔다. 픽스 형사는 포그 씨에게 인사를 건네며 말했다.

"어제 저와 같은 랑군 호를 타고 도착한 분이십니까?"

"그렇습니다만 제가 알지 못하는 분……."

포그 씨가 냉담하게 대답했다.

"실례합니다만, 선생님의 하인을 찾고 있었습니다."

"어디 있는지 아시나요?"

젊은 여인이 간절하게 물었다.

"네? 같이 있는 게 아닌가요?"

픽스가 놀라는 척하며 대답했다.

"아뇨. 어제 저녁 이후로 사라졌어요. 혼자 카르나티크 호에 타지 않았을까요?"

아우다 부인이 말했다.

"혼자서요? 죄송한 질문이지만, 그 배에 타려고 하셨나요?"

픽스 형사가 물었다.

"네. 그렇습니다."

"저도 그렇습니다. 보시다시피 실망이 이만저만이 아니네요. 카르나티크 호가 수리를 마치고 말도 없이 12시간 먼저 홍콩을 떠나다니요. 다음 배편까지 일주일이나 기다려야 합니다!"

픽스는 '일주일이나'라고 말할 때 기쁨으로 가슴이 두근거렸다. 일주일이나! 포그는 홍콩에서 일주일이나 발이 묶이게 된 것이다. 체포 영장이 도착하고도 남을 시간이었다. 마침내 행운이 법의 대리인 편에 섰다.

그러나 픽스는 필리어스 포그가 침착한 목소리로 하는 말을 듣고 머리를 망치로 맞은 듯한 느낌이 들었다.

"하지만 홍콩 항구에는 카르나티크 호 말고 다른 배도 있습니다."

포그 씨는 아우다 부인에게 팔짱을 끼게 하고 출발 준비가 된 배를 찾으러 부두로 갔다. 픽스는 너무 놀라 아무런 말도 하지 못한 채 따라갔다. 마치 보이지 않는 실로 연결되기라도 한 것 같았다.

그러나 지금까지 필리어스 포그의 편이었던 행운의 여신은 이제 그를 저버린 것처럼 보였다. 포그 씨는 필요하다면 요코하마까지 태워 줄 배를 빌릴 심산으로 세 시간 동안 항구 전체를 뒤졌지만, 눈에 띄는 것이라고는 짐을 싣거나 내리는, 항해할 수 없는 배들뿐이었다. 픽스는 다시 희망에 부풀어 올랐다.

하지만 포그 씨는 설령 마카오까지 가야 한다고 해도 조금도 실망하지 않을 기세로 계속 배를 찾았다. 그때 외항에 있던 선원 하나가 포그 씨에게 다가왔다.

"배를 찾으십니까?"

선원이 모자를 벗으며 물었다.

"출항할 수 있는 배가 있소?"

포그 씨가 물었다.

"네, 있습니다. 수로 안내선 43호인데 개중에 가장 좋은 배죠."

"빠릅니까?"

"정확히 8노트(배의 속도를 나타내는 단위. 1노트는 1,852미터를 달리는 속도다.)에서 9노트 정도 됩니다. 한번 보시겠습니까?"

"그러지요."

"마음에 쏙 드실 겁니다. 뱃놀이를 하시게요?"

"아뇨. 여행을 떠날 겁니다."

"여행이요?"

"요코하마까지 데려다 줄 수 있습니까?"

선원은 자신이 제대로 들은 건지 어안이 벙벙해져 아연실색한 얼굴로 서 있었다.

"농담이시겠죠!"

"아닙니다. 카르나티크 호를 놓쳤는데 늦어도 14일까지는 요코하마에 도착해야 합니다. 샌프란시스코로 가는 증기선을 타야 하거든요."

"죄송합니다만 불가능합니다."

선원이 말했다.

"하루에 100파운드를 주겠소. 제시간에 도착하면 200파운드를 얹어 주지요."

"정말입니까?"

선원이 물었다.

"당연히 진담입니다."

포그 씨가 대답했다.

수로 안내인은 한 걸음 옆으로 물러나 바다를 바라보았다. 엄청난 액수의 돈을 벌고 싶은 마음과 위험이 따르는 항해를 해야 한다는 두려움 사이에서 갈등하는 것이 분명했다. 픽스는 애가 탔다.

한편 포그 씨는 아우다 부인을 돌아보며 물었다.

"두려우십니까, 부인?"

"포그 씨와 함께라면 두렵지 않아요."

젊은 여인이 대답했다.

수로 안내인은 다시 포그 씨에게 다가가 초조한 듯 모자를 꼼지락거리기 시작했다.

"어떻습니까, 수로 안내인?"

포그 씨가 물었다.

"선생님, 20톤밖에 안 되는 배로 그렇게 먼 바다로 나가서 선원들이나 저나 선생님의 목숨을 위험에 처하게 할 수는 없습니다. 특히 일 년 중 지금은 가장 위험한 때입니다. 게다가 홍콩에서 요코하마는 1,650해리나 되니 제시간에 도착할 수도 없을 겁니다."

"1,600해리입니다."

포그 씨가 말했다.

"그게 그거죠."

픽스는 그제야 다시 숨이 쉬어졌다.

"하지만 …… 다른 방법을 마련해 볼 수도 있습니다."

수로 안내인이 덧붙였다.

픽스는 숨을 죽였다.

"어떻게요?"

필리어스 포그가 물었다.

"일본 남쪽 끝에 있는 나가사키나 중국 상하이로 가는 겁니다. 나가사키는 홍콩에서 1,100해리고 상하이는 800해리입니다. 그곳으로 간다면 중국 연안에서 그다지 멀지 않은 데다 해류가 북쪽으로 흐르기 때문에 유리합니다."

"수로 안내인, 미국으로 가는 우편선을 탈 수 있는 곳은 상하이나 나가사키가 아니라 요코하마입니다."

필리어스 포그가 말했다.

"왜 그렇죠? 샌프란시스코행 증기선은 요코하마에서 출발하는 게 아닙니다. 요코하마와 나가사키에 정박하기는 하지만 출발은 상하이에서 합니다."

수로 안내인이 물었다.

"지금 그게 정확한 사실입니까?"

"그렇습니다."

"그렇다면 배가 언제 상하이에서 출발합니까?"

"11일 저녁 7시요. 그러니 4일 여유가 있습니다. 4일이면 96시간이니, 바다가 잠잠하고 남동풍이 계속 불어 준다면 평균 시속 8노트로 상하이까지 충분히 갈 수 있습니다."

"그럼 언제 출항이 가능하겠습니까?"

"1시간 후에요. 배에 식량을 들여놓고 출항 준비를 해야 하니까요."

"그럼 그렇게 하는 걸로 합시다. 당신이 배의 주인입니까?"

"네, 탕카데르 호 선주, 존 번스비입니다."

"보증금을 받겠소?"

"그래 주시면 감사하지요."

"여기 선금 200파운드입니다. 혹시 당신도 이 기회를 이용하고 싶다면……."

포그 씨는 픽스를 돌아보며 덧붙였다.

"선생님, 그렇지 않아도 부탁드리려던 참입니다."

픽스가 주춤하지 않고 답했다.

"좋습니다. 그럼 30분 후에 승선하겠습니다."

"하지만 그 가여운 사람은……."

아우다 부인은 사라진 파스파르투가 몹시 걱정스러웠다.

"제가 할 수 있는 일은 하겠습니다."

필리어스 포그가 대답했다.

픽스가 몹시 초조하고 화난 상태로 수로 안내선으로 가는 동안 포그 씨와 아우다 부인은 홍콩 경찰서로 향했다. 경찰서에 도착한 포그 씨는 파스파르투의 인상착의를 전달하고 본국 송환을 위해 그에게 필요한 돈을 남겼다. 프랑스 영사관에서도 똑같은 조치를 취했다. 그런 다음에 가마를 타고 호텔에 들러 짐을 챙긴 뒤 외항으로 돌아왔다.

3시를 알리는 종이 울렸다. 선원들을 태우고 보급품을 실은 수로 안내선 43호는 출항 준비가 끝나 있었다.

탕카데르 호는 우아한 선을 자랑하는 20톤의 작고 멋진 스쿠너(돛대가 두 개 이상인 범선)다. 선폭이 길고 뱃머리가 뾰족하여 마치 경주용 요트처럼 보였다. 반짝이는 놋쇠 부품, 아연으로 도금된 각 부분, 티끌 하나 없이 하얀 갑판은 선주인 존 번스비가 배를 얼마나 정성스럽게 관리하는지 잘 보여 주었다. 두 개의 돛대는 뒤쪽으로 약간 기울어져 있었는데, 고물에 달린 삼각돛, 후미에 달린 돛, 뱃머리의 작은 삼각돛, 네모난 중간돛이 있어 바람을 최대한 이용해 달릴 수 있도록 되어 있었다. 매우 빠른 속도를 낼 것처럼 보이는 이 배는 실제로 수로 안내선 경주에서 여러 번 상을 탄 전적을 가지고 있었다.

탕카데르 호의 승무원은 선주인 존 번스비 외에 네 명의 선원들이 더 있었다. 그들은 어떤 날씨에도 배를 항구로 이끌어 올 수 있을 만큼 용감한 선원들이었고, 날씨에 대해서도 잘 알고 있었다. 45세쯤으로 보이는 존 번스비는 건장한 체격에 햇볕에 거칠어진 피부, 날카로운 눈빛, 활기 넘치는 외모를 가졌고, 몸은 바위처럼 단단해 보였으며 어떤 상황이든 능숙하게 처리했다. 아무리 소극적인 사람에게도 자신감을 불어넣어 줄 수 있는 남자였다.

필리어스 포그와 아우다 부인은 배에 올랐다. 픽스는 이미 타고 있었다. 스쿠너 뒤쪽 승강구를 통해 내려가니 네모난 선실이 나왔다. 선실의 우묵한 벽에 침상이 놓여 있었고 둥근 소파도 보였다. 유리 갓을 두른 램프가 선실 한가운데에 있는 탁자를 비추고 있었다. 작지만 깨끗한 공간이었다.

"더 좋은 방을 드리지 못해 죄송합니다."

포그 씨의 말에 픽스는 아무런 대답 없이 고개만 숙였다.

픽스 형사는 포그가 베푸는 친절을 받는다는 것이 약간 굴욕적으로 느껴졌다.

'한 가지는 확실하군. 녀석은 아주 정중한 사기꾼이야. 하지만 사기꾼은 사기꾼일 뿐이지.'

오후 3시 10분에 돛이 올라갔다. 스쿠너의 돛대에서 영국 국기가 펄럭였다. 승객들은 갑판에 나와 앉아 있었다. 포그 씨와 아우다 부인은 혹시 파스파르투가 나타나지 않을까 싶어 부두 쪽을 살폈다.

픽스는 약간 걱정스러웠다. 자신에게 부당한 짓을 당한 그 불운한 청년이 만에 하나라도 나타나 언쟁이 벌어진다면 상황이 불리해질 것이 빤했기 때문이다. 하지만 프랑스 남자의 모습은 보이지 않았다. 마약 기운이 아직 가시지 않은 게 분명했다.

마침내 선주가 탁 트인 바다로 나아갔다. 탕카데르 호는 고물에 달린 삼각돛, 뱃머리의 작은 삼각돛, 네모난 중간돛으로 바람을 받으며 빠르게 물살을 갈랐다.

21
탕카데르 호의 선장,
200파운드의 보너스를 날릴 뻔하다

    20톤짜리 배로 800해리를, 그것도 일 년 중 지금 같은 시기에 항해한다는 것은 위험천만한 일이었다. 중국해는 평소에도 바다가 거친데다 자주 돌풍이 불었는데, 특히 춘분과 추분에는 더욱 심했다. 그런데 지금은 11월 초였다.

    승객들을 요코하마까지 데려다 주고 일당으로 보수를 받는다면 선주에게는 둘도 없이 좋은 기회일 것이다. 하지만 이런 조건에서 장거리 항해는 무모한 일이었고 상하이까지 가는 것만 해도 대담한 도전이었다. 하지만 존 번스비는 갈매기처럼 파도를 거슬러 올라가는 탕카데르 호에 대한 믿음이 있었다. 어쩌면 그런 신뢰가 당연할 법도 했다.

    저녁 무렵이 가까워 올 무렵, 탕카데르 호는 홍콩의 험난한 해협을 가로지르고 있었다. 앞뒤에서 바람이 불어올 때마다 선장은 돛을 조절하며 훌륭하게 나아갔다.

"선장님, 시간이 대단히 중요하다는 사실을 굳이 말씀드리지 않아도 되겠지요."

배가 탁 트인 바다로 나아가는 순간 필리어스 포그가 말했다.

"믿으셔도 됩니다. 바람을 받을 수 있는 돛을 모두 올렸습니다. 중간 돛은 전혀 도움이 안 될 겁니다. 속도만 느려질 뿐이죠."

존 번스비가 대답했다.

"그 일에는 내가 아니라 선장님이 전문가니 전적으로 신뢰하겠습니다."

필리어스 포그는 마치 노련한 선원처럼 등을 꼿꼿하게 펴고 다리를 약간 벌려 굳건히 선 채로, 풍랑이 거센 바다를 조금도 움츠러들지 않고 쳐다보았다. 어둑어둑한 가운데, 이 작은 배가 용감하게 어두운 바다로 나아가는 모습을 배 뒷부분에 앉아 지켜보던 젊은 여인은 가슴이 뭉클해졌다. 머리 위로 펄럭이는 하얀 돛들이 마치 커다란 날개처럼 보였다. 배가 바람을 받으며 하늘로 날아오르는 것 같았다.

밤이 되었다. 달은 상현달로 변하고 있었고 잠시 뒤면 수평선의 안개가 희미한 달빛마저 꺼뜨릴 것이다. 동쪽에서 다가오는 구름이 이미 하늘의 한 부분을 가득 채우고 있었다.

선장이 항해등을 켰다. 항구로 향하는 배가 많은 바다에서는 반드시 해야 할 일이었다. 배끼리 충돌하는 일이 자주 일어나기 때문이다. 지금 달리는 속도로 충돌한다면 배는 아주 작은 충격에도 부서져 버릴 것이다.

픽스 형사는 뱃머리에서 생각에 잠겨 있었다. 그는 포그가 원래 과묵한 편이라는 사실을 잘 알기 때문에 일부러 거리를 두었다. 그는 가능한 포그와 말하기가 싫었다. 그의 도움을 받았다는 사실도 마음에 걸렸다. 그는 앞으로의 일에 대해 생각하고 있었다. 포그가 요코하마에서 멈추지 않고 곧바로 샌프란시스코행 배를 타고 미국으로 갈 것이라는 사실은 분명해 보였다. 미국은 워낙 땅덩어리가 넓으니 법망을 안전하게 피해갈 수 있으리라. 픽스에게 필리어스 포그의 계획은 완벽에 가까워 보였다.

포그는 평범한 범죄자들처럼 영국에서 곧바로 미국으로 가는 것이 아니라 지구의 4분의 3을 돌아가는 훨씬 긴 노선을 통하여 미국으로 가고 있었다. 그렇게 경찰의 추적을 따돌려서 훔친 돈을 안전하게 가질 계획인 것이다. 하지만 픽스가 미국에 도착해 무엇을 할 수 있을까? 이대로 포그를 포기해야 할까? 절대로 그럴 수는 없었다. 픽스는 범죄인 인도 허가서를 받기 전까지 절대로 포그를 자신의 시야에서 놓치지 않을 생각이었다. 무슨 일이 있어도 끝까지 임무를 완성할 작정이었다. 게다가 이제는 파스파르투가 주인 곁에 없으니 상황이 픽스에게 유리한 쪽으로 돌아가고 있었다. 픽스가 하인에게 모든 비밀을 털어놓았으니 절대로 주인과 다시 만나지 못하도록 해야만 했다.

필리어스 포그도 수수께끼처럼 사라진 하인에 대해 생각하고 있었다. 모든 상황을 고려해 볼 때, 무슨 오해가 생겨 파스파르투가 막판에 카르나티크 호에 승선했을 가능성이 있었다. 아우다 부인도 같은 생각이었다. 그녀는 자신에게 많은 도움을 준 충직한 하인이 벌써부터 그리워졌다. 어쩌면 파스파르투와 요코하마에서 재회할 수 있으리라. 그가 카르나티크 호를 타고 갔다면 요코하마에서 쉽게 찾을 수 있을 것이다.

10시쯤부터 바람이 거세지기 시작했다. 돛의 크기를 줄이는 것이 안전했지만 선장은 신중하게 하늘을 관찰한 끝에 그대로 내버려 두기로 결정했다. 탕카데르 호는 물에 잠겨 있는 부분이 충분해 안정감이 있었고, 돌풍이 불어오면 재빨리 돛을 내릴 수 있었다.

자정 무렵 필리어스 포그와 아우다 부인은 선실로 내려갔다. 픽스는 그들보다 먼저 선실로 내려가서 침상 하나에 몸을 뻗고 누워 있었다. 선장과 선원들은 밤새 갑판에 머물렀다.

다음 날인 11월 8일 해가 뜰 무렵까지 스쿠너는 100해리 이상을 달렸다. 속도 측정기를 자주 물속에 떨어뜨려 재본 결과 평균 8노트에서 9노트였다. 돛을 전부 올려 늘어뜨린 탕카데르 호는 최고 속도를 낼 수 있었다. 바람만 불지 않는다면 모든 것이 순조로울 터였다.

탕카데르 호는 그날 하루 종일 해안 가까이 운항했다. 해류 상태가 원만했기 때문이었다. 배는 왼쪽으로 보이는 해안으로부터 5해리 이상 떨어지지 않고 전진했는데, 가끔 안개가 걷힐 때마다 들쑥날쑥한 해안선이 보일 정도였다. 육지에서 바람이 불어오기 때문에 육지와 가까운 바다는 덜 사나웠다. 탕카데르 호에는 잘된 일이었다. 무게가 적게 나가는 배들은 파도에 취약해 속도가 떨어지기 때문이다. 이를 뱃사람들은 '배를 죽인다'고 표현했다.

정오쯤 되자 바람이 조금 가라앉더니 남동풍으로 바뀌었다. 선장은 윗돛을 올렸지만 바람이 다시 거세지는 바람에 2시간 만에 도로 내려야 했다.

포그 씨와 젊은 여인은 다행스럽게도 뱃멀미에 시달리지 않았고, 배에 실린 식량도 맛있게 먹었다. 픽스는 함께 식사를 하자는 요청을 받아들일 수밖에 없었다. 밑바닥에 짐을 채워 배의 중심을 잡듯이 자신의 배에도 뭔가를 채워야 한다는 생각에서였다. 하지만 짜증이 치밀었다. 포그의 돈으로 여행을 하고, 그가 준 음식을 먹는 것이 옳지 않은 일이라고 느껴졌기 때문이었다. 하지만 픽스는 함께 음식을 먹었다. 식사가 아니라 간식이라는 말이 더 어울릴 정도로 간단하게 먹었지만 그래도 먹긴 먹은 셈이다.

식사가 끝났을 때 픽스는 포그를 따로 불러 이야기해야 할 필요를 느꼈다.

"선생님……."

선생님이라는 말이 겨우 목구멍에서 나왔다. 그는 이 '선생님'의 목덜미를 움켜잡지 않으려고 안간힘을 써야만 했다!

"선생님, 저를 이 배에 태워 주셔서 정말 고맙습니다. 제가 가진 돈은 얼마 되지 않지만 제 몫을 지불하고……."

"별 말씀을요, 선생님."

포그 씨가 대답했다.

"하지만 저는 꼭……."

"아닙니다, 선생님. 어차피 써야 할 경비입니다."

포그 씨가 이 문제를 더 이상 논하지 않겠다는 듯이 확고한 어조로 말했다.

픽스는 고개 숙여 인사했다. 그는 숨이 막혀서 뱃머리 쪽으로 가 누웠다. 그리고 저녁 내내 한마디도 하지 않았다.

배는 빠른 속도로 달렸고, 존 번스비는 결과에 낙관적이었다. 그는 배가 제시간에 도착할 것이라고 포그 씨에게 몇 번이나 말했다. 포그 씨는 그것이 자신이 바라는 바라고만 짧게 대답했다. 선원들 모두 각자 맡은 일에 최선을 다하고 있었다. 보너스를 받을 생각에 다들 기운이 났다. 밧줄 하나마다 꽉 묶어 돛을 최대한 팽팽하게 당겼고, 키잡이도 항로를 벗어나지 않도록 주의를 기울였다. 로열 요트 클럽 경기에 출전한 것보다 훨씬 더 진지한 모습이었다.

저녁이 되자 선장은 속도 측정기를 보고 홍콩에서 220해일을 달려왔음을 확인했다. 필리어스 포그는 일정에 늦지 않게 요코하마에 도착할 수 있으리라는 기대를 품기 시작했다. 만약 그렇다면 런던을 떠난 후 발생한 가장 심각한 위기를 무사히 넘길 수 있었다.

새벽이 가까워 올 무렵, 탕카데르 호는 포르모사 섬(오늘날의 대만 섬)과 중국 본토를 가르는 대만 해협으로 들어섰다. 이제는 북회귀선을 가로지르고 있었다. 이 해협은 여러 해류가 만나면서 많은 소용돌이가 생기기 때문에 항해하기 힘든 구간이었다. 일렁이는 파도가 앞길을 막는 바람에 탕카데르 호는 상당히 고전했다. 갑판에 서 있기도 거의 불가능했다.

동이 트자 바람이 더욱 거세졌다. 하늘에서 돌풍의 조짐도 보였다. 기압계 역시 기압의 변화를 예고했다. 오전 내내 기압이 불안정하여 수은주는 계속 왔다 갔다 했다. 남동쪽에서는 거대한 파도가 일고 있었다. 곧 폭풍이 몰려올 예정이었다. 그렇지 않아도 전날 저녁, 불처럼 빨갛게 이글거리는 바다에서 태양이 붉은 안개 뒤로 사라지는 모습을 본 터였다.

선장은 오랫동안 험악한 하늘을 살피더니 알아들을 수 없는 말로 중얼거렸다. 잠시 후 그는 옆에 서 있는 포그 씨에게 나지막하게 말했다.

"사실대로 말씀드려도 되겠습니까?"

"물론입니다."

필리어스 포그가 대답했다.

"곧 폭풍이 닥칠 겁니다."

"북쪽입니까, 남쪽입니까?"

포그 씨의 질문은 간단했다.

"남쪽에서입니다. 보세요. 태풍이 오고 있습니다."

"남쪽에서 오는 태풍이라면 상관없습니다. 앞으로 나가도록 도와줄 테니까요."

포그 씨가 대답했다.

"그렇게 말씀하신다면 저도 더 이상 할 말이 없군요."

존 번스비의 예측은 정확했다. 이른 계절이었다면 유명 기상학자의 표현대로 태풍이 반짝이는 전기처럼 금세 사그라들었겠지만 지금 같은 겨울철에는 극심하게 격렬해질 위험이 있었다.

선장은 폭풍에 대비하기 위해 모든 조치를 취했다. 돛을 전부 걷었고, 활대도 갑판에 내렸다. 철거할 수 없는 돛대만 남기고 돛을 댄 활대도 집어넣었다. 선체에 물이 들어오는 것을 막기 위해 승강구 입구도 누름대로 덮었다. 튼튼한 캔버스 천으로 만들어진 삼각돛 하나만 뱃머리에 올려서 배가 바람에도 꿋꿋이 버틸 수 있도록 했다. 이제는 그저 기다리는 수밖에 없었다.

존 번스비는 승객들에게 선실로 내려가라고 지시했다. 하지만 좁고 답답한 선실에 갇혀 파도에 흔들리는 것은 별로 좋은 생각이 아니었다. 포그 씨와 아우다 부인, 픽스는 갑판에 있겠다고 했다.

저녁 8시가 가까워 오자 세찬 비바람이 탕카데르 호를 덮쳤다. 작은 돛 하나만 달고 있을 뿐인데도 배는 거센 바람에 흔들리는 깃털처럼 휘청거렸다. 풍속이 전속력으로 달리는 기관차보다 족히 네 배는 빠르다고 해도 과언이 아니었다.

배는 하루 종일 괴물 같은 파도에 휩쓸린 채 북쪽으로 향했지만 다행히 파도와 같은 속도를 유지할 수 있었다. 뒤에서 산더미처럼 일어나는 거대한 파도가 배를 삼켜 버릴 뻔한 적도 여러 번이었지만 선장이 능숙하게 키를 조종한 덕분에 재앙을 피할 수 있었다. 승객들은 이따금 물보라에 흠뻑 젖었지만 태연하게 반응했다. 물론 픽스는 속으로 분통을 터뜨렸지만, 용감한 아우다 부인은 어떤 상황에도 침착한 포그 씨를 존경스럽게 바라보았고 그의 곁에 선 채 꿋꿋하게 태풍에 맞섰다. 필리어스 포그는 태풍이 여행 계획에 포함된 것처럼 아무렇지 않아 보였다.

지금까지 탕카데르 호는 줄곧 북쪽으로 항해해 왔다. 하지만 저녁 무렵이 되자 염려한 대로 바람이 방향을 바꿔 북서풍으로 변했다. 이제 배는 측면에서 파도를 맞아 심하게 흔들렸다. 엄청 센 파도가 배를 강타했다. 배의 모든 부분이 견고하게 연결되어 있다는 사실을 모르는 사람이라면 공포를 느낄 정도였다.

밤이 되자 폭풍은 더욱 심해졌다. 어둠이 깔리고 돌풍이 거세지자 존 번스비는 매우 걱정스러웠다. 그는 항구에 정박해야 할지에 대해서 선원들과 상의했다.

의논을 마친 후 존 번스비가 필리어스 포그에게 가서 말했다.

"선생님, 해안에 있는 항구 어디에라도 정박하는 편이 좋을 것 같습니다."

"내 생각도 그렇습니다."

필리어스 포그가 대답했다.

"어느 항구가 좋겠습니까?"

"내가 아는 항구는 하나뿐입니다."

포그 씨가 차분하게 말했다.

"혹시 거기가……."

"상하이입니다."

선장은 잠시 동안 그 대답이 무엇을 의미하는지 이해하지 못했다. 그러나 끈기와 완고함이 담긴 대답이라는 것을 깨닫고는 잠시 후 소리쳤다.

"그럼 좋습니다. 선생님이 옳아요. 상하이로 갑시다!"

탕카데르 호는 변함없이 북쪽으로 달렸다.

그날 밤은 정말로 끔찍했다. 그렇게 작은 배가 뒤집히지 않은 것은 기적이었다. 큰 파도가 덮쳐 온 적도 두 번이나 있었는데, 만약 밧줄을 붙잡고 있지 않다면 모두 배 밖으로 휩쓸려 나갔으리라. 아우다 부인은 기진맥진했지만 불평 한마디 하지 않았다. 포그 씨는 격렬한 파도로부터 그녀를 보호하기 위해 몇 번이나 달려가야 했다.

날이 밝았다. 폭풍은 여전히 맹렬하게 몰아쳤다. 하지만 바람이 다시 남동풍으로 바뀌었다. 덕분에 상황이 나아졌다. 새롭게 바뀐 바람이 만들어 내는 물결이 파도와 부딪히는 덕분에 탕카데르 호는 폭풍을 뚫고 앞으로 나아갈 수 있었다. 탕카데르 호만큼 튼튼하지 않은 배였다면 서로 부딪히는 파도 사이에서 부서졌을 것이다.

이따금 안개 사이로 해안선이 보였지만 다른 배는 전혀 눈에 띄지 않았다. 오직 탕카데르 호만이 바다에 떠 있었다.

정오가 되자 바다가 잠잠해지는가 싶더니 해질 무렵에는 더욱 확실해졌다.

태풍이 금방 가라앉은 것은 워낙 그 강도가 심했기 때문이었다. 완전히 지쳐 버린 승객들은 그제야 겨우 먹고 쉴 수 있었다.

그날 밤은 비교적 평화로웠다. 선장은 돛의 일부를 다시 펼쳤다. 배의 속도가 상당히 빨라졌다. 다음 날인 11월 11일 동틀 무렵, 해안선을 관찰한 존 번스비는 상하이까지 100해리 정도 남은 것을 알 수 있었다.

남은 거리는 100해리, 남은 시간은 하루뿐이었다. 포그 씨가 요코하마행 증기선을 타려면 그날 저녁까지 상하이에 도착해야만 했다. 폭풍으로 몇 시간을 지체하지 않았다면 상하이 항구에서 30해리 떨어진 지점에 와 있을 터였다.

다행스럽게도 바람은 눈에 띄게 잦아들었고 바다도 잠잠해져 있었다. 선장은 돛을 전부 펼쳤다. 윗돛, 삼각돛, 앞의 삼각돛이 전부 올라왔고, 바다를 가를 때마다 배의 앞부분에는 하얀 거품이 일었다.

정오가 되자 탕카데르 호는 상하이에서 45마일 떨어진 지점에 와 있었다. 요코하마행 증기선이 출발하기 전까지 항구에 도착하려면 6시간밖에 남지 않았다.

배 안에는 초조함이 감돌았다. 무슨 일이 있더라도 반드시 제시간에 도착해야만 했다. 필리어그 포그를 뺀 나머지 사람들은 초조함에 심장이 쿵쾅거렸다. 작은 배가 제시간에 도착하기 위해서는 평균 9노트로 달려야만 했고 바람의 도움도 필요했다. 바다에서는 잠깐씩 미풍이 불어왔지만 해안에서 예상치 못한 돌풍이 일기도 했다. 그러나 돌풍이 지나가고 나면 바다는 곧바로 잠잠해졌다.

탕카데르 호는 매우 가벼운 데다 튼튼한 천으로 된 돛이 높게 달려 있어 변덕스러운 바람을 잘 받아냈다. 존 번스비는 상하이 강까지는 10해리도 남지 않았다고 계산했다. 상하이는 강어귀에서 12해리 정도 떨어져 있지만 말이다.

7시가 되었을 때 배는 여전히 상하이에서 3해리 떨어진 지점에 있었다. 보너스 200파운드를 날리게 된 선장이 거친 욕설을 내뱉었다. 그는 포그 씨를 쳐다보았다. 포그 씨는 전 재산을 잃게 생겼는데도 침착한 표정이었다.

바로 그때 자욱한 연기와 함께 끝이 뾰족한 검은색의 기다란 물체가 해안선에 나타났다. 제시간에 출발하고 있는 미국 증기선이었다.

"젠장!"

존 번스비가 절망하며 키를 탁 쳤다.

"신호를 보내세요."

필리어스가 간단히 말했다.

배의 앞 갑판에는 놋쇠로 된 작은 대포가 놓여 있었다. 시야가 나쁠 때 사용하는 구조 신호탄이었다.

대포를 장전하고 선장이 발사하려는 순간, 필리어스 포그가 말했다.

"깃발을 반기로 거세요."

깃발이 아래로 내려왔다. 반기는 조난 신호였다. 미국 증기선이 신호를 보고 탕카데르 호 쪽으로 항로를 바꾸도록 하기 위해서였다.

"발사!"

필리어스 포그가 말했다.

이윽고 놋쇠로 된 작은 대포가 발사되었다.

22

파스파르투, 지구 반대편에서도
주머니에 돈이 있어야 한다는 사실을 깨닫다

카르나티크 호는 11월 7일 저녁 6시 30분에 홍콩을 떠나 일본을 향해 전속력으로 달렸다. 화물과 승객을 가득 태웠지만 배 뒤편의 선실 두 개는 비어 있었다. 필리어스 포그 씨의 이름으로 예약된 것이었다.

다음 날 아침, 뱃머리에 있던 승무원들은 약간 이상한 광경을 보게 되었다. 2등실 승강구에서 옷차림이 단정하지 못한 승객이 반쯤 정신 나간 얼굴로 휘청거리며 걸어 나오더니 예비 돛대를 쌓아 둔 곳에 털썩 주저앉았다.

이 승객은 다름 아닌 파스파르투였다. 지금까지 그에게 일어난 일은 이러했다.

픽스가 아편굴에서 나가고 잠시 후 두 종업원이 깊은 잠에 빠진 파스파르투를 들어 아편꾼들이 누워 있는 침대에 눕혔다. 하지만 꿈속에서마저 한 가지 생각에 쫓기던 파스파르투는 약 3시간 후, 약 기운을 물리치려고 안간힘을 쓰며 깨어났다. 무기력한 상태였지만 의무를 다하지 못했다는 생각에 정신이 번쩍 들었다. 그는 아편 중독자들이 누워 있는 침대에서 일어나 벽에 바짝 붙은 채로 걸어갔다. 그는 강력한 본능에 몇 번이고 휘청거리며 넘어졌지만 마치 잠꼬대라도 하듯 "카르나티크 호! 카르나티크 호!"를 외치며 아편굴을 빠져나갔다.

카르나티크 호는 증기를 뿜으며 출발 준비를 하고 있었다. 파스파르투는 배까지 몇 걸음만 남겨 놓고 있었다. 그는 갑판을 향해 달려가서 배 안으로 발을 옮기는 순간 정신을 잃고 쓰러졌다. 바로 그때 카르나티크 호는 닻을 올렸다.

이런 광경에 익숙한 선원들은 이 가엾은 남자를 데리고 2등실 선실로 내려갔다. 파스파르투는 다음 날 아침에야 눈을 떴다. 배가 중국 연안에서 150해리 떨어진 지점에 와 있을 때였다.

그렇게 하여 그날 아침 파스파르투는 카르나티크 호의 갑판 위에서 시원한 바닷바람을 쐬고 있게 된 것이다. 그는 기억을 끼워 맞추려고 했지만 쉽지 않았다. 파스파르투는 천천히 픽스의 비밀 고백과 아편굴 등 전날 저녁에 있었던 일을 기억해 냈다.

"내가 완전히 취해서 곯아떨어졌던 게 분명해! 포그 씨가 알면 뭐라고 할까? 어쨌든 배를 놓치지 않았다는 사실이 중요해."

그리고 픽스가 떠올랐다.

"그 작자를 다시 보는 일은 없겠지. 나한테 그런 제안을 하고 카르나티크 호까지 따라오지는 못했을 테니까. 영국 은행에서 돈을 훔친 주인님을 뒤쫓는 형사라고? 웃기는 소리 말라지! 포그 씨가 도둑이면 나는 살인범이다!"

주인에게 모든 이야기를 해야 할까? 픽스의 정체를 알리는 것이 옳은 일일까? 런던에 도착할 때까지 기다렸다가 런던 경찰청 형사가 주인어른이 세계 일주를 하는 동안 따라다닌 사실을 밝히고 같이 비웃어 주는 편이 낫지 않을까? 그렇다. 그 편이 나을 것이다. 어쨌든 고민해 봐야 할 문제였다. 지금은 포그 씨를 만나서 자신의 어처구니없는 행동에 대해 용서를 구하는 것이 우선이었다.

파스파르투는 몸을 일으켰다. 파도가 거칠어 배가 심하게 흔들렸다. 아직도 다리가 휘청거렸지만 간신히 배 뒤쪽까지 갈 수 있었다.

갑판에 주인이나 아우다 부인을 닮은 사람은 보이지 않았다.

"그래. 아우다 부인은 아직 주무시고 계실 거야. 포그 씨는 이번에도 같이 카드놀이를 할 상대를 찾으셨을 테지……."

파스파르투는 이렇게 생각하면서 휴게실로 갔다. 그러나 포그 씨는 없었다. 이제 파스파르투가 할 수 있는 일은 한 가지뿐이었다. 사무장을 찾아가 포그 씨의 선실을 물어보는 것이었다. 하지만 사무장은 그런 이름을 가진 승객이 없다고 했다.

"죄송하지만 그분은 키가 크고 좀 냉정하고 과묵한 분이에요. 젊은 부인과 동행하셨는데……."

파스파르투가 순순히 물러서지 않고 덧붙였다.

"이 배에는 젊은 부인이 타지 않았습니다. 여기 승객 명단이 있습니다. 직접 보시지요."

사무장이 대답했다.

파스파르투는 명단을 살폈다. 주인의 이름은 거기에 없었다.

그는 어안이 벙벙했다. 잠시 후 한 가지 떠오르는 생각이 있었다.

"아니, 잠깐만요. 이 배가 카르나티크 호가 맞나요?"

파스파르투가 소리쳤다.

"맞습니다."

사무장이 대답했다.

"요코하마로 가는 배고요?"

"물론이죠."

파스파르투는 잠시 동안 배를 잘못 탄 줄 알았다. 하지만 그가 탄 배는 카르나티크 호가 맞았고 주인이 배에 타지 않은 것도 확실했다.

파스파르투는 안락의자에 주저앉았다. 청천벽력과도 같은 일이었다. 그런데 갑자기 분명히 떠오르는 생각이 있었다. 카르나티크 호의 출발 시간이 앞당겨진 것을 주인에게 알리지 않았다는 사실이었다. 포그 씨와 아우다 부인이 배에 타지 않은 것은 그의 잘못이었다!

물론 그의 잘못이었지만, 포그 씨를 홍콩에 잡아 두기 위해 그를 술에 취하게 만들어 주인과 떼어 놓은 배신자의 탓이 더 컸다. 이제야 파스파르투는 그 경찰의 속셈을 알아차렸다. 지금쯤 주인은 파산했을 것이 분명했다. 내기에서 진 데다 체포되어 감옥에 갇혔을 수도 있었다. 이런 생각이 들자 파스파르투는 미칠 것만 같았다. 픽스라는 작자를 다시 만나면 절대로 가만두지 않을 것이다.

한동안 실의에 빠져 있던 파스파르투는 마침내 냉정을 되찾고 현재 상황을 돌아보았다. 확실히 좋은 상황은 아니었다. 이 프랑스 남자는 일본으로 가는 중이었다. 일본까지 무사히 도착할 수는 있겠지만 어떻게 돌아간단 말인가? 그의 주머니는 텅 비어 있었다. 1실링은커녕 단 1페니조차 없었다. 하지만 뱃삯과 식사는 이미 계산이 되어 있는 상태였다. 앞으로 어떻게 할지 생각할 시간이 5~6일 정도 있는 셈이었다. 요코하마까지 가는 동안 그가 얼마나 먹고 마셨는지는 설명할 수 없을 정도다. 그는 자신은 물론이고 포그 씨와 아우다 부인 몫까지 먹었다. 마치 앞으로 도착할 나라인 일본이 먹을 것 하나 없는 무인도라도 되는 것처럼 먹어 댔다.

13일 아침 만조 무렵, 카르나티크 호는 요코하마 항구로 들어갔다.

요코하마 항구는 태평양의 중요 지점으로 북아메리카와 중국, 일본, 말레이 제도로 우편과 승객을 나르는 모든 증기선이 들르는 곳이었다. 에도 만(도쿄의 옛 이름)에 위치한 요코하마는 일본 제국의 제2 수도

인 에도에서 매우 가까웠다. 무사 정권 시대에 실질적인 통치권자였던 쇼군이 거주하는 곳이기도 했다. 천황인 미카도는 에도와 경쟁 관계를 이루고 있는 교토에 거주하고 있었다.

카르나티크 호가 요코하마 부두에 정박했다. 부두에 머무르고 있는 세계 각국에서 온 수많은 배들 옆으로 방파제와 세관이 있었다.

파스파르투는 아무런 감흥 없이 떠오르는 태양의 나라에 발을 들여놓았다. 자신의 운을 믿고 거리를 돌아다니는 수밖에 다른 방법이 없었다.

파스파르투가 가장 먼저 간 곳은 유럽풍의 구역이었다. 높이가 낮은 집들은 베란다로 장식되어 있었고 돌기둥이 그 아래를 받치고 있었다. 곶과 강 사이에는 온통 거리와 광장, 부두, 창고가 들어서 있었다. 홍콩이나 캘커타처럼 미국인, 영국인, 중국인, 네덜란드인 등 다양한 인종이 우글거렸고, 상인들은 태양 아래 무엇이든 사고 팔 준비를 하고 있었다. 그곳에 서 있는 프랑스 남자는 마치 야만족 한가운데에 던져진 이방인처럼 보였다.

파스파르투가 시도해 볼 수 있는 일은 요코하마에 있는 프랑스나 영국 영사관을 찾아가 도움을 구하는 것이었다. 하지만 어떻게 된 사정인지 설명하려면 주인에 관한 이야기를 털어놓아야 했으므로 내키지 않았다. 그래서 그 전에 다른 방법을 일단 찾아보기로 결심했다.

그는 유럽인 구역을 돌아다녔지만 별다른 행운이 일어나지 않았기에, 이번에는 일본인 구역으로 갔다. 필요하다면 에도까지 가볼 셈이었다.

　요코하마에 속하는 이곳은 벤텐이라는 지역이었는데, 그 주변 섬들이 숭배하는 바다의 여신의 이름을 딴 것이었다. 전나무와 삼나무로 된 멋진 가로수길, 특이한 건축 양식의 신성한 문, 대나무와 갈대숲 사이에 숨어 있는 다리, 음울한 분위기를 자아내는 오래된 삼나무 아래에 자리한 절, 불교 승려와 유교 신봉자들이 속세를 떠나 생활하는 암자가 보였다. 끝없이 이어진 거리에는 볼이 빨갛고 혈색이 좋은 아이들이 가득했다. 마치 일본 병풍에서 오려다 놓은 것 같은 아이들은 다리 짧은 강아지와 꼬리는 없지만 느긋하고 애교 많은 고양이들과 놀고 있었다.

　거리는 오가는 사람들로 끊임없이 북적거렸다. 단조롭게 목탁을 두드리며 행진하는 승려들, 칠기 장식이 된 뾰족한 모자를 쓰고 허리에 두 개의 칼을 찬 세관원과 경찰, 하얀색 줄무늬가 들어간 푸른색 무명의 제복을 입고 격발식 총으로 무장한 군인들, 비단으로 만든 꽉 끼는 상의에 작은 쇠사슬을 엮어 만든 갑옷을 입은 천황의 근위병들, 그 밖에 다양한 계급의 군인들이 종종 눈에 띄었다. 중국과 달리 일본에서는 군인이 매우 존경받는 직업이었다. 그 외에 수도사와 치렁치렁한 옷을 입은 순례자 그리고 민간인들도 보였다. 민간인들은 칠흑같이 까맣고 윤기 나는 머리카락에 두상이 크고 상체가 긴 반면, 다리는 가느다랗고 키가 작았다. 피부색은 구리색에서 상앗빛까지 다양했는데, 중국인처럼 노랗지는 않았다. 그 점에서 일본인은 중국인과 큰 차이가 있었다. 마지막으로 마차와 가마, 말, 짐꾼, 장막이 쳐진 외바퀴 손수레, 옻칠한 인력거, 폭신한 대나무 가마들이 오가는 사이로 미인과는 거리가 먼 여자들의 모습이 보였다. 그들은 자그만 발에 천으로 만든 신발이나 짚신, 정교하게 만든 나막신을 신고 걸어 다녔다. 눈꼬리가 올라가고 가슴은 납작했으며 당시 유행에 따라 치아도 검었다. 하지만 그들이 입은 전통 의상 기모노는 매우 우아했다. 기모노는 실내 가운과 비단 장식띠를 합쳐 놓은 듯한 옷이었는데, 넓은 허리띠를 등 뒤로 돌려 우아하게 매듭지어 입었다. 파리 여성들에게 한창 유행하고 있는 매듭 의상도 일본의 전통 의상을 본 따서 만든 것 같았다.

파스파르투는 몇 시간 동안 이렇게 거리를 돌아다니면서 신기하고 고급스러워 보이는 가게들과 화려한 장신구를 쌓아 놓은 시장, 띠와 현수막으로 장식한 음식점들을 구경했다. 돈이 없었기 때문에 음식점에는 들어갈 수 없었다. 찻집에서 근사한 향이 나는 따뜻한 차와 쌀을 발효하여 만든 술인 정종을 팔고 있었다. 담배를 피우기 위해 마련된 안락해 보이는 공간도 보였다. 일본에

서는 아편이 알려져 있지 않은지 이들은 아편이 아니라 고급 담배를 피웠다.

파스파르투는 어느새 끝없이 논이 펼쳐진 시골길에 와 있는 자신을 발견했다. 관목이 아니라 커다란 교목 위에 동백꽃이 활짝 피어 멋진 풍경을 이루었다. 시들어 가고 있는 동백꽃에서 희미한 향기가 뿜어져 나왔다. 대나무 울타리 안에는 벚나무와 자두나무, 사과나무가 자라고 있었다. 열매를 얻기 위한 것이라기보다는 꽃을 감상하려고 심은 나무였다. 무서운 얼굴을 한 허수아비와 시끄러운 바람개비가 참새와 비둘기, 까마귀 등의 굶주린 새들로부터 나무를 보호했다. 위풍당당한 삼나무 위에는 커다란 독수리가 앉아 있었고, 수양버들 위에는 우수에 잠긴 왜가리가 한쪽 다리로 균형을 잡고 있었다. 까마귀와 오리, 매, 야생거위는 어디에서나 볼 수 있었고, 장수와 행복을 상징한다고 하여 일본인들이 길조로 여기는 두루미는 셀 수 없이 많았다.

정처 없이 돌아다니던 파스파르투는 풀밭에 자라난 제비꽃을 보았다.

"좋아. 저게 내 저녁이다."

하지만 냄새를 맡아 보니 아무런 향도 없었다.

"운이 없군."

그가 중얼거렸다.

물론 파스파르투는 카르나티크 호에서 내리기 전에 배불리 먹었지만 하루 종일 걷고 나니 배가 몹시 고팠다. 그는 일본의 정육점에는

양고기나 염소고기, 돼지고기가 진열되어 있지 않다는 사실을 금방 알아차릴 수 있었다. 파스파르투는 이곳에서 소를 죽이는 것은 불경한 일이며 소는 농사에만 사용된다는 것을 알고 있었으므로 일본에서는 고기가 귀할 것이라고 결론 내렸다. 그의 생각은 맞았다. 하지만 점육점에서 파는 쇠고기가 아니더라도 멧돼지나 사슴고기, 또는 꿩고기나 메추라기, 가금류 또는 일본인의 밥상에 쌀과 함께 빠지지 않는 생선이라도 파스파르투는 얼마든지 기쁘게 먹을 터였다. 그렇지만 그는 현재 자신이 처한 곤란한 상황을 받아들이고, 먹을 것을 구하는 문제는 내일로 미룰 수밖에 없었다.

밤이 되었다. 파스파르투는 일본인 구역으로 돌아가 알록달록한 등이 켜진 거리를 돌아다니며 유랑단의 멋진 곡예와 점성술사들이 망원경을 이용해 구경꾼들을 불러 모으는 모습을 구경했다. 그리고 항구 쪽을 보았다. 어부들이 물고기 떼를 유인하기 위해 피워 놓은 횃불이 반짝거렸다.

마침내 거리가 텅 비었다. 북적거리던 사람들 대신 순찰대가 보였다. 멋진 제복을 입고 부하들에게 둘러싸인 순찰대 장교들은 외교 사절단처럼 보였다. 파스파르투는 화려해 보이는 순찰대원들과 마주칠 때마다 혼잣말로 농담을 했다.

"일본 사절단이 또 유럽으로 떠나는군."

23

파스파르투,
코가 엄청나게 길어지다

다음 날, 지치고 굶주린 파스파르투는 어떻게든 빨리 먹을 것을 구해야 한다고 생각했다. 시계를 팔 수도 있었지만 그럴 바에야 차라리 굶어 죽는 편이 나았다. 지금이야말로 타고난 자신의 감미로운 목소리를 활용해야 하는 시기였다.

그는 자신이 알고 있는 프랑스와 영국의 대중가요를 부르기로 마음먹었다. 일본 사람들은 무엇에든 심벌즈와 징, 북을 곁들이니 분명히 음악을 좋아하리라. 그리고 유럽 명인의 재능을 높이 평가할 것이다.

하지만 음악회를 시작하기에는 아직 이른 시간이었다. 아무리 음악을 좋아한다고 해도 노랫소리 때문에 잠에서 깨면 별로 달가워하지 않을 것이다.

파스파르투는 몇 시간 더 기다리기로 했다. 그는 거리를 돌아다니다 문득 떠돌이 음악가치고는 옷을 너무 잘 차려입었다는 생각이 들었다. 그래서 자신의 처지에 잘 어울리는 옷차림으로 갈아입기로 했다. 옷을 판 돈으로 당장 허기를 채울 수 있으리라.

이제는 결심을 실행에 옮길 일만 남았다. 한참을 찾아다닌 끝에 중고 상점을 발견한 그는 거래를 하기로 했다. 상점 주인은 유럽 옷을 마음에 들어 했다. 잠시 후 파스파르투는 낡은 일본 옷에 빛바랜 터번 같은 것을 쓰고 상점을 나왔다. 주머니에는 옷을 바꾸고 남은 은화 몇 닢이 쨍그랑거렸다.

"좋아. 사육제에 왔다고 생각하자."

일본 사람처럼 차려입은 파스파르투가 가장 먼저 한 일은 고급스러워 보이지 않은 찻집에 들어간 것이었다. 그곳에서 그는 최후의 만찬이라도 되는 것처럼 닭고기 조금과 쌀밥을 허겁지겁 먹어 치웠다.

"이제부터 정신을 바짝 차려야 해. 지금 입고 있는 옷을 또 팔 수는 없잖아. 그러니까 최대한 빨리 해 뜨는 나라 일본을 벗어날 수 있는 방법을 찾아야 해. 물론 이곳에 대한 기억은 별로 좋지 못하겠지."

그는 식사를 다한 후 중얼거렸다.

파스파르투는 미국으로 떠나는 증기선을 찾아봐야겠다고 생각했다. 배를 태워 주고 먹여만 준다면 요리사든 하인이든 뭐든지 하겠다고 부탁해 볼 참이었다. 나머지 문제는 일단 샌프란시스코에 도착해서 생각하기로 했다. 지금은 일본과 신대륙 사이에 있는 4,700해리의 태평양을 건너는 일이 가장 중요했다.

파스파르투는 생각이 떠오르면 바로 행동에 옮기는 성격이었기에 곧바로 요코하마 항구로 향했다. 하지만 부두에 가까워질수록 처음에는 간단하게만 보였던 계획이 비현실적으로 느껴졌다. 미국 증기선에 요리사나 하인이 왜 필요하며 지금 같은 복장을 하고 있는 그를 누가 신뢰해 주겠는가? 추천서도 신원 보증서도 없는데 말이다.

그런 생각을 하고 있을 때 광대처럼 보이는 사람이 커다란 포스터를 들고 거리를 다니는 모습이 눈에 띄었다. 영어로 적힌 포스터의 내용은 다음과 같았다.

유명한 윌리엄 배틸카 단장의 일본 서커스단

미국으로 떠나기 전 마지막 공연!

텐구 신에게 바치는 코쟁이들의 공연

놓치면 후회합니다!

"미국이라고? 나한테 딱 맞는 일이잖아!"

파스파르투가 외쳤다.

광고판을 몸에 걸친 남자를 따라가다 보니 어느새 일본인 구역으로 와 있었다. 15분 후 색종이로 장식된 크고 네모난 건물 앞에 멈추었다. 바깥쪽 벽에는 곡예사들이 원근법을 무시한 채 요란한 색깔로 그려져 있었다.

이곳이 윌리엄 배털카의 극장이었다. 그는 공중제비 하는 곡예사와 여러 개의 물건을 던지는 곡예사, 광대, 공중 곡예사, 줄타기 곡예사, 체조 곡예사들로 이루어진 서커스단의 단장인데, 포스터에 따르면 미국으로 떠나기 전에 마지막 공연을 할 터였다.

파스파르투는 극장 입구의 돌기둥을 따라 들어가서 배털카 씨를 찾았다. 배털카 씨가 직접 나타났다.

"무슨 일이지?"

배털카 씨는 처음에 파스파르투가 일본인이라고 생각했다.

"혹시 하인이 필요하십니까?"

파스파르투가 물었다.

"하인이라고?"

배털카 씨가 턱 아래의 덥수룩하고 희끗한 수염을 쓰다듬으며 말했다.

"나에게는 고분고분하고 믿을 만한 하인이 두 명이나 있지. 먹여 주기만 하면 되고 공짜로 일해 준다네. 바로 여기 있군."

그는 이렇게 말하며 콘트라베이스의 줄처럼 두꺼운 힘줄이 튀어나온 자신의 두 팔을 가리켰다.

"그럼 제가 할 만한 일이 없나요?"

"없네."

"젠장! 단장님과 같이 떠날 수 있다면 정말 좋았을 텐데."

"그나저나 내가 원숭이가 아니듯 자네도 일본인이 아니로군. 왜 그런 옷을 입고 있나?"

배털카 단장이 물었다.

"형편대로 입는 거죠."

"맞는 말이군. 프랑스 사람인가?"

"네. 파리 토박이입니다."

"그럼 우스꽝스러운 표정 짓는 법을 알겠군."

"이보세요. 우리 프랑스 사람들이 그런 표정을 지을 수 있을지는 몰라도 미국 사람들만 하겠어요?"

파스파르투는 자신이 프랑스인이라는 사실에 그런 반응이 돌아오자 약이 올랐다.

"좋아. 하인은 필요 없지만 자네를 광대로 고용할 수는 있네. 무슨 말인지 알겠나, 젊은이? 프랑스에서는 외국인을 광대로 세우지만 외국에서는 프랑스인을 광대로 내세우거든."

"아!"

"그나저나 힘은 센가?"

"잘 먹으면 특히 셉니다."

"노래는 부를 줄 아나?"

"네."

예전에 거리 음악회에 서본 적 있는 파스파르투가 대답했다.

"그럼 물구나무를 선 채로 왼쪽 발바닥으로 팽이를 돌리고, 오른쪽 발바닥에 칼을 세워 놓고 노래할 수 있겠나?"

"물론이죠."

파스파르투는 왕년에 선보였던 묘기를 떠올리며 대답했다.

"그럼 됐네."

배털카 단장이 말했다.

이렇게 거래가 성사되었다.

마침내 파스파르투는 일자리를 찾았다. 일본에서 유명한 서커스단의 말단 단원으로 고용된 것이다. 험한 일이기는 했지만 일주일 후면 샌프란시스코로 떠날 수 있을 것이다.

요란하게 선전했던 공연은 3시에 시작될 예정이었다. 잠시 후 출입구에서 일본 악단이 북과 징을 요란하게 연주하기 시작했다. 파스파르투는 공연을 준비할 시간이 없었지만, 텐구 신의 코쟁이들이 선보이는 '인간 피라미드'라는 유명한 묘기에서 튼튼한 어깨를 버팀목으로 빌려 주기로 했다.

3시가 다가오자 커다란 극장 안에 관객이 가득 찼다. 남녀노소를 불문하고 유럽인과 아시아인, 중국인이 좁은 좌석과 무대 반대편의 관람석을 메웠다. 연주자들도 극장으로 들어왔다. 악단은 징과 딱따기,

피리, 탬버린, 큰북을 한껏 울리며 흥겹게 연주를 하였다.

보통 서커스와 다를 바 없는 평범한 구성이었지만, 일본인들의 '균형 잡기 묘기'가 세계 제일이라는 점은 인정하지 않을 수 없었다. 곡예사 하나가 부채와 작은 종잇조각으로 나비와 꽃을 만들어 냈다. 다른 곡예사는 파이프에서 향긋한 푸른색 연기를 허공에 뿜어 관객들에게 전하는 인사말을 썼다. 불이 붙은 여러 개의 양초를 떨어뜨리지 않고 던지는 곡예사도 있었다. 그는 양초가 입술을 지날 때마다 불어서 끄고는 다음 양초에 다시 불을 붙였다. 어떤 곡예사는 돌아가는 팽이를 이용한 놀라운 묘기를 선보였다. 그는 팽이가 살아 있는 생명체라도 되는 듯이 다루었다. 팽이는 기다란 담뱃대와 칼날 위 그리고 무대의 양쪽으로 길게 펼쳐진 머리카락처럼 가느다란 철사 위를 마구 달리기도 했다. 또 커다란 수정 유리병의 주둥이를 도는가 하면 대나무 사다리 위에 올라가기도 했다. 사방으로 흩어지는 팽이들은 서로 각양각색의 소리를 냈고 이 소리가 합쳐져 신기한 음색을 냈다. 곡예사들이 회전하는 팽이로 묘기를 펼칠 때마다 팽이가 공중에서도 돌아갔다. 배드민턴을 하듯 나무채로 쳐도, 주머니에 넣었다가 꺼내도 팽이는 계속 돌고 있었다. 용수철이 튀어나와 폭죽처럼 멋지게 터질 때까지 팽이 공연은 이어졌다.

공중 곡예사와 체조 곡예사들이 선보인 멋진 공연은 말로 다 설명할 수가 없다. 사다리, 장대, 공, 통 등을 이용하여 놀랍도록 정확한 묘기가 펼쳐졌다. 하지만 가장 큰 관심이 쏠린 것은 코쟁이들의 공연이었다. 유럽에서는 볼 수 없는 균형 잡기 곡예였다.

코쟁이들은 텐구 신을 신봉하는 특별한 집단이었다. 중세의 전령사 같은 옷차림을 한 이들은 어깨에 굉장한 날개를 달고 있었다. 하지만 무엇보다 가장 눈에 띄는 것은 기다란 코와 그 코의 용도였다. 대나무로 만든 코는 5~6피트, 심지어 10피트 가까이 되는 것도 있었는데, 곧은 것도, 구부러진 것도 있었으며 매끈한 것도, 울퉁불퉁한 것도 있었다. 단단하게 붙인 코를 이용하여 온갖 균형 잡기 묘기가 이루어졌다. 약 10명 정도 되는 텐구 신의 신봉자들이 등을 바닥에 대고 누우면, 마치 피뢰침처럼 우뚝 솟은 코 위에서 다른 동료들이 위로 뛰어오르고 다른 쪽으로 건너가기도 하면서 신기한 묘기를 펼치며 신명 나게 움직였다.

공연의 마지막을 장식하는 인간 피라미드는 약 50명의 코쟁이들이 크리슈나 신의 가마 형체를 만드는 묘기였다. 배털카 단장의 곡예사들은 서로 어깨를 밟고 올라서 피라미드를 만드는 것이 아니라 코 위에 올라타면서 피라미드 모양을 만들었다. 그런데 마침 피라미드의 맨 아랫부분을 담당한 단원 한 명이 그만두는 바람에 힘이 세고 민첩한 파스파르투가 뽑힌 것이었다. 요란한 날개로 장식된 중세 의상을 입고 얼굴에 6피트나 되는 코를 붙인 파스파르투는 스스로 안쓰러운 기분이 들었다. 예전의 기억이 떠올랐기 때문이었다. 하지만 그 코가 자신의 생계 수단이므로 참고 받아들였다.

파스파르투는 무대로 나가 피라미드의 바닥을 맡은 동료들과 나란히 섰다. 등을 대고 바닥에 눕자 코가 위로 뾰족 솟았다. 두 번째 층을 맡은 곡예사들이 그 코 위에 자리 잡았고, 세 번째 층이 그 위에, 네 번째 층이 그 위에 올라갔다. 이렇게 코끝으로 만들어진 인간 구조물은 거의 극장 천장에 닿을 정도로 올라갔다.

관객의 박수 소리가 점점 커지고 악단의 연주 소리가 쾅쾅 울려 퍼질 때였다. 갑자기 맨 아래에 있는 코 하나가 사라지면서 피라미드가 흔들리더니 중심을 잃고 말았다. 피라미드는 카드로 만든 성처럼 순식간에 와르르 무너져 내렸다.

그 원인은 파스파르투였다. 그는 자신의 자리를 내팽개치고 투광 조명등을 넘어 오른쪽 관람석으로 기어 올라가더니 어느 관객의 발 아래로 몸을 던지며 소리쳤다.

"아, 주인님, 주인님!"

"자넨가?"

"네. 저예요!"

"그럼 어서 증기선으로 가세!"

파스파르투는 포그 씨 그리고 함께 온 아우다 부인과 함께 서둘러 복도를 지나 밖으로 나갔다. 하지만 거기에는 화가 잔뜩 난 배털카 씨가 서 있었다. 그는 '파손'에 대한 보상을 요구했다. 포그 씨는 그에게 얼마간의 지폐를 쥐어 주어 화를 달랬다. 6시 30분, 배가 출발하기 직전, 포그 씨와 아우다 부인은 미국 증기선에 올랐다. 등에 날개를 달고 아직 얼굴에서 6피트나 되는 기다란 코를 떼지도 못한 파스파르투가 그 뒤를 따랐다.

24
태평양을 건너는 도중에 생긴 일

상하이에 거의 도착했을 때 생긴 일은 이러했다. 탕카데르 호가 보낸 신호를 요코하마행 증기선이 알아차렸다. 반기를 발견한 선장은 작은 스쿠너 쪽으로 방향을 돌렸다. 잠시 후 필리어스 포그는 항해의 대가로 약속한 돈을 지불했다. 탕카데르 호의 선주 존 번스비는 무려 550파운드를 벌었다. 그러고 나서 이 훌륭한 신사와 아우다 부인, 픽스는 증기선에 올라탔고, 증기선은 곧 나가사키와 요코하마를 향해 출발했다.

예정대로 11월 14일 아침에 요코하마에 도착한 필리어스 포그는 픽스와 헤어지고 볼일을 보러 갔다. 카르나티크 호를 찾은 포그 씨는 프랑스인 파스파르투가 전날 요코하마에 도착했다는 사실을 알게 되었다. 그 소식을 듣고 아우다 부인은 무척 기뻐했다. 포그 씨도 기뻤겠지만 겉으로 드러내지 않았다.

그날 저녁 샌프란시스코로 출발해야만 하는 필리어스 포그는 당장 하인을 찾아 나섰다. 프랑스와 영국 영사관을 찾아봤지만 헛일이었다. 요코하마 거리를 돌아다녀 봐도 소용이 없었다. 파스파르투를 찾을 수 있다는 희망이 거의 사라질 무렵, 우연인지 직감인지 모를 무언가가 그를 배털카 씨의 극장으로 이끌었다. 포그 씨는 당연히 괴상한 전령사 복장을 하고 있는 하인을 알아보지 못했지만 누워 있던 하인은 관람석의 주인을 볼 수 있었다. 그 순간 그는 코를 움직일 수밖에 없었다. 그래서 피라미드의 균형이 무너져 버린 것이었다.

여기까지는 아우다 부인이 직접 파스파르투에게 말해 준 내용이었다. 부인은 홍콩에서 요코하마까지 픽스라는 남자와 함께 탕카데르 호를 타고 온 이야기도 해주었다.

픽스라는 이름을 듣고도 파스파르투는 전혀 놀라지 않았다. 아직은 그 형사와 있었던 일을 주인에게 말할 때가 아니라고 생각했다. 그래서 홍콩에서 순전히 자신의 실수로 아편에 취해 꼼짝도 할 수 없었다고 고백하며 용서를 구했다.

침착하게 이야기를 들은 포그 씨는 아무런 대답도 하지 않았다. 그러고 나서는 하인에게 배에서 적당한 옷을 사 입을 수 있도록 현금을 충분히 주었다. 코를 잘라 내고 날개를 떼어 낸 파스파르투는 1시간도 되지 않아 텐구 신의 신봉자로 보일 만한 것은 하나도 걸치지 않게 되었다.

요코하마에서 샌프란시스코로 가는 증기선은 '태평양 우편 증기선 회사'의 제너럴 그랜트 호였다. 무려 2,500톤이나 되는 거대한 증기선으로, 훌륭한 설비를 갖춘 덕분에 빠르게 달릴 수 있었다. 갑판 위로 커다란 갑판보가 오르락내리락했는데, 한쪽 끝은 피스톤봉과 연결되어 있었고 다른 쪽 끝은 크랭크축과 연결되어 있었다. 크랭크축은 피스톤의 왕복운동을 회전운동으로 바꿔 직접 바퀴의 축을 작동시켰다. 제너럴 그랜트 호는 돛대가 세 개인 스쿠너로 돛이 매우 넓어 증기의 힘을 상당히 끌어올릴 수 있었다. 12노트의 안정적인 속도로 달리기 때문에 21일 이내에 태평양을 횡단할 수 있었다. 필리어스 포그는 12월 2일까지 샌프란시스코에 도착해, 11일에는 뉴욕에, 20일까지는 런던에 도착할 수 있을 것이라고 확신했다. 그렇게 되면 운명의 12월 21일보다 몇 시간 앞서 도착할 수 있었다.

증기선에는 꽤 많은 승객들이 있었다. 영국인도 있었지만 미국인이 다수였다. 미국 이민자들뿐만 아니라 휴가를 이용해 세계를 여행하는 인도 주둔 영국인 장교들도 보였다.

태평양 항해 도중에는 어떤 해상 문제도 발생하지 않았다. 커다란 바퀴들이 받쳐 주고 넓은 돛이 균형을 잡아 주니 배는 거의 흔들림도 없이 나아갔고, 태평양은 이름 그대로 태평하고 고요했다. 포그 씨도

평소와 다름없이 침착하고 과묵했다. 젊은 여인은 여
행 동반자인 그에게 감사함 이상의 감정을 느끼게
되었다. 조용하고 관대한 포그 씨의 성격은 그
녀에게 생각보다 강렬한 인상을 주었다. 그녀는
자신도 모르는 사이에 속마음을 드러낸 적도 있었
지만, 포그 씨는 전혀 동요하지 않는 것처럼 보였다.

　또한 아우다 부인은 이 신사의 여행 계획에도 큰
관심을 가지게 되었다. 그녀는 혹여나 여행을 망
칠 만한 문제가 일어날까 봐 전전긍긍했다. 그녀는 파스파르투와 자
주 이야기를 나누었는데, 파스파르투도 그녀의 속마음을 눈치채고 있
었다. 이제 파스파르투는 주인을 전적으로 신뢰했다. 그는 필리어스
포그의 정직함과 관대함, 이타심을 쉼 없이 찬양했다. 그리고 아우다
부인에게는 가장 어려운 난관을 이겨냈으니 여행이 성공할 것이라고
안심시켜 주었다. 중국과 일본 같은 낯선 나라를 뒤로 하고 다시 문명
국가로 향하고 있으며, 샌프란시스코에서 뉴욕으로 가는 기차를 타고
증기선으로 뉴욕에서 런던으로 대서양을 건너면 마침내 불가능할 것
만 같았던 기간 내에 세계 일주를 끝마칠 수 있게 된다고 말이다.

　필리어스 포그는 요코하마를 떠난 지 9일째, 정확히 지구를 반 바퀴
돌았다.

　제너럴 그랜트 호는 11월 23일, 경도 180도에 도달했다. 런던과 정반

대인 남반구 지점이었다. 80일 중에서 포그 씨는 52일을 사용했고, 이제 앞으로 28일밖에 남지 않았다. 하지만 경도로 볼 때 세계의 절반일 뿐, 실제로는 전체 여정의 3분의 2를 지난 것이나 다름없었다. 런던에서 아덴, 아덴에서 봄베이, 캘커타에서 싱가포르, 싱가포르에서 요코하마 구간을 우회했기 때문이다. 만약 그가 런던을 가로지르는 북위 50도선을 쭉 따라왔다면 1만 2,000마일밖에 되지 않았겠지만 필리어스 포그는 총 2만 6,000마일에 이르는 거리를 다양한 교통수단으로 여행해야만 했다. 그리고 오늘 11월 23일까지 모두 1만 7,500마일을 지났다. 이제는 직선 경로만 남은 데다 여행을 방해하는 픽스도 없었다.

이날 11월 23일, 파스파르투를 기쁘게 만든 사건이 또 일어났다. 알다시피 파스파르투는 집안 대대로 내려오는 시계를 런던 시간으로 두겠다고 고집을 부렸다. 다른 나라의 시간은 전부 틀리다고 말이다. 그런데 바로 이날, 시계의 시간을 앞으로 당기거나 뒤로 늦추지 않았는데도 배의 정밀 시계와 시간이 일치한 것이다.

당연히 파스파르투는 의기양양한 기분이 되었다. 만약 픽스가 있었다면 뭐라고 했을지 몹시 궁금했다.

"그 악당 같은 작자가 자오선이니, 태양이니, 달이니 하면서 말도 안 되는 소리만 늘어놓지! 흥! 그 말대로 하면 세상에 온갖 시계가 넘쳐나겠다! 언젠가 태양이 다시 내 시계에 맞춰 움직일 줄 알았다니까."

파스파르투가 말했다.

그런데 파스파르투가 모르는 것이 있었다. 만약 그의 시계가 이탈리아 시계처럼 24시간이 표시되어 있었다면 의기양양할 이유가 전혀 없었으리라. 왜냐하면 배의 정밀 시계가 오전 9시를 가리킬 때, 그의 시계는 자정 이후 21시간째인 즉 오후 9시를 가리키고 있을 것이기 때문이다. 런던과 경도 180도 선 사이의 시간차가 정확히 그만큼이었던 것이다.

하지만 픽스가 과학적으로 설명해 주었다고 해도 파스파르투는 이해하지 못했거나 받아들이지 않았을 것이다. 그럴 리 없겠지만 만약 픽스가 예상을 깨고 배에 탔다면 파스파르투는 그에게 시간에 대해서가 아니라 달리 따로 할 이야기가 있었고 예전과는 분명 다르게 대할 것이다.

그나저나 픽스는 지금 어디에 있을까?

요코하마에 도착한 날, 픽스는 오후에 다시 만나리라고 생각하고 포그 씨와 헤어진 뒤 곧장 영국 영사관으로 갔다. 그곳에는 봄베이에서부터 그를 따라온 체포 영장이 도착해 있었다. 발급된 지 40일이나 지난 체포 영장은 홍콩에서 포그가 타기로 했던 카르나티크 호를 통해 이곳으로 보내졌다. 픽스는 매우 실망했다. 포그가 영국령에 있지 않으니 이제 체포 영장은 쓸모가 없었다. 그를 체포하려면 범죄인 인도 허가서가 필요했다.

"정말 안타깝군. 체포 영장은 여기서는 쓸모가 없지만 영국이라면 달라. 그 악당은 경찰의 추적을 따돌렸다고 생각하고 영국으로 돌아갈 모양이니까. 잘됐어. 영국까지 그 작자를 따라갈 거야. 그때까지 회수할 돈이 남아 있어야 할 텐데. 그 작자가 여행 경비며 사례금, 보석금, 벌금, 코끼리 구입까지 지금까지 사용한 돈이 벌써 5,000파운드가 넘어. 그래도 괜찮아. 은행에는 돈이 마르지 않으니까!"

픽스가 분노를 억누르며 혼잣말을 했다.

마음의 결정을 내린 픽스는 곧바로 제너럴 그랜트 호에 올라탔다. 포그 씨와 아우다 부인이 도착했을 때 그는 이미 배에 타고 있었다. 픽스는 전령사 옷차림의 파스파르투를 보고 깜짝 놀랐다. 그는 파스파르투가 불같이 화를 내면 끝장이라는 생각에 얼른 선실로 숨었다. 배에 손님이 많아 눈에 띄지 않으리라고 생각했지만 그날 뱃머리에서 정면으로 마주치고 말았다.

파스파르투는 픽스를 보자마자 달려가 다짜고짜 목덜미를 붙잡았고, 연속으로 강한 주먹을 날려 프랑스 권투가 영국 권투보다 한 수 위임을 증명했다. 싸움을 목격하고 프랑스 남자에게 돈을 건 몇몇 미국인들에게는 반가운 결과였다.

픽스를 때려 주고 나자 파스파르투는 마음이 차분해지며 후련한 기분마저 들었다. 픽스는 비틀거리며 파스파르투를 쳐다보더니 차갑게 말했다.

"다 한 겁니까?"

"그렇소. 일단은."

"그럼 내가 할 말이 있습니다."

"웃기는 소리 하지……."

"당신의 주인을 위해서입니다."

파스파르투는 픽스의 침착한 모습에 압도되어 그를 따라갔고 두 사람은 배 앞쪽에 함께 앉았다.

"정말 인정사정없이 주먹을 날리더군요. 좋소. 하지만 이제는 내 말을 들어 주세요. 지금까지 나는 포그 씨의 반대편에 섰지만 지금은 같은 편입니다."

픽스가 말했다.

"진작 그럴 것이지! 당신도 주인님이 정직한 사람이라고 믿는군요?"

파스파르투가 소리쳤다.

"아닙니다. 여전히 나는 그가 사기꾼이라고 생각합니다……. 가만히 좀 있어 봐요! 움직이지 말고 내 말을 끝까지 들어 주세요. 포그 씨가 영국령 땅에 있을 때는 체포 영장이 도착할 때까지 그를 붙잡아 둬야만 했습니다. 그러기 위해 온갖 수단을 가리지 않았죠. 봄베이의 사제들을 보내기도 했고, 홍콩에서 당신을 취하게 만들어 주인과 떼어 놓았을 뿐 아니라, 요코하마행 증기선을 놓치게 하기도 했지요."

픽스가 차갑게 말했다.

파스파르투는 주먹을 불끈 쥔 채 픽스의 말을 들었다.

"그렇지만 이제는……. 포그 씨는 영국으로 돌아가려는 모양이더군. 나한테는 잘된 일이죠. 나도 영국까지 뒤따라 갈 겁니다. 예전에는 그의 앞길을 방해하려고 했지만 이제는 방해물을 제거하는 데 최선을 다할 생각이라고요. 이제는 사정이 바뀌었으니까. 내 목표도 바뀌었단 겁니다. 덧붙이자면 당신도 내 편에 서는 게 좋을 겁니다. 영국에 도착하면 당신 주인이 범죄자인지 정직한 남자인지 당신도 알게 될 테니까."

픽스가 말을 이었다.

파스파르투는 픽스의 말을 주의 깊게 듣고 그의 말에 거짓이 없음을 확신했다.

"우리 이제 친구가 된 겁니까?"

픽스가 물었다.

"친구는 아니죠. 협력자는 맞지만 언제 바뀔지 모르거든요. 당신에게 조금이라도 배신하려는 기미가 보인다면, 내가 당신의 목을 졸라 버릴 테니까."

파스파르투가 대답했다.

"좋소."

픽스 형사가 차분하게 말했다.

11일 후인 12월 3일, 제너럴 그랜트 호는 골든게이트 만에 들어서 샌프란시스코에 도착했다.

아직까지 포그 씨는 단 하루도 벌거나 잃지 않았다.

25
선거 집회가 열리던 날의
샌프란시스코

오전 7시, 비록 물 위에 떠 있는 잔교(부두에서 선박에 닿을 수 있도록 만들어 놓은 다리 모양의 구조물)에 발을 내딛은 것이었지만 필리어스 포그와 아우다 부인, 파스파르투는 미국 땅을 밟았다. 조수에 따라 위아래로 출렁거리는 잔교는 배의 짐을 싣고 내리기에 수월했다. 이곳에는 온갖 크기의 쾌속 범선들, 전 세계에서 온 증기선들 그리고 새크라멘토 강과 그 지류를 오가는 증기선들이 머무르고 있었다. 또한 멕시코, 페루, 칠레, 브라질, 유럽, 아시아 그리고 태평양의 온갖 섬에서 온 상품들이 산더미처럼 쌓여 있었다.

파스파르투는 마침내 미국 땅에 도착했다는 사실에 몹시 흥분하여 멋지게 공중제비를 선보이며 내려야겠다고 생각했다. 하지만 신대륙에 처음 발을 들여놓자마자 잔교의 썩은 나무 판자를 밟는 바람에 물에 빠질 뻔했다. 이때 그가 당황해서 내지른 소리에 이동용 잔교 위에 가득 앉아 있던 가마우지와 펠리컨 떼가 놀라서 날아갔다.

포그 씨는 배에서 내리자마자 뉴욕행 기차 시간을 알아보았다. 그날 저녁 6시에 떠나는 기차가 있었다. 이로 인해 캘리포니아의 주도에서 보낼 수 있는 하루의 시간이 생겼다. 포그 씨는 아우다 부인과 함께 탈 마차를 불렀다. 파스파르투는 바깥 자리에 올라가 앉았다. 요금이 3달러인 마차는 인터내셔널 호텔로 출발했다.

파스파르투는 높은 자리에 앉은 덕분에 미국의 대도시를 마음껏 관찰하며 호기심을 충족힐 수 있었다. 넓은 도로와 깔끔하게 줄지어 선 낮은 집들, 새로운 고딕 양식으로 지어진 교회와 예배당, 거대한 부두, 목재나 벽돌로 지은 궁궐 같은 창고들이 보였다. 거리에는 마차와 승합마차, 전차들이 늘어서 있었고, 북적거리는 보도에는 미국인과 유럽인뿐만 아니라 중국인과 인도인도 있었다. 그도 그럴 게 이 도시에는 20만 명이 넘는 다양한 사람들이 살고 있었다.

파스파르투는 눈앞에 펼쳐진 풍경에 깜짝 놀랐다. 그의 머릿속에는 여전히 1849년 당시의 이 전설적인 도시의 모습이 박혀 있었다. 금광의 유혹에 몰려든 강도와 방화범과 살인자들이 들끓는 도시, 금가루를 찾을 수 있다는 확신에 찬 사회 부적응자들이 한 손에는 권총을 들고 또 다른 한 손에는 칼을 들고 모인 거대한 혼돈의 도가니였다. 하

지만 그 '좋은 시절'은 이미 지나갔다. 이제 샌프란시스코는 전형적인 상업 도시처럼 보였다. 보초들이 경비를 서는 시청의 높은 탑이 교차하는 골목길과 도로를 내려다보고 있었다. 도심에는 넓은 초록빛 광장도 조성되어 있었다. 마치 장난감 상자에 중국을 그대로 담아 옮겨 놓은 듯한 중국인 구역도 보였다. 솜브레로(챙이 넓은 멕시코 모자)도, 금을 찾는 사람들이 즐겨 입던 붉은 셔츠도, 깃털 달린 머리 장식을 한 인디언도 더 이상 없었지만, 그 대신 실크 모자에 검은 양복을 입고 바삐 움직이는 신사들이 잔뜩 눈에 띄었다. 몽고메리 가를 비롯한 일부 거리에는 런던의 옥스퍼드 거리나 파리의 샹젤리제, 뉴욕의 5번가에 버금갈 정도로, 전 세계에서 들어온 상품들이 진열된 고급 상점이 즐비했다.

인터내셔널 호텔에 도착했을 때 파스파르투는 마치 영국에 와 있는 듯한 착각을 느꼈다.

호텔 1층에는 커다란 바가 있었는데, 들어온 사람은 누구나 공짜로 이용할 수 있는 뷔페 같은 곳이었다. 절인 고기와 굴 수프, 비스킷, 치즈는 돈을 내지 않고도 먹을 수 있었다. 손님들은 맥주나 포트와인, 셰리주 같은 음료수값만 지불하면 되었다. 파스파르투는 이것이 '매우 미국적'이라고 생각했다.

호텔 레스토랑은 쾌적했다. 포그 씨와 아우다 부인이 테이블 하나에 자리 잡고 앉자, 매끄러운 피부를 가진 흑인들이 작은 접시에 음식을

잔뜩 내왔다.

점심 식사가 끝난 후 필리어스 포그는 아우다 부인과 함께 호텔을 나섰다. 영국 영사관에 가서 여권에 날인을 받기 위해서였다. 가는 도중 길에서 파스파르투와 마주쳤는데, 그는 주인에게 퍼시픽 철도를 타기 전에 엔필드 소총과 콜트 권총을 사는 것이 좋지 않겠느냐고 물었다. 파스파르투는 인디언 종족인 수족과 포니족이 스페인 노상강도처럼 기차를 마치 역마차라도 되는 듯 정지시킨다는 이야기를 들은 터였다.

포그 씨는 그럴 걱정은 없다고 대답했지만, 필요하다고 생각된다면 알아서 하라고 일렀다. 그런 다음에 그는 영사관으로 향했다.

필리어스 포그는 200미터를 가기도 전에 '기막힌 우연'으로 픽스와 마주쳤다. 픽스 형사는 매우 놀란 척을 했다. 태평양을 함께 건넜는데도 어떻게 배에서 한 번도 마주치지 못했단 말인가! 어쨌든 픽스는 자신에게 큰 도움을 주었던 이 신사를 만나 영광이며, 자신도 일 때문에 영국으로 돌아가게 되었는데 같이 여행할 수 있다면 기쁘겠다고 말할 수밖에 없었다. 포그 씨는 오히려 자신이 영광이라고 대답했다. 포그를 시야에서 놓치고 싶지 않았던 픽스는 흥미로운 도시 샌프란시스코를 함께 구경하자고 청했다. 포그 씨도 동의했다.

　이리하여 필리어스 포그와 아우다 부인, 픽스는 함께 거리를 걷게 되었다. 그들은 곧 수많은 인파로 북적거리는 몽고메리 가에 이르렀다. 도로는 승용차와 승합마차로 혼잡했고, 전차 선로, 상점 밖, 주택의 창문과 심지어 지붕에까지 도처에 사람들이 모여 있었다. 광고 포스터를 몸에 건 남자들이 사람들의 무리 속에서 돌아다녔다. 현수막과 장식용 색테이프가 바람에 펄럭였다. 사방에서 외침 소리가 들렸다.

"캐머필드 만세!"

"맨디보이 만세!"

　정치 집회가 열리는 중이었다. 픽스의 생각은 그랬다. 그는 포그에게 그렇게 말하면서 덧붙였다.

"군중에서 멀리 떨어져 있는 편이 좋겠습니다. 결국에는 주먹다짐이 일어날 거예요."

"맞는 말입니다. 정치에 관련된 일일지라도 주먹다짐은 주먹다짐이지요."

필리어스 포그가 대답했다.

픽스는 미소로 응답하는 것이 적절하다고 생각했다. 아우다 부인과 필리어스 포그, 픽스는 싸움에 휘말리지 않기 위해 몽고메리 가가 내려다보이는 계단 꼭대기에 자리 잡았다. 앞쪽으로 보이는 건너편 도로에는 석탄 창고와 석유 가게가 있었는데, 그 사이에 마련된 야외 집회 장소에 많은 사람이 모여 들었다.

왜 집회가 열리고 있는 것일까? 필리어스 포그는 전혀 알 수 없었다. 군사 담당자나 고위 공무원을 임명하기 위해서일까, 아니면 주지사나 국회의원을 선출하는 것일까? 도시 전체가 뜨거운 흥분으로 가득한 점으로 미루어 보아 그럴 듯한 추측이었다.

바로 그 순간, 집회에 모인 사람들 사이에서 커다란 움직임이 일어났다. 사방에서 사람들이 손을 위로 들었다. 단단하게 주먹 쥔 손이 함성 속에서 빠르게 위로 올라갔다가 내려왔다. 힘차게 의사를 표하는 모습 같았다. 군중이 뒤로 밀려났다가 다시 앞으로 몰렸다. 현수막이 허공에서 흔들리더니 금방 사라졌다가 갈가리 찢어진 채로 다시 나타났다. 흔들리는 군중의 물결이 계단까지 휘몰아쳤다. 별안간 돌풍에 휩쓸린 바다처럼 사람들의 머리가 위아래로 올라갔다 내려갔다. 검은 모자의 숫자가 눈에 띄게 줄어들었고, 사람들의 키가 줄어든 것처럼 보였다.

"정치 집회가 확실하군요. 사람들이 엄청나게 흥분해 있는 사안인 것 같습니다. 앨라배마 호 사건 때문이라고 해도 놀랍지 않겠네요. 이미 공식적으로 끝난 사건이지만 말입니다."

픽스가 말했다.

"그럴지도 모르지요."

포그 씨가 짧게 대답했다.

"어쨌든 후보자가 두 명이군요. 캐머필드 씨와 맨디보이 씨요."

아우다 부인은 포그 씨의 팔을 잡고 소란스러운 광경을 놀란 눈으로 쳐다보았다. 픽스가 옆에 있는 사람에게 이렇게 소란스러운 이유에 대해 물으려는 순간 또다시 시끄러워졌다. 환호 소리가 커지는가 싶더니 고함과 야유가 터져 나왔다. 현수막을 받치고 있던 깃대가 어느새 무기로 변신했고, 사방에서 주먹이 왔다 갔다 했다. 멈춘 마차와 꼼짝달싹 못하고 있는 승합마차 위에서도 사람들은 주먹다짐을 했다. 온갖 물건이 포탄 역할을 했다. 장화와 구두가 획획 날아다녔고, 발사된 몇 발의 권총 소리가 군중의 외침 소리와 더불어 샌프란시스코다운 느낌을 더해 주었다.

군중은 점점 계단 가까이 다가오더니, 맨 아래 계단까지 몰려왔다. 한쪽 진영이 밀리고 있는 것이 분명했지만, 구경꾼들은 맨디보이가 이기고 있는지 캐머필드가 이기고 있는지 알 수 없었다.

"자리를 피하는 게 좋겠습니다. 만약 이 일이 영국과 관계된 일이고 우리가 영국인이라는 걸 사람들이 알아보면, 우리도 소동에 휘말리게 될 겁니다."

픽스가 말했다. 그는 포그가 다치거나 문제에 휘말리는 것을 원치 않았다.

"영국 시민이……."

필리어스 포그가 대답했다.

하지만 이 신사는 말을 끝까지 할 수 없었다. 뒤쪽 계단에 있는 테라스에서 엄청난 함성 소리가 들려왔기 때문이다.

"만세! 만세! 맨디보이 만세!"

맨디보이 쪽 대표단이 캐머필드 지지자들의 측면을 포위하며 소리쳤다.

포그 씨와 아우다 부인, 픽스는 두 진영 사이에 끼이고 말았다. 빠져나가기에는 너무 늦은 듯했다. 징이 박힌 지팡이와 곤봉으로 무장한 사람들의 물결이 앞쪽에 가득했다. 필리어스 포그와 픽스는 젊은 여인을 보호하려고 애쓰며 거칠게 떠밀렸다. 포그 씨는 평소와 다름없이 침착하게 진정한 영국 신사에게 주어진 자연 무기인 두 주먹으로 방어해 보고자 노력했지만 헛수고였다. 무리의 우두머리처럼 보이는 혈색 좋은 얼굴에 붉은 염소수염을 기른 우람한 어깨의 덩치 큰 사내가 포그 씨에게 커다란 주먹을 치켜들었다. 만약 픽스가 대신 그 주먹을 받지 않았더라면 포그 씨는 크게 다쳤으리라. 납작하게 찌그러진 픽스의 신사용 실크 모자 아래로 엄청나게 큰 혹이 솟아났다.

"양키 놈."

포그 씨가 경멸에 찬 눈빛으로 상대방에게 말했다.

"이 영국 놈이."

상대방이 말했다.

"다시 만나게 될 거요!"

"언제든지. 이름이 뭐요?"

"필리어스 포그. 그쪽은?"

"스탬프 W. 프록터 대령."

그때 사람들로 이루어진 거대한 물결이 지나갔다. 그 바람에 픽스는 땅으로 내동댕이쳐졌다가 다시 일어났다. 옷은 찢어졌지만 다치지는 않았다. 외투는 마구잡이로 양쪽으로 찢어지고, 바지는 인디언들이 유행에 따른답시고 엉덩이 부분을 잘라내고 입는 반바지처럼 되었다. 다행히 아우다 부인은 무사했다. 픽스만 주먹으로 한 대 맞았을 뿐이었다.

"고맙소."

포그 씨가 사람들 사이에서 빠져나왔을 때 픽스에게 말했다.

"별 말씀을요. 어서 갑시다."

픽스가 대답했다.

"어디로요?"

"양복점으로요."

양복점에는 꼭 가야 할 필요가 있었다. 필리어스와 픽스 두 사람 모두 마치 캐머필드와 맨디보이를 위해 싸움이라도 한 것처럼 옷이 찢어져 있었다.

1시간 후 그들은 새 옷과 모자로 다시 깔끔한 차림새를 갖추었다. 그러고 나서 인터내셔널 호텔로 돌아갔다.

그곳에는 파스파르투가 6연발 센터파이어 권총 여섯 자루와 단검으

로 무장한 채 기다리고 있었다. 그는 포그 씨와 함께 들어오는 픽스를 보고 실망했지만 아우다 부인에게 무슨 일이 있었는지 간략히 듣고 나자 다시 기운이 났다. 분명히 픽스는 더 이상 적이 아니라 협력자였다. 픽스는 약속을 지키고 있었다.

저녁 식사 후 여행자들과 짐을 기차로 실어다 줄 마차가 도착했다. 포그 씨는 마차에 오르며 픽스에게 말했다.

"프록터 대령을 다시 보지 못했나요?"

"네."

픽스가 대답했다.

"나중에 미국으로 돌아와서 그를 찾을 겁니다. 영국 시민이 그런 모욕을 당하고 가만히 있는 것은 용납할 수 없는 일입니다."

필리어스 포그가 냉정하게 말했다.

픽스 형사는 미소만 지을 뿐 아무런 대답도 하지 않았다. 하지만 포그 씨는 분명한 영국 신사였다. 명예를 지켜야 한다면 영국뿐만이 아니라 외국에서라도 기꺼이 결투를 신청할 영국 신사였다.

6시 15분 전에 역에 도착한 일행은 떠날 준비를 하고 있는 기차를 찾았다.

기차에 오르려던 순간 짐꾼을 발견한 포그 씨는 그에게 다가가 물었다.

"오늘 샌프란시스코에서 무슨 소동이 있었나요?"

"정치 집회가 열렸습니다."

짐꾼이 말했다.

"거리에 나온 사람들이 잔뜩 흥분했던데요."

"선거를 위한 집회였을 뿐입니다."

"총사령을 뽑는 선거였나 봅니다."

포그 씨가 말했다.

"아닙니다. 치안판사를 뽑는 선거였습니다."

필리어스 포그는 이 대답을 듣고 기차에 올랐다. 기차는 전속력으로
출발했다.

26
퍼시픽 철도의 특급열차

    미국인들이 흔히 사용하는 '대양에서 대양까지'라는 표현은 광활한 미국을 횡단하는 '대간선 철도'에 너무도 잘 어울렸다. 실제로 퍼시픽 철도는 샌프란시스코와 오그던을 오가는 '센트럴 퍼시픽 철도'와 오그던에서 오마하를 오가는 '유니온 퍼시픽 철도', 이렇게 두 구간으로 나뉜다. 그리고 오마하에서 갈라져 나온 다섯 개의 노선이 뉴욕까지 이어져 있어 지속적인 운행을 가능하게 해준다.

    뉴욕과 샌프란시스코 사이에는 3,786마일이나 되는 철로가 뻗어 있다. 오마하와 태평양 사이를 오가는 이 철도는 인디언과 야생 동물이 출몰하는 지역을 가로지른다. 이 광활한 영토는 모르몬교 신자들이 일리노이 주에서 추방된 후 1845년경부터 대거 이주하여 살기 시작한 곳이다.

과거에는 뉴욕에서 샌프란시스코까지 가려면 최소 6개월은 걸렸다. 하지만 지금은 7일밖에 걸리지 않는다.

남부 지역의 의원들이 조금 더 남쪽으로 철도가 놓여야 한다며 반대했지만, 1862년 철도는 위도 41도와 42도 사이에 개설되었다. 고인이 된 링컨 대통령이 직접 네브래스카 주의 오마하를 새로운 철도의 출발점으로 선택했다. 미국답게 관료주의적인 복잡한 서류 절차가 생략되었고 곧바로 공사가 시작되었다. 공사는 빠른 속도로 이루어졌지만 결코 허술하지는 않았다. 초원 위로 하루에 1.5마일씩 공사가 진행되었다. 기관차가 전날 깔린 철로를 오가며 다음 날 공사할 재료를 날랐고, 새로운 철로가 깔리면 또 그 위로 재료를 날랐다.

여러 갈래로 나뉜 퍼시픽 철도의 노선이 아이오와, 캔자스, 콜로라도, 오리건 주를 이어 주었다. 오마하를 출발한 노선은 플랫 강의 남쪽 강변을 따라 북쪽까지 이어진다. 그런 다음 남쪽 지류를 따라가다가 래러미 산맥과 워새치 산맥을 가로지른 후 그레이트솔트 호수를 돌아 모르몬교의 본거지인 솔트레이크시티에 도착한다. 그곳에서 다시 투일라 계곡으로 들어가 그레이트솔트레이크 사막과 시더 산, 험볼트 산, 험볼트 강, 시에라네바다 산맥을 따라 달리다가 새크라멘토를 거쳐 태평양으로 내려간다. 이렇게 기다긴 철로의 경사도는 로키 산맥을 지날 때조차도 그리 가파르지 않았다.

이 기나긴 철도를 7일 동안 달리면 필리어스 포그가 바라는 대로 12월 11일에 뉴욕에 도착해 리버풀행 증기선을 탈 수 있었다.

필리어스 포그가 앉은 객차는 두 대의 열차 사이에 놓인 승합마차 같았다. 기차 하나당 바퀴가 네 개씩 달려 있었는데, 이러한 유동성 덕분에 급커브 구간에서도 잘 달릴 수 있었다. 객차 안은 따로 칸이 나뉘어 있지 않았고, 열차와 직각으로 두 줄의 의자가 각각 서로 마주보게 설치되어 있었다. 의자 사이 통로는 세면장과 화장실로 연결되었다. 모든 객차가 연결 통로로 이어져 있어 승객들은 기차를 돌아다니며 휴게실이나 전망실, 식당, 카페 등을 이용할 수 있었다. 없는 것은 극장뿐이었지만 머지않아 생길 게 분명했다.

통로로 책과 신문, 술과 음식물, 담배를 파는 사람들이 계속 왔다 갔다 했다. 손님들이 끊이지 않아 장사가 잘되었다.

기차는 저녁 6시에 오클랜드 역을 출발했고, 어느새 밤이 되었다. 춥고 어두컴컴한 밤이었다. 구름이 잔뜩 낀 하늘에서는 곧 눈이 내릴 것 같았다. 기차가 달리는 속도는 그다지 빠르지 않았다. 정차 시간을 고려한다고 해도 시속 20마일도 넘지 않았지만 정해진 시간에 미국을 횡단하기에는 충분한 속도였다.

승객들이 곧 잠들 시간이었기 때문에 객차 안은 조용했다. 파스파르투는 픽스 형사의 옆자리에 앉아 있었지만 그에게 말을 걸지는 않았다. 얼마 전에 있었던 사건으로 두 사람의 관계는 상당히 냉랭해져 있었다. 둘 사이에는 더 이상 친근함이 존재하지 않았다. 픽스의 태도에는 변함이 없었지만, 파스파르투는 옛 친구가 조금이라도 의심스러운 행동을 보이면 당장 목을 조를 준비가 되어 있었다.

기차가 출발한 지 1시간이 지나자 눈이 내리기 시작했다. 다행히 조금씩 흩날리는 가랑눈이어서 기차의 속도에는 영향을 주지 않았다. 창문 사이로 보이는 것은 거대하게 펼쳐진 새하얀 눈의 장막뿐이었다. 그 사이로 이따금씩 기관차의 잿빛 증기가 솟아올랐다.

8시가 되자 승무원이 객차로 들어와 승객들에게 취침 시간을 알렸다. 침대차이기도 한 이 객차는 몇 분 만에 공동 침실로 바꿀 수 있었다. 의자의 등받이를 접어 내리자 기발한 장치를 통하여 간이침대가 펼쳐졌다. 몇 분 만에 객차는 침실로 바뀌었다. 두꺼운 커튼을 치면 승객들은 침대를 혼자만의 공간으로 편안하게 이용할 수 있었다. 이불은 하얗고 베개는 푹신했다. 이제 침대에 누워 잠들기만 하면 되었다. 승객들은 마치 증기선의 안락한 선실에 온 것처럼 잠을 청했다. 그동안 기차는 전속력으로 캘리포니아 주를 가로질렀다.

샌프란시스코와 새크라멘토 사이의 지역은 땅이 평평했다. 센트럴퍼시픽 철도라고 불리는 이 구간은 새크라멘토를 출발점으로 동쪽으로 달려 오마하에서 시작된 노선과 만났다. 샌프란시스코에서 새크라멘토까지의 노선은 샌파블로 만으로 유입되는 아메리카 강을 따라 곧장 북동쪽으로 이어졌다. 두 도시의 거리는 120마일로 6시간이 걸렸

다. 기차는 승객들이 편안하게 잠든 자정 무렵에 새크라멘토를 통과했다. 따라서 캘리포니아 주의 행정 수도인 이 대도시의 멋진 부두도, 넓은 거리도, 화려한 호텔과 광장, 교회도 전혀 볼 수 없었다.

새크라멘토를 지나친 기차는 정션, 로친, 오번, 콜팩스 역을 지나 시에라네바다 산맥으로 들어갔다. 시스코 역을 통과한 시간은 아침 7시였다. 1시간 후 공동 침실은 다시 객차로 돌아왔고, 승객들은 차창으

로 펼쳐지는 산악 지대의 그림 같은 풍경을 언뜻 볼 수 있었다. 철로는 시에라네바다 산맥의 구불구불한 지형을 따라 펼쳐졌다. 이로 인해 기차는 산비탈에 바짝 매달려 있기도 하고 벼랑에 걸려 있기도 했으며, 급작스럽게 모퉁이가 나타나는 곳은 과감한 커브로 피해야 했다. 도저히 지날 수 없을 것 같은 협곡으로 들어가기도 했다. 마치 보석 상자처럼 반짝이는 열차는 노란 불빛을 내는 커다란 전등과 은빛

종, 그리고 돌출된 배장기(선로의 장애물을 밀어 없애는 데 쓸 수 있도록 기관차 앞에 붙이는 뾰족한 철제 기구)를 갖추고 있었다. 기차의 경적 소리와 굉음은 급류와 폭포 소리와 어우러졌고, 구불구불한 연기는 까만 전나무 가지 사이로 퍼져 나갔다.

이 구간에는 터널과 다리가 많지 않았다. 철로는 두 지점 간의 지름길인 직선으로 달리기보다는 자연을 훼손하지 않도록 산허리를 돌아 달렸다.

9시가 가까워 오자 기차는 카슨 싱크를 지나 네바다 주로 들어갔고, 줄곧 북동쪽으로 달렸다. 그리고 리노에서 멈춰 20분 동안 점심 시간을 가진 후 정오에 다시 출발했다.

철로는 이 지점부터 험볼트 강을 따라 달리다 북쪽으로 올라갔다. 그리고 나서 동쪽으로 방향을 바꿨지만 험볼트 산맥에 이를 때까지 계속 강을 따라갔다. 험볼트 강의 발원지인 험볼트 산맥은 네바다 주의 가장 동쪽에 위치하고 있었다.

점심 식사를 한 이후 포그 씨와 아우다 부인은 일행과 다시 객차로 돌아와 편안하게 차창 밖으로 펼쳐지는 광활한 초원과 저 멀리 막처럼 드리워진 산, 거품을 일으키며 흘러가는 시냇물 등 다채로운 풍경을 감상했다. 거대한 들소 떼가 무리 지어 있는 모습은 파도가 밀려오는 것처럼 보이기도 했다. 이 거대한 들소 떼는 종종 기차가 지나가지 못하도록 방해하곤 했다. 수천 마리나 되는 들소가 몇 시간이나 걸쳐 철도를 건너가는 바람에 전부 넘어갈 때까지는 기차가 멈춰 기다려야만 했던 것이다.

그런데 지금 바로 그런 일이 생겼다. 오후 3시쯤 만 마리에서 만 2,000마리쯤 되는 들소 떼가 철로를 막았다. 기차는 속도를 늦추고 장애물을 철로 밖으로 밀어내려고 했지만 엄청난 수의 들소 떼에 가로막혀 멈출 수밖에 없었다.

미국에서 '버팔로'라는 이름으로 잘못 불리고 있는 이 반추 동물들은 이따금 우렁찬 소리를 내기도 하면서 느릿느릿 움직였다. 덩치는 유럽 황소보다 크고, 다리와 꼬리는 짧고, 근육질로 된 멋진 혹이 있으며, 뿔은 양쪽으로 갈라져 있고 머리와 목 어깨는 수북한 갈기로 뒤덮여 있었다. 이동하는 들소 떼를 막는 것은 어리석은 일이었다. 그들이 일단 이동하기 시작하면 방향을 바꾸거나 막는 것은 불가능했다. 그 어떤 장벽으로도 막을 수 없는, 살아 움직이는 거센 물결이었다.

여행자들은 연결 통로로 나가 이 신기한 장면을 구경했다. 하지만 필리어스 포그는 자리에 앉아 들소가 길을 비켜 주기를 차분하게 기다렸다. 파스파르투는 짐승 떼가 기차를 막고 있다는 사실에 화가 치밀었다. 할 수만 있다면 권총을 쏘고 싶은 심정이었다.

"뭐 이런 나라가 다 있담! 고작 소 때문에 기차가 서다니. 저 짐승들은 기차가 서 있건 말건 한가하게 움직이고 있잖아! 맙소사! 주인님이 이런 것까지 생각하고 여행 일정을 세웠는지 궁금하군. 기관사는 저

훼방꾼 짐승들을 뚫고 지나갈 용기조차 없으니!"

파스파르투가 소리쳤다.

기관사가 장애물을 뚫고 나가려고 하지 않은 것은 지혜로운 결정이었다. 기관차 앞에 달린 배장기로 맨 앞줄에 선 들소를 밀어낼 수도 있었다. 하지만 아무리 강력한 기차라도 곧 멈출 수밖에 없었을 것이다. 결국 탈선하여 오도 가도 못하는 신세가 되었을 테니까.

따라서 지체된 시간을 만회하기 위해 나중에 더 빨리 달려야 하는 한이 있더라도 끈기 있게 기다리는 것이 가장 좋은 방법이었다. 장장 3시간이나 이어진 들소 행렬은 한밤중까지 계속되었다. 맨 마지막 줄이 철로를 건넜을 때에는 이미 앞부분은 남쪽 지평선 너머로 사라지고 있었다.

기차는 8시가 되어서야 험볼트 산맥의 좁은 철로를 지났고, 9시 30분에 모르몬교 신자들이 사는 기이한 땅, 유타 주의 그레이트솔트로 들어섰다.

27

파스파르투, 시속 20마일로
달리는 기차 안에서 모르몬교의 역사 강의를 듣다

기차는 12월 5일에서 6일 동안 남동쪽을 향해 약 50마일을 달린 뒤 북동쪽으로 올라가면서 그레이트솔트 호수를 향해 달렸다.

오전 9시경 파스파르투는 객차 연결 통로로 바람을 쐬러 나갔다. 날씨가 춥고 하늘은 잿빛이었지만 눈은 어느새 그쳐 있었다. 안개 때문에 더욱 커 보이는 태양이 거대한 금화처럼 빛났다. 파스파르투가 그 금화의 가치를 돈으로 환산하면 얼마나 될까 생각하고 있을 때 괴상하게 생긴 사람이 나타나 그를 방해했다.

엘코 역에서 탄 키가 큰 그 남자는 짙은 갈색 머리에 검은 콧수염을 기르고 있었는데, 검은 양말에 검은 신사용 모자, 검은 조끼와 바지, 흰 넥타이, 개가죽으로 만든 장갑 차림을 하고 있었다. 한눈에도 성직

자처럼 보이는 모습이었다. 그는 전 객실을 돌며 모든 문마다 손으로 쓴 전단지를 붙이고 있었다.

파스파르투는 가까이 다가가 그 전단지를 읽었다. 전단지에는 윌리엄 히치라는 모르몬교 선교사이자 장로가 48호 객실에 탄 기념으로 11시부터 정오까지 117호 객실에서 모르몬교 강의를 할 예정이라고 쓰여 있었다. 신비한 '후기성도교회', 즉 모르몬교에 대해 알고 싶은 신사들은 전부 들으러 오라는 내용이었다.

"꼭 가봐야겠군."

파스파르투가 중얼거렸다. 그가 모르몬교에 대해 아는 것은 그들이 일부다처제를 토대로 하고 있다는 것뿐이었다.

강연 소식은 약 100여 명의 승객이 타고 있는 기차 안으로 빠르게 퍼졌다. 그중에서 강의에 호기심을 느낀 약 30여 명이 11시에 117호 객실에 자리 잡고 앉았다. 파스파르투는 맨 앞줄에 앉아 있었다. 하지만 그의 주인과 픽스 형사는 참석할 필요성을 느끼지 못했다.

예정된 시간이 되자 윌리엄 히치 장로가 자리에서 일어나 누군가 반박이라도 한 것처럼 성난 목소리로 소리쳤다.

"신자들이여, 분명히 말하지만 모르몬교의 창시자인 조셉 스미스는 순교자이며, 그의 형 하이럼도 순교자입니다. 그리고 브리검 영도 예언자를 박해하는 연방 정부에 의해 순교자가 될 것입니다. 누가 여기에 감히 반박하겠습니까?"

아무도 장로의 말에 반박하지 못했다. 타고난 차분한 인상과는 대조적으로 장로는 잔뜩 흥분해 있었다. 하지만 그가 그만큼 흥분했다는 것은 모르몬교 신자들이 현재 힘든 시련을 겪고 있다는 의미일 터였다. 최근 미국 정부는 어렵사리 이 광신도들의 독립을 진압했다. 브리검 영을 반란죄와 중혼죄(아내와 남편이 있는 사람이 다시 결혼하는 죄)의 혐의로 투옥한 뒤, 유타 주를 통제하여 연방법을 따르게 했다. 그러자 예언자를 믿는 사람들은 더욱 활발하게 움직이기 시작했다. 극단적인 조치를 취할수록 더욱 열정적인 연설로써 의회에 맞서고 있었다.

윌리엄 히치 장로 역시 그런 사람 중 하나로, 기차에서까지 포교 활동에 열심이었다.

이어서 그는 성서 시대부터 시작된 모르몬교의 역사에 대해 설명했다. 큰 목소리와 격앙된 몸짓을 섞어 가며 활기를 더했다. 그는 이스라엘에서 요셉 부족 출신의 모르몬교 예언자가 새로운 종교의 기록을 아들 모로니에게 남겼다고 말했다. 그리고 수세기가 지나 버몬트 주의 농부 조셉 스미스 2세가 1825년 신비로운 예언자를 자처하며 이집트 상형문자로 된 이 경전을 번역했고, 하늘에서 내려온 성령이 나타나 빛으로 가득한 숲에서 그에게 예수의 기록을 전해 주었다고 설명했다.

그때 모르몬교의 역사에 별 흥미를 느끼지 못한 몇몇 사람들이 객차를 떠났지만 윌리엄 히치 장로의 설명은 계속되었다. 조셉 스미스 2세는 아버지와 두 형제, 몇 명의 신도들을 모아 후기성도교회를 창립했으며, 이 신흥 종교는 미국뿐만 아니라 영국, 스칸디나비아 반도, 독일에까지 퍼졌다. 그리고 신도들 중에는 기능공들뿐만 아니라 전문직 종사자들도 많았다고 했다. 이들은 오하이오 주에 공동체의 터전을 마련했으며 20만 달러로 교회를 세우고 커클랜드에 도시를 건설했다. 장로는 그 후 스미스가 대담한 은행가가 된 사연, 이집트의 여행 안내자에게 아브라함을 비롯한 유명 이집트인들이 직접 쓴 이야기가 담긴 파피루스를 받게 된 이야기도 전했다.

이야기가 장황하게 길어질수록 사람들이 앉은 줄은 계속 줄어들어 마침내 스무 명 정도밖에 남지 않았다.

그러나 장로는 줄어드는 청중의 숫자에도 아랑곳하지 않고 조셉 스미스가 1837년에 파산하게 된 이야기를 자세히 설명했다. 이에 분노한 주주들이 빈털터리가 된 그의 몸에 타르와 깃털을 바르기까지 했다고 한다. 그러나 몇 년 후 미주리 주의 인디펜던스에 나타난 그는 예전보다 더 많은 존경을 받고 있었고, 3,000명의 신도들을 거느린 공동체의 지도자가 되어 있었다. 그러다 결국 이교도들의 증오로 머나먼 미국 서부로 도망쳐야 했다고 한다. 이제 듣고 있는 사람은 열 명밖에 되지 않았다. 파스파르투도 그중 한 명으로 열심히 집중해서 들었다. 스미스는 심한 박해 후 일리노이 주에 다시 나타나 1839년에 미시시피 강기슭에 인구 2만 5,000명의 노부라엘이라는 도시를 세웠

다. 그는 도시의 시장 겸 원수이자 총사령관을 자처하였으며, 1843년
에는 미국 대통령 후보로 출마했다가 카시지에서 함정에 빠져 감옥에
갇힌 뒤 복면을 쓴 무리들에게 살해되었다고 한다.

이제 객차에는 파스파르투와 장로만 남았다. 장로는 파스파르투를
똑바로 쳐다보면서 화려한 말솜씨로 현혹시켰다. 그는 파스파르투에
게 스미스가 암살당한 지 2년 후 후계자이자 예언자인 브리검 영이
노부라벨을 떠나 그레이트솔트 호수 근처에 자리를 잡게 되었다고 설
명했다. 그곳은 워낙 비옥한 땅인 데다 캘리포니아로 향하는 이민자
들이 지나가는 길목인 덕분에 모르몬교 신자들은 새로운 삶의 터전에
서 크게 번성할 수 있었다. 모르몬교의 가장 큰 특징인 일부다처제가
큰 공헌을 했다는 말도 했다.

윌리엄 히치 장로가 덧붙였다.

"그래서 의회가 우리를 시기하는 겁니다! 바로 그 이유 때문에 연합
군이 유타를 공격했습니다! 바로 그 이유 때문에 우리의 지도자이자
예언자인 브리검 영이 정의와 상관없이 감옥에 갇혔습니다. 우리가
권력에 굴복할까요? 절대로 그럴 일은 없습니다! 우리는 버몬트에서
쫓겨났고, 일리노이에서 쫓겨났고, 미주리에서 쫓겨났고, 유타에서도
쫓겨났지만, 다시 천막을 칠 수 있는 독립된 땅을 찾을 겁니다. 당신
이 바로 가장 독실한 신도로군요."

장로는 분노로 이글거리는 성난 눈빛으로 유일하게 남은 청중을 뚫

어져라 바라보며 덧붙였다.

"당신의 천막을 우리의 현수막 아래 세우지 않겠습니까?"

"아뇨."

파스파르투는 용감하게 대답하고는 황무지에서 설교하는 광신도를 내버려 두고 도망쳤다.

설교가 이루어지는 동안에도 기차는 빠른 속도로 달렸고, 12시 30분 경에 그레이트솔트 호수의 북서쪽 끝에 도달했다. 승객들은 거기에서 탁 트인 호수를 볼 수 있었다. 사해라고도 불리는 그레이트솔트 호수에는 미국의 조던 강이 유입된다. 거대한 바위가 호수를 둘러싸고 있으며, 수면에 닿은 바위의 아랫부분에는 하얀 소금이 덮여 있었다. 과거에는 훨씬 더 넓었지만, 시간이 흐르면서 수면이 점점 올라와 면적은 줄고 깊이는 깊어지고 있었다.

길이 약 70마일, 너비 약 35마일에 이르는 그레이트솔트 호수는 해발 약 3,800피트에 위치하고 있다. 해수면보다 1,200피트나 낮은 중동의 사해와 다르게 그레이트솔트 호수는 염분이 매우 높은데, 소금이 물 무게의 4분의 1이나 된다. 증류수의 비중을 1,000으로 볼 때 이 호수의 비중은 1,170이나 된다. 따라서 물고기가 살 수 없다. 조던 강과 웨버 강을 비롯해 다른 곳에서 유입되는 물고기들은 이내 죽고 만다. 하지만 물의 밀도가 높아서 사람이 가라앉지 않는다는 것은 사실이 아니다.

호수 주변에 있는 들판들은 경작이 잘 되어 있었다. 모르몬교 신자들이 땅을 다루는 일에 매우 능숙한 덕분이다. 6개월 뒤에는 가축을 기르는 목장과 축사, 밀밭, 옥수수밭, 수수밭, 우거진 초원, 사방에 가득한 들장미 울타리, 아카시아와 등대풀을 볼 수 있을 것이다. 하지만 지금은 조금씩 흩뿌려진 눈에 가려져 보이지 않았다.

오후 2시에 승객들은 오그던 역에 내렸다. 기차가 6시나 되어야 출발할 예정이었으므로 포그 씨와 아우다 부인 일행은 오그던에서 갈라지는 다른 열차를 옮겨 타고 후기성도교회의 도시 솔트레이크 시티에 가볼 시간이 있었다. 미국의 흔한 도시들의 모습을 본따 건설된 지극히 미국적인 이 도시를 둘러보는 데는 두 시간이면 충분했다. 빅토르 위고의 표현에 따르자면 '직각이 주는 애절한 슬픔'이 느껴지는 거대한 체스판과도 같았다. 이 도시의 건설자는 영국과 미국 도시의 특징인 대칭에 대한 욕망에서 벗어나지 못한 듯했다. 제도에 어울리지 않는 사람들이 살고 있는 이 독특한 지역은 도시도 집도, 사람의 결함마저도 모든 것이 '네모나게'(네모를 뜻하는 'four-square'에는 '확실한, 단호한, 분명한'이라는 뜻도 있다.) 되어 있었다.

포그 씨 일행은 3시에 조던 강과 워새치 산맥 기슭 사이에 지어진 이 도시의 거리를 걷고 있었다. 교회는 거의 보이지 않았지만 기념물을 대신해 예언자의 집과 법원, 무기 창고가 남아 있었다. 베란다와 발코니가 있는 푸르스름한 벽돌집도 보였다. 정원에는 아카시아나무, 종려나무, 캐럽나무가 자라고 있었다. 1853년에 점토와 자갈을 섞어 만든 성벽이 이 도시를 둘러싸고 있었다. 시장이 열리는 큰길에는 여러 건물로 이루어진 대저택이 몇 채 보였는데, 그중 하나가 솔트레이크 의회였다.

포그 씨 일행이 거닐고 있을 때 거리는 거의 텅 비어 있다고 해도 좋을 만큼 사람이 많지 않았다. 하지만 잠시 후 여러 구역을 지나서 높은 울타리로 에워싸인 모르몬교 성전 주변에 도착하자 그곳만큼은 예외였다. 그곳에는 모르몬교의 독특한 가족 구성 때문에 여자가 무척 많았다. 하지만 모든 모르몬교 신자가 일부다처제를 따르는 것은 아니었다. 선택은 개인의 몫이었다. 하지만 모르몬교에서는 결혼하지 않은 여자는 천국에 갈 수 없다고 가르치기 때문에, 유타 주의 여성들은 결혼을 반드시 해야 한다고 생각한다. 그곳의 여자들은 부유하지도, 행복하지도 않아 보였다. 그중에서 가장 부유해 보이는 여자들조차 허리가 트여 있는 검은색 실크 재킷을 입고 두건이나 매우 수수한 숄을 걸치고 있었다. 나머지 여자들은 날염한 면 원피스를 입고 있었다.

신념이 강한 독신남이었던 파스파르투는 한 명의 남자를 행복하게 해주기 위해 여럿이 의무를 함께 수행하며 사는 모르몬교 여성들을 경악스러운 눈초리로 쳐다보았다. 그의 상식으로는 여자가 아니라 남자 쪽이 불쌍했다. 인생의 우여곡절을 겪는 것도 모자라 많은 여자를 천국으로 인도하여 영원히 살아가야 한다니. 그것도 분명 천국의 주인이 되어 있을 스미스와 함께 말이다. 파스파르투로서는 도무지 매력적으로 느껴지지 않는 삶이었다. 물론 착각이겠지만, 그는 솔트레이크 시티의 여자들이 던지는 눈길이 부담스러웠다.

다행스럽게도 모르몬교의 도시에 머무는 시간이 거의 끝나갔다. 포그 씨 일행은 4시가 되기 몇 분 전에 기차역으로 돌아가 객차에 다시 자리를 잡았다.

기적 소리가 울려 퍼지고 기관차의 바퀴가 조금씩 돌아가며 속도를 내기 시작했을 때 외침 소리가 들려왔다.

"멈춰요! 멈춰요!"

알다시피 달리는 기차를 멈출 수는 없다. 멈추라고 소리친 사람은 출발 시간에 늦은 모르몬교 신자가 분명했다. 그는 숨을 헐떡거리며 뛰었다. 다행히 이 역에는 개찰구도 없고 장벽도 없었다. 그는 철도를 따라 달리다 맨 마지막 객차의 발판으로 뛰어올랐고, 숨을 헐떡이며 의자에 쓰러졌다.

기계 체조와도 같은 남자의 행동을 감탄스럽게 지켜보던 파스파르투는 그쪽으로 다가가 살피기 시작했다. 그리고 이 유타 시민이 부부 싸움 때문에 도망쳐 나왔다는 사실을 알고 더욱 흥미가 생겼다.

파스파르투는 모르몬교 남자가 한숨 돌리고 나자, 대담하지만 정중하게 아내가 몇 명인지 물어보았다. 이렇게 도망쳐 올 정도면 적어도 스무 명쯤은 될 것이라고 생각했다.

"한 명입니다. 딱 한 명도 지긋지긋해요!"

남자가 양팔을 허공으로 올리며 대답했다.

28

파스파르투의 지혜로운 말에
아무도 귀 기울이지 않다

　기차는 그레이트솔트 호수와 오그던 역을 출발해 1시간 동안 북쪽으로 달려 웨버 강에 이르렀다. 샌프란시스코를 떠나 900마일을 달려온 셈이다. 웨버 강을 지난 후에는 동쪽으로 방향을 바꿔 워새치 산맥으로 들어섰다. 워새치 산맥과 로키 산맥 구간은 철도 기술자들이 가장 큰 어려움을 겪었던 구간이다. 평야 지대의 공사는 정부의 보조금이 1마일당 1만 6,000달러였지만, 이 구간은 4만 8,000달러까지 치솟았다. 하지만 앞에서도 설명했듯이 기술자들은 자연을 해치지 않고 험한 길을 돌아가도록 노선을 설계했다. 주요 배수 유역(하나에 배수 구획으로 구분되는 지역)에 도착하기 위해 1만 4,000피트에 이르는 터널 하나만 뚫었을 뿐이었다.

지금까지 가장 높은 곳에 위치한 철로는 그레이트솔트 호수였다. 거기에서부터는 비터 계곡을 향해 서서히 낮아지다가 대서양과 태평양 사이의 갈림 지점까지 다시 높아졌다. 이 산악 지대에는 강이 많기 때문에 지하 수로 위로 나 있는 철로를 통하여 머디 강과 그린 강 등 여러 강을 지나쳐야 했다. 파스파르투는 목적지가 가까워질수록 점점 초조해졌다. 픽스 역시 이 험준한 지역을 빨리 지나치기를 바랐다. 그는 시간이 지체되거나 사고가 생길까 봐 두려웠다. 영국 땅에 빨리 발을 들여놓고 싶은 마음이 포그 씨보다 더 간절했다.

밤 10시가 되자 기차는 포트브리저 역에 멈추었다가 금방 다시 출발했다. 그리고 콜로라도 강의 한 지류가 흘러가는 비터 계곡을 따라 곧장 20마일을 달려 예전에는 다코타 주로 불렸던 와이오밍 주로 들어섰다.

다음 날 12월 7일에는 그린리버 역에서 15분 동안 정차했다. 밤새도록 꽤 많은 눈이 내렸지만 진눈깨비로 바뀌어 기차 운행에는 아무런 영향을 끼치지 않았다. 하지만 파스파르투는 궂은 날씨 때문에 걱정이 떠나지 않았다. 쌓인 눈이 열차 바퀴에 끼이면 분명 문제가 생길 것이기 때문이었다.

"겨울에 세계 일주라니, 주인님도 참 이상하시지. 날씨가 따뜻해질 때까지 기다렸으면 성공 확률도 높아지지 않았을까?"

파스파르투가 궂은 날씨와 낮은 기온 때문에 걱정하고 있을 때, 아우다 부인은 더욱 심각한 문제로 걱정하고 있었다.

기차가 출발하기 전 몇 명의 여행자가 객차에서 내려 그린리버 역의 플랫폼을 서성이고 있었다. 그때 아우다 부인은 차창 밖으로 그 사람들 사이에 있는 스탬프 W. 프록터 대령을 보았다. 샌프란시스코의 정치 집회에서 필리어스 포그에게 무례하게 굴었던 그 미국인이었다. 아우다 부인은 혹시라도 그의 눈에 띌까 봐 얼른 창문에서 멀어졌다.

그 일로 아우다 부인은 걱정이 이만저만이 아니었다. 비록 겉으로는 냉정해 보이지만 매일 온갖 정성을 다해 자신을 보살펴 주는 포그 씨에게 그녀는 정을 느끼고 있었다. 포그 씨에게 느끼는 감정이 얼마나 깊은 것인지 스스로도 잘 모른 채 그저 감사의 마음이라고 생각할 뿐이었지만, 자신도 모르는 사이 포그 씨에 대한 감정은 나날이 커져만 갔다. 포그 씨가 그 무례한 남자와 마주친다면 그냥 넘어가지 않을 것이 분명했기에 아우다 부인은 몹시 불안해졌다. 프록터 대령이 같은 기차에 탄 것은 우연이겠지만, 이렇게 된 이상 포그 씨가 그와 마주치는 일이 없도록 반드시 막아야만 했다.

기차가 다시 출발하자 아우다 부인은 포그 씨가 잠시 잠든 틈을 타서 픽스와 파스파르투에게 상황을 설명했다.

"그 프록터라는 작자가 이 기차에 탔다고요? 걱정 마세요, 부인. 그 작자는 포그 씨를 상대하기 전에 저부터 상대해야 할 테니까요. 그 작자에게 가장 큰 모욕을 당한 사람은 저입니다."

픽스가 말했다.

"저도 그자를 손봐 줄 테니 걱정 마세요. 대령이라고 해도 상관없습니다."

파스파르투도 덧붙였다.

"픽스 씨, 포그 씨는 다른 사람이 대신 복수하도록 놔두지 않을 거예요. 지난번에 그 사람을 찾으러 미국에 다시 오겠다고까지 하셨으니까요. 만약 포그 씨가 프로터 대령과 마주친다면 결투를 막을 수 없을 테고, 끔찍한 결과로 이어질 거예요. 그러니까 포그 씨가 절대로 그 사람과 만나지 못하도록 해야 해요."

아우다 부인이 말했다.

"부인의 말이 옳습니다. 결투가 벌어지면 모든 일을 망칠 겁니다. 포그 씨가 이기든 지든 여행이 지체될 거고 그렇게 되면……."

픽스의 말에 파스파르투가 끼어들었다.

"그렇게 되면…… 개혁 클럽 회원들이 내기에 이기겠죠. 나흘 후면 뉴욕에 도착합니다. 그 나흘 동안 주인님이 객차를 떠나지 않는다면 그 미국 놈과 마주칠 일도 없겠죠. 그런데 주인님을 나가지 못하게 할 방법이……."

그때 포그 씨가 잠에서 깨어나는 바람에 대화가 중단되었다. 포그 씨는 눈으로 얼룩덜룩해진 창문 너머로 시골 풍경을 바라보았다. 하지만 잠시 후 파스파르투는 주인과 아우다 부인에게는 들리지 않도록 픽스 형사에게 속삭였다.

"정말 우리 주인님을 위해 싸울 건가요?"

"포그 씨를 산 채로 유럽에 데려갈 수 있다면 뭐든지 할 거요!"

픽스는 단호한 어조로 이렇게 대답했다.

파스파르투는 순간 등줄기가 오싹해졌지만 주인을 향한 믿음은 전혀 흔들림이 없었다.

과연 포그 씨가 프록터 대령과 절대로 마주치지 않도록 객차 안에만 머무르게 할 수 있는 방법이 있을까? 포그 씨는 활동적이거나 주변에 관심이 많은 성격이 아니라서 그리 어렵지는 않을 것이다. 잠시 후 픽스는 방법을 찾은 듯 필리어스 포그에게 말했다.

"긴 기차 여행은 시간이 참 느리게 가는군요."

"그렇습니다. 그래도 시간은 흐르지요."

필리어스 포그가 대답했다.

"증기선에서는 휘스트를 하셨죠?"

"네. 하지만 여기서는 힘들 겁니다. 카드도, 같이 할 상대도 없으니까요."

"아, 카드는 살 수 있어요. 미국 기차에는 안 파는 게 없습니다. 같이 할 상대라면 혹시 부인이……."

"물론이에요. 저도 휘스트를 할 줄 알아요. 영국식 교육의 필수니까요."

젊은 부인이 얼른 대답했다.

"그리고 저도 꽤 잘합니다. 그럼 우리 세 사람하고 더미(카드 게임에서 인원을 채우기 위해 사용하는 방법)를 하나 세우면……."

"좋을 대로 하시죠."

필리어스 포그는 기차에서도 자신이 좋아하는 휘스트를 할 수 있다는 사실에 기뻐하며 말했다.

파스파르투가 곧바로 승무원을 찾아가 카드 두 벌에 점수표, 패, 녹색 모직 천으로 씌운 접이식 탁자를 가져왔다. 필요한 것이 전부 갖추어지자 카드 놀이가 시작되었다. 아우다 부인은 꽤 실력이 좋았다. 엄격한 필리어스 포그마저도 이따금 칭찬의 말을 할 정도였다. 픽스 형사의 실력은 최고 수준이어서 필리어스 포그의 상대가 될 만했다.

'이제 주인님을 객차에 잡아 둘 수 있겠군. 여기서 꼼짝도 안하시겠지!'

파스파르투는 속으로 생각했다.

오전 11시가 되자 기차는 대서양과 태평양의 분수령에 도착했다. 이곳은 해발 7,524피트에 위치한 브리저라는 곳으로 로키 산맥을 지나는 구간 중에서 가장 높은 곳 중 하나였다. 거기서 200마일을 더 달리자 대서양까지 이어진 광활한 평원에 들어섰다. 선로를 깔기에 안성맞춤인 구간이었다.

대서양 분지를 따라 노스플랫 강의 지류와 작은 물줄기들이 흐르고 있었다. 래러미 산봉우리를 포함한 북부 로키 산맥이 거대한 방원형의 벽처럼 북쪽과 동쪽의 지평선을 완전히 뒤덮고 있었다. 곡선을 이루는 이 산봉우리와 철로 사이에는 촉촉하게 물기를 머금은 광활한 평지가 펼쳐져 있었다. 철로 오른쪽으로는 작은 언덕들이 산기슭 아래로 줄을 이루었다. 이 산맥은 남쪽으로 구불구불 나아가 미주리 강의 지류 중 하나인 아칸소 강의 발원지까지 이어졌다.

12시 30분쯤 승객들은 할렉 요새를 언뜻 볼 수 있었다. 이제 몇 시간만 더 달리면 로키 산맥을 완전히 벗어나게 된다. 그러면 험난한 지역을 아무런 사고 없이 통과할 가능성이 커졌다. 눈이 그치며 날씨가 몹시 춥고 건조해졌다. 기관차에 놀란 커다란 새들이 저 멀리 날아갔다. 평원에는 늑대나 곰 같은 야생 동물조차 한 마리도 보이지 않았다. 말 그대로 끝없이 펼쳐진 텅 빈 황무지였다.

포그 씨 일행은 객차에 차려진 점심 식사를 맛있게 먹은 후, 지칠 줄 모르고 계속되는 휘스트에 다시 몰두했다. 그때 엄청나게 큰 기적 소리와 함께 기차가 멈추었다.

파스파르투는 창문 밖으로 머리를 내밀어 살폈지만 기차역도, 기차가 멈춘 이유를 설명해 줄 만한 것도 전혀 눈에 띄지 않았다.

아우다 부인과 픽스는 포그 씨가 밖으로 나가려고 할까 봐 걱정했다. 하지만 이 신사는 그저 하인에게 이렇게 지시했다.

"무슨 일인지 알아보도록."

파스파르투는 서둘러 객차 밖으로 나갔다. 40명쯤 되는 승객들이 이미 나와 있었는데, 그중에는 스탬프 W. 프록터 대령도 있었다.

기차는 정지를 알리는 적색 신호를 보고 멈춘 것이었다. 기관사가 밖으로 나와 다음 역인 메디신보 역의 역장이 보낸 선로 관리원과 열띤 대화를 주고받고 있었다. 승객들도 그들에게로 다가가서 토론에 끼어들었다. 프록터 대령도 그중 한 사람으로 고함을 지르며 고압적인 태도를 보였다.

파스파르투도 무리에 끼어 선로 관리원의 말을 들었다.

"아뇨. 지나갈 수 있는 방법이 없습니다. 메디신보의 다리가 흔들리고 있어서 기차의 무게를 견디지 못할 겁니다."

기차가 멈춘 곳에서 1마일 떨어져 있는 문제의 그 다리는 급류 위에 건설된 현수교였다. 선로 관리원의 말에 따르면 철제 밧줄이 몇 개 끊어져서 다리가 무너질 위험이 있다고 했다. 너무 위험해서 절대로 다리를 건널 수 없다는 선로 관리원의 말은 과장이 아니었다. 평소 태평하기로 유명한 미국인의 입에서 조심해야 한다는 말이 나오면 정말로 위험하다는 뜻이었다.

파스파르투는 감히 주인에게 알리러 갈 생각도 하지 못하고 동상처럼 우두커니 서서 이를 갈며 그저 듣고 있었다.

"기가 막히군! 눈 속에 묻힐 때까지 여기 꼼짝 말고 서 있으라는 말은 아니겠지!"

프록터 대령이 소리를 질렀다.

"대령님, 오마하 역에 다른 기차를 하나 보내 달라고 전보를 보냈습니다만, 메디신보 역에 도착하려면 6시는 되어야 할 것 같습니다."

기관사가 말했다.

"6시라고!"

파스파르투가 소리쳤다.

"네. 어쨌든 역까지 걸어가면 그 정도는 걸릴 겁니다."

기관사가 대답했다.

"걸어간다고요?"

모든 승객이 동시에 소리쳤다.

"그 역까지 얼마나 멀죠?"

승객 한 명이 기관사에게 물었다.

"12마일이요. 강 반대편에 있습니다."

"눈 속에서 12마일을?"

스탬프 W. 프록터 대령이 소리쳤다.

대령은 철도 회사와 기관사에게 분노의 화살을 쏘며 욕설을 퍼부었다. 파스파르투도 화가 치밀었기에 동참할 뻔했다. 이번에야말로 주인의 은행권을 전부 쏟아 부어도 해결할 수 없는 물리적인 장애물이 나타나고 말았다.

승객들은 시간이 지체된다는 사실은 제쳐 두고라도 눈으로 뒤덮인 평원을 12마일이나 걸어가야 한다는 사실에 짜증이 났다. 그래서 모두들 고함을 지르고 항의를 하는 바람에 상당히 시끄러워졌다. 만약 필리어스 포그가 휘스트에 빠져 있지 않았더라면 분명히 관심을 쏟았을 것이다.

어쨌든 파스파르투는 주인에게 이 사실을 알리는 수밖에 없다고 생각했다. 그가 고개를 떨어뜨리고 객차 쪽으로 걸어가는데 진정한 미국인이라고 할 수 있는 포터라는 이름의 기관사가 소리쳤다.

"건너갈 수 있는 방법이 있을 겁니다."

"다리 위로요?"

한 승객이 물었다.

"네. 다리 위로요."

"이 기차로?"

대령이 물었다.

"네. 이 기차로요."

파스파르투는 멈춰 서서 기관사의 말에 귀를 쫑긋 세웠다.

"하지만 다리가 무너질 위험이 있다니까요."

선로 관리원이 말했다.

"그건 상관없습니다. 기차가 전속력으로 달리면 다리를 건널 가능성이 있어요."

"맙소사!"

파스파르투가 외쳤다.

하지만 이미 일부 승객들은 기관사의 말에 귀를 쫑긋했다. 특히 프록터 대령이 그 제안을 마음에 들어했다. 성미가 급한 그는 이 일이 충분히 가능하다고 여겼다. 그는 심지어 기술자들이 기차를 전속력으로 달려 '다리 없는 강'을 건너는 방법을 구상하기도 했다는 이야기까지 꺼냈다. 결국은 모두 기관사가 내놓은 제안에 찬성하게 되었다.

"강을 건널 확률은 50퍼센트예요."

누군가가 말했다.

"60퍼센트예요."

다른 사람이 말했다.

"80퍼센트…… 아니, 90퍼센트요!"

파스파르투는 소스라치게 놀랐다. 그도 메디신보의 급류를 건너기 위해서라면 무엇이든 시도해 볼 준비가 되어 있었지만, 이 방법은 지나치게 '미국적'이라는 생각이 들었다.

'더 간단한 방법이 있는데. 이 사람들은 생각조차 못한……'

파스파르투가 이렇게 생각하며 어느 한 승객을 향해 말했다.

"저기요, 기관사의 제안은 너무 위험한 것 같은데, 하지만……."

"성공률이 80퍼센트란 말입니다."

그 승객이 등을 돌리며 대답했다.

"나도 잘 알겠어요. 하지만 생각을 좀 해봐야……."

파스파르투가 다른 신사에게 말했다.

"생각할 시간이 없어요. 그럴 필요도 없고요! 기관사가 건널 수 있다니 당연히 건널 수 있죠."

그 미국 신사가 어깨를 으쓱하며 대답했다.

"그렇겠죠. 건널 수 있을 겁니다. 하지만 좀 더 신중하게 생각을……."

파스파르투가 다시 말했다.

"뭐라고? 신중하라고? 못 알아들었나? 전속력으로 달린다고!"

우연히 이 대화를 들은 프록터 대령이 신중이라는 말에 펄쩍 뛰며 소리 질렀다.

"알아요……. 알아들었어요. 하지만 좀 더 신중하게, 그 말이 불쾌하다면 좀 더 자연스러운 방법으로……."

미처 말을 끝내지 못한 파스파르투가 다시 말했다.

"누구야? 뭐라고? 도대체 자기가 뭔데 뭘 자연스럽게 하라는 거야!"

여기저기서 사람들이 소리쳤다.

가엾은 파스파르투는 어떻게 하면 사람들이 자신의 말을 귀담아 들을지 난감해졌다.

"자네 두려운 건가?"

프록터 대령이 파스파르투에게 물었다.

"내가요, 두려워한다고요? 좋아. 프랑스 사람도 미국 사람만큼 미국적이 될 수 있다는 걸 보여 주겠어!"

파스파르투가 소리쳤다.

"다들 기차로 돌아가세요. 어서 승차하세요."

기관사가 소리쳤다.

"그래! 승차해야죠! 얼른 승차합시다! 하지만 우선 승객들이 걸어서 다리를 건넌 다음에 기차가 건너는 게 더 자연스럽다고요!"

하지만 파스파르투의 현명한 말은 아무도 듣지 못했다. 들었다고 해도 그 말이 옳다는 것을 인정하려고 하지 않았을 것이다.

승객들은 기차로 돌아갔다. 파스파르투는 자리에 앉았지만 무슨 일이 있었는지는 말하지 않았다. 일행은 여전히 휘스트에 푹 빠져 있었다.

기관차가 요란하게 기적을 울렸다. 기관사는 마치 높이뛰기 선수가 더 높이뛰기 위해 뒤로 물러나는 것처럼 엔진을 거꾸로 돌려 기차를 1마일 가량 후진시켰다.

두 번째 기적이 울리고 기차가 앞으로 달리기 시작했다. 그리고 곧 무서울 정도로 속력을 올렸다. 기관차가 움직이며 내는 요란한 소리만 들려왔다. 피스톤이 1초에 20회씩 왕복운동을 했고 차축의 기름통에서 연기가 뿜어져 나왔다. 시속 100마일로 달리는 기차는 붕 떠서 달리는 것처럼 느껴졌다. 중력을 거스르는 속도였다.

그렇게 기차는 다리를 건넜다! 마치 번갯불이 번쩍하는 것 같았다. 다리가 보이지도 않았다. 마치 기차가 강 너머로 단번에 뛰어넘어간 듯했다. 기관사는 역에서 5마일 지난 곳에서야 폭주 기관차를 멈출 수 있었다.

 그러나 다리는 기차가 건너자마자 요란한 소리와 함께 메디신보 급류 아래로 무너져 내렸다.

29
미국 철도에서만 일어날 수 있는
다양한 사건들

그날 저녁, 기차는 아무런 방해도 받지 않고 샌더스 요새를 지나 샤이엔 산을 넘어 에번스 산에 도착했다. 이곳은 선로에서 가장 높은 지점으로 해발 8,091피트다. 여기서부터는 계속 내리막길을 따라 대서양까지 끝없이 펼쳐진 평지를 달리기만 하면 되었다.

이곳은 대간선 철도가 콜로라도 주의 가장 큰 도시인 덴버로 갈라지는 곳이기도 했다. 금광과 은광이 많은 이 지역에는 이미 5만 명 이상이 정착해서 살고 있었다.

샌프란시스코를 출발한 이후 삼일 밤낮으로 1,382마일을 달려왔다. 이제 사일 밤낮을 더 달리면 예정대로 뉴욕에 도착할 수 있었다. 필리어스 포그는 아직 늦지 않고 일정을 지키고 있었다.

밤사이 기차는 선로 왼편에 있는 월바흐 기지를 지나갔다. 로지폴 강이 와이오밍 주와 콜로라도 주를 직선으로 나누는 경계선을 따라 철로와 나란히 흐르고 있었다. 11시 무렵에는 네브래스카 주로 들어서 세지윅 근처를 지나 플랫 강 남부에 있는 줄스버그에 도착했다.

1867년 10월 23일, 바로 이곳에서 유니온 퍼시픽 철도의 개통식이 열렸다. 기관장은 J. M. 도지 장군이었다. 당시 이곳에는 강력한 기관차 두 대가 아홉 칸의 객차에 철도 회사의 부사장인 토머스 C. 듀런트를 비롯한 이름 높은 승객들을 싣고 도착했다. 사람들의 환호성이 울려 퍼졌고, 인디언 수족과 포니족이 전쟁 장면을 재현하는 축하 무대를 선보였다. 또 축하를 위한 불꽃놀이도 벌어졌으며,《철도 개척자》라는 신문의 창간호가 휴대용 인쇄기로 발행되었다. 사람들은 이렇게 위대한 철도의 개통을 축하했다. 진보와 문명의 도구인 철도는 황무지를 정복하며 아직 건설되지 않은 마을과 도시를 연결해 줄 터였다. 암피온(제우스와 안티오네의 아들로 헤르메스에게 리라를 받았다.)의 리라(고대 그리스의 작은 현악기) 소리보다 힘찬 기관차의 기적 소리가 미국 땅에 마을과 도시를 생겨나게 할 것이었다.

기차는 오전 8시에 맥퍼슨 요새를 뒤로 했다. 이제 오마하까지는 357마일을 남겨 두고 있었다. 철로는 플랫 강 남부 지류의 왼편을 따라 구불구불하게 나 있었다. 그리고 9시에 플랫 강의 두 지류 사이에 세워진 도시인 노스플랫에 도착했다. 플랫 강의 남부 지류와 북부 지

류는 노스플랫에서 만나 하나의 물줄기를 형성하며 오마하에서 약간 위에 위치한 미주리 강으로 흘러 들어간다.

이제 경도 101도를 지났다.

포그 씨 일행은 다시 카드놀이를 시작했다. 여행이 길다고 불평하는 사람은 한 명도 없었다. 처음에는 픽스가 몇 기니를 땄지만 그 후에 다시 잃었다. 그는 포그 씨만큼이나 게임에 열정적이었다. 포그 씨는 오전에 특히 운이 좋았다. 계속 으뜸패가 나왔고 최고의 패가 들어왔다. 그가 머릿속으로 대담한 수를 떠올리며 스페이드를 내려고 할 때 뒤에서 누군가의 목소리가 들렸다.

"나 같으면 다이아몬드를 내겠소."

포그 씨와 아우다 부인과 픽스가 모두 고개를 들었다. 프록터 대령이 옆에 서 있었다. 대령과 필리어스 포그는 곧바로 서로를 알아보았다.

"아, 당신이로군. 지난번 그 영국인! 스페이드를 내려고 하는 사람이 당신이라니!"

대령이 소리쳤다.

"그렇소."

필리어스 포그가 스페이드 10을 내며 차갑게 대답했다.

"내가 보기에는 다이아몬드를 내야 하는데. 당신은 카드놀이에 대해 전혀 모르는군."

대령은 내놓은 카드를 다시 집고 싶은 표정을 지으며 짜증스러운 목소리로 응수했다.

"다른 게임은 더 잘할 수 있을 것 같소만."

필리어스 포그가 이렇게 말하며 자리에서 일어났다.

"해볼 테면 해보시지. 빌어먹을 영국인 같으니."

무례하기 짝이 없는 프록터 대령이 말했다.

아우다 부인의 얼굴이 금방이라도 기절할 것처럼 창백해졌다. 그녀가 그의 팔을 붙잡았지만 포그 씨는 부드럽게 밀어냈다. 파스파르투는 비열한 표정을 짓고 있는 미국인에게 당장이라도 달려들 준비가 되어 있었다. 하지만 픽스가 자리에서 일어나 프록터 대령에게 다가가 말했다.

"그쪽이 상대해야 할 사람은 나라는 걸 잊고 있군요. 나를 모욕하고 치기까지 해놓고는 말이죠!"

"픽스 씨, 죄송하지만 이 문제는 저 한 사람의 일입니다. 대령은 스페이드를 내는 게 잘못이라고 두 번이나 저를 모욕했으니 그에 대한 값을 치러야 할 겁니다."

포그 씨가 침착하게 말했다.

"언제 어디서든 좋을 대로 하시지. 무기도 선택하시고!"

미국인이 대답했다.

아우다 부인이 포그 씨를 말리려고 했지만 허사였다. 픽스 형사도 싸움의 화살을 자신에게로 되돌리려고 했지만 소용없었다. 파스파르투는 대령을 문밖으로 던져 버리고 싶었지만 주인의 표정을 읽고 그만두었다. 필리어스 포그는 객실 밖으로 나갔고 미국인도 뒤따라 연결 통로로 나갔다.

"대령, 나는 급하게 유럽으로 돌아가는 중이고 시간이 지체되면 엄청난 손해가 생깁니다."

포그 씨가 상대에게 말했다.

"그게 나랑 무슨 상관이오?"

프록터 대령이 쏘아붙였다.

"난 대령을 샌프란시스코에서 만난 이후 다시 미국으로 돌아와 당신을 만나겠다고 결심했습니다. 구대륙에서 중요한 문제를 다 처리한 후에 말입니다."

포그 씨가 정중하게 대답했다.

"그럴 리가!"

"6개월 후에 만나겠습니까?"

"6년 후가 아니고?"

"6개월이라고 했습니다. 나는 정확히 6개월 후에 다시 올 겁니다."

필리어스 포그가 대답했다.

"핑계를 대고 있군. 지금 아니면 기회는 없어."

스탬프 W. 프록터 대령이 말했다.

"좋소. 당신은 뉴욕에 갑니까?"

포그 씨가 물었다.

"아니."

"시카고에?"

"아니."

"오마하에?"

"그건 당신이 알 바 아니야. 플럼 크리크를 아나?"

"모릅니다."

포그 씨가 대답했다.

"바로 다음 역이야. 1시간 후면 기차가 도착할 거고, 10분간 정차하지. 10분이면 총알 몇 발 주고받기에 충분해."

"좋소. 플럼 크리크에서 내리겠소."

포그 씨가 대답했다.

"그리고 다시 기차에 올라타지 못할걸!"

대령이 너무도 무례하게 덧붙였다.

"그건 두고 봐야 알겠지요."

포그 씨는 이렇게 답하고 평소와 다름없이 침착한 표정으로 객실로 돌아갔다.

그는 객실로 돌아가서는 큰소리치기 좋아하는 사람은 두려워할 필요가 없다고 말하며 아우다 부인을 안심시켰다. 그리고 픽스에게는 다음 역에서 벌어질 결투의 증인이 되어 달라고 부탁했다. 픽스는 거절할 수 없었다. 그리고 포그 씨는 다시 카드놀이로 돌아가 태연하게 스페이드를 냈다.

11시가 되자 기적 소리가 울리며 플럼 크리크 역에 도착했음을 알렸다. 포그 씨는 자리에서 일어나 통로로 나갔고 픽스도 뒤따라갔다. 파스파르투도 권총 두 자루를 들고 갔다. 아우다 부인은 죽은 사람처럼 하얗게 질린 얼굴로 객실에 남았다.

그때 객실의 다른 문이 열리며 프록터 대령이 자신과 비슷하게 생긴 미국인 한 명을 증인으로 데리고 나타났다. 하지만 두 주인공이 기차에서 내리려는 순간, 기관사가 다급하게 달려오며 소리쳤다.

"내리시면 안 됩니다, 여러분."

"왜요?"

대령이 물었다.

"20분이 연착되어서 여기서 정차하지 않습니다."

"이 양반하고 결투를 해야 한다고."

"죄송합니다. 하지만 곧바로 출발할 겁니다. 지금 종소리가 들리잖아요."

기관사가 말했다.

정말로 종소리가 울렸고 기차는 다시 출발했다.

"정말 죄송합니다. 다른 상황이라면 도와드릴 수 있었을 겁니다. 바깥에서 결투할 시간이 없다면 달리는 기차 안에서 해도 되지 않을까요?"

기관사가 말했다.

"이 신사분한테는 어울리지 않을지도 모르지!"

프록터 대령이 조롱하듯 말했다.

"괜찮습니다."

포그가 대답했다.

'여기가 미국은 미국이군. 저 기관사까지 진정한 신사라니!'

파스파르투는 생각했다. 그러고는 주인을 따라갔다.

결투의 주인공들과 증인들은 기관사를 따라 기차의 맨 마지막 칸에 도착했다. 그곳에는 승객이 열 명 정도밖에 없었다. 기관사는 승객들에게 두 신사가 명예를 걸고 해결해야 할 일이 있으니 잠시만 자리를 비워 주면 고맙겠다고 부탁했다.

그러지 않을 이유가 있을까! 승객들은 두 신사를 도울 수 있다는 사실에 기뻐하면서 연결 통로 쪽으로 나갔다.

약 10피트 길이의 객실은 결투를 하기에 안성맞춤이었다. 두 주인공은 좌석 사이로 마주보고 나아가면서 총을 쏠 수 있었다. 아주 손쉽게 결투 준비가 끝났다. 포그 씨와 프록터 대령은 6연발 권총을 두 자루씩 들고 객실로 들어갔다. 증인들은 밖에 남아서 객실 문을 닫았다. 기차의 첫 기적 소리가 울리면 총을 쏘기로 했다. 그리고 2분 후에는 두 사람 중에서 여전히 객실에 남아 있는 한 사람이 치워지게 될 것이다.

정말로 간단한 일이었다. 너무도 간단해서 픽스와 파스파르투는 가슴이 터질 듯이 쿵쾅거렸다.

기적이 울리기를 기다리고 있을 때 갑자기 격렬한 고함 소리가 울려 퍼지며 총소리가 이어졌다. 하지만 결투자들이 있는 객실에서 나온 소리는 아니었다. 총소리는 기차 앞쪽에서 시작해 공포에 질린 비명 소리와 함께 열차 전체로 퍼졌다.

프록터 대령과 포그 씨는 권총을 쥔 채 곧바로 객실에서 나와 기차 앞쪽을 향해 달려갔다.

그들은 수족 인디언 전사들이 기차를 습격하고 있음을 깨달았다.

이 대담한 수족들이 기차를 공격한 것은 처음이 아니었다. 그들은 벌써 여러 번 기차를 강탈했다. 늘 하던 대로 기차가 멈추기를 기다리지 않고, 곡예사가 말을 타고 질주하듯 약 100여 명이 함께 객차의 발판으로 뛰어올라 객실로 쳐들어왔다.

수족은 총으로 무장하고 있었다. 승객들도 대부분 총을 소지하고 있었으므로 총을 발사하며 대항했다. 수족 인디언들은 제일 먼저 기관실로 몰려갔다. 기관사와 화부는 곤봉으로 두드려 맞아 반쯤 정신을 잃었다. 수족 추장이 기차를 세우려고 했지만 연료 조절 장치의 조작법을 모른 탓에 오히려 증기 조절판을 열어 놓고 말았다. 그 바람에 기차는 폭주하듯 엄청난 속도로 달리기 시작했다.

이와 동시에 다른 수족들은 성난 원숭이처럼 지붕을 뛰어다니며 문을 부수고 들어와 객실 승객들과 몸싸움을 벌였다. 화물칸에도 침입해 약탈한 짐이 철로 위로 흩어졌다. 비명 소리와 총성이 끊이지 않았다. 하지만 승객들은 용감하게 대항했다. 일부 객실에서는 승객들이 방어벽을 쳐놓고 시속 100마일로 달리는 이동 요새라도 되는 듯 포위당하지 않도록 지켰다.

 수족의 공격이 시작된 순간부터 아우다 부인은 용감하게 행동했다. 그녀는 총을 들고 야만인이 나타날 때마다 깨진 창문으로 총을 쏘며 용감하게 방어했다. 치명상을 입은 약 스무 명의 수족이 선로로 떨어졌다. 기차 바퀴가 선로로 떨어진 그들을 벌레처럼 으깨고 지나갔다. 총이나 곤봉에 맞아 중상을 입은 몇몇 승객도 의자에 누워 있었다.

 하지만 그런 상태가 지속될 수는 없었다. 이미 10분째 싸움이 이어졌고, 기차가 멈추지 않으면 수족이 승리할 수밖에 없었다. 미국 수비대가 있는 커니 요새 역까지는 2마일밖에 남지 않았다. 하지만 그곳을 그냥 지나친다면 다음 역이 나올 때까지 수족이 기차를 완전히 장악할 것이다.

 포그 씨 옆에서 싸우던 기관사가 총에 맞아 쓰러졌다. 그가 쓰러지면서 소리쳤다.

 "기차가 5분 안에 멈추지 않으면 끝장입니다."

 "제가 멈추겠습니다!"

필리어스 포그는 이렇게 말하고 객실 밖으로 달려가려고 했다.

"여기 계세요, 주인님. 이건 저한테 딱 맞는 일이에요!"

파스파르투가 소리쳤다.

필리어스 포그가 말릴 틈도 없이 용감한 파스파르투는 수족의 눈을 피해 객차 밑으로 미끄러져 들어가는 데 성공했다. 싸움이 계속되고 머리 위로는 총알이 사방에서 날아왔지만 파스파르투는 서커스 단원 시절의 민첩함을 되살려 객차 바닥을 스르르 미끄러지듯 나아갔다. 때론 쇠사슬에 매달리거나 제동 레버와 기차의 차대(차체를 받치며 바퀴에 연결되어 있는 철로 만든 테)에 몸을 맡기기도 하며, 매우 능숙하게 객차 사이를 건너 마침내 맨 앞부분에 도착했다. 아무도 그를 보지 못했고 볼 수도 없었다.

파스파르투는 화물칸과 탄수차(석탄과 물을 싣는 차량) 사이에 한 손으로 매달린 채 다른 한 손으로 안전 사슬을 풀었지만 기차의 견인력 때문에 연결 핀을 뺄 수가 없었다. 그러나 갑자기 기차가 심하게 움직이며 연결 핀이 저절로 빠지는 행운이 일어난 덕에 객차와 분리되었다. 기관차와 분리된 객차는 점점 뒤처졌고, 가벼워진 기관차는 더 빠른 속도로 달려갔다.

열차는 가속도 때문에 잠깐 동안 계속 앞으로 달렸으나 객차 안쪽에서 제동이 걸려 마침내 커니 역에서 100미터도 남지 않은 곳에 멈추어 섰다.

총소리를 들은 군인들이 서둘러 기차로 달려왔다. 이를 눈치챈 수족들은 기차가 완전히 멈추기도 전에 전부 도망쳐 버렸다.

　승객들은 기차역 플랫폼에 모두 내려 명단을 점검했다. 그리고 몇 명이 자리에 없다는 것을 깨달았다. 그중에는 목숨을 바쳐 기차를 멈춘 프랑스인도 한 명 있었다.

30

필리어스 포그, 자신의 의무를 다하다

사라진 승객은 파스파르투를 포함해 모두 세 명이었다. 싸움이 일어나는 도중에 목숨을 잃은 것일까? 수족의 포로로 잡혀간 것일까? 속단하기는 일렀다.

부상당한 승객이 많았지만 목숨이 위험할 정도로 다친 사람은 없었다. 가장 큰 부상을 입은 사람들 중에는 프록터 대령도 있었다. 용감하게 싸우던 그는 아랫배와 넓적다리 사이에 총을 맞고 쓰러졌다. 그는 당장 치료를 받아야 하는 승객들과 함께 역으로 옮겨졌다.

아우다 부인은 무사했다. 필사적으로 싸운 필리어스 포그 역시 긁힌 곳 하나 없었다. 픽스는 팔을 다쳤지만 가벼운 상처였다. 하지만 파스파르투가 사라졌다는 소식에 젊은 여인의 눈에는 눈물이 가득 고였다.

승객들은 모두 기차에서 내렸다. 기차 바퀴는 피로 얼룩져 있었다. 차축과 바퀴살에 짓이겨진 살점들이 보였다. 눈 덮인 하얀 평원을 따라 저 멀리서부터 붉은 핏자국이 선명하게 나 있었다. 수족의 마지막 무리가 리퍼블리컨 강이 있는 남쪽으로 사라지고 있었다.

포그 씨는 팔짱을 낀 채 가만히 있었다. 그는 중대한 결정을 내려야 했다. 아우다 부인은 옆에서 아무 말 없이 그를 쳐다보았다. 포그 씨는 그녀의 표정이 무엇을 의미하는지 알고 있었다. 그녀의 눈은 하인이 수족의 포로로 붙잡혔다면 어떤 위험이 따르더라도 구출해야 한다고 말하고 있었다.

"그가 죽었든 살았든 꼭 찾겠습니다."

포그 씨가 아우다 부인에게 말했다.

"아, 포그 씨!"

젊은 여인이 잡은 포그 씨의 두 손 위로 눈물이 쏟아졌다.

"살아 있다면 한시도 지체해서는 안 됩니다."

포그 씨가 덧붙였다.

포그 씨의 이러한 결정은 모든 것을 희생하겠다는 의미였다. 그는 지금 막 파산 선고를 한 것이나 다름없었다. 하루만 늦어도 뉴욕에서 출발하는 배를 탈 수 없었기 때문이었다. 그렇게 되면 내기에서 질 것이 분명했다. 하지만 '이것은 내 의무'라는 생각에 그는 조금도 망설이지 않았다.

커니 요새를 지휘하는 대위가 그 자리에 있었다. 약 100명쯤 되는 그의 부하들은 수족이 기차역을 직접 습격해 올 것을 대비하여 방어 태세를 갖추고 있었다.

"대위님, 승객 세 명이 사라졌습니다."

포그 씨가 대위에게 말했다.

"죽었습니까?"

대위가 물었다.

"죽었거나 포로로 잡혔을 겁니다. 어떤 경우인지 확실히 알아내야 합니다. 수족을 추격하실 겁니까?"

"이건 심각한 문제입니다. 그들이 아칸소 강 너머로 도망칠 수도 있습니다. 제가 맡고 있는 요새를 두고 뒤쫓을 수는 없습니다."

대위가 말했다.

"대위님, 세 사람의 목숨이 위험한 상황입니다."

필리어스 포그가 말을 이었다.

"그렇겠지요. 하지만 세 명을 구하자고 쉰 명의 목숨을 위험에 빠뜨릴 수 있겠습니까?"

"할 수 있는 일인지는 모르겠지만, 꼭 하셔야 하는 일입니다."

"선생님, 아무도 저에게 이래라저래라 명령할 수는 없습니다."

"좋습니다. 그럼 나 혼자 가겠습니다."

필리어스 포그가 차갑게 말했다.

"혼자 수족을 추격하시겠다고요?"

픽스가 다가와 소리쳤다.

"그럼 그 불쌍한 친구를 죽게 내버려 두라는 말입니까? 그 친구 덕분에 여기 있는 사람들이 전부 목숨을 구했는데요? 나는 갈 겁니다."

"혼자 가시면 안 됩니다! 당신은 정말 용감한 분이로군요."

포그 씨의 말에 감동받은 대위가 자신도 모르게 소리쳤다. 그가 부하들을 돌아보며 덧붙였다.

"지원자 서른 명이 필요하다."

부하들이 전부 앞으로 나왔다. 대위는 유능한 부하들 중에서 고르기만 하면 되었다. 서른 명이 결정되었고, 나이 많고 지혜로운 중사가 지휘를 맡았다.

"고맙습니다, 대위님."

포그 씨가 말했다.

"같이 가도 되겠습니까?"

픽스가 물었다.

"좋을 대로 하십시오. 하지만 저를 도와주시려거든 아우다 부인 곁에 있어 주십시오. 만에 하나 저에게 무슨 일이 생길 경우……."

필리어스 포그가 대답했다.

순간 픽스 형사의 얼굴이 창백하게 변했다. 여기까지 끈질기게 따라왔는데 어떻게 저 남자를 혼자 보낸단 말인가? 과연 이런 허허벌판에 자유롭게 놓아 줘도 되는 것인가? 픽스는 이 신사를 뚫어져라 쳐다보았다. 포그에게 좋은 감정을 갖고 있지 않은 픽스는 많은 갈등이 일었지만, 침착하고 정직한 그의 얼굴을 보니 자신도 모르게 마음이 약해졌다.

"여기 남겠습니다."

픽스가 말했다.

잠시 후 포그 씨는 아우다 부인의 손을 잡고 그녀에게 자신의 소중한 짐 가방을 맡긴 후 중사가 이끄는 소부대와 떠날 준비를 했다.

"여러분, 포로를 구출하면 1,000파운드를 주겠습니다!"

떠나기 전 포그 씨가 군인들에게 말했다.

그때 시간은 정오에서 몇 분 지나 있었다.

아우다 부인은 역에 딸린 방으로 들어가 홀로 필리어스 포그에 대해 생각했다. 그리고 그의 고귀한 관용과 조용한 강인함을 떠올리며 침착하게 기다렸다. 포그 씨는 전 재산을 포기했고, 이제는 목숨까지 걸었다. 이를 마땅한 의무로 여기면서 아무런 망설임도 없이 모든 결정을 했다. 그녀의 눈에 필리어스 포그는 영웅이었다.

하지만 픽스 형사의 생각은 달랐다. 그는 어수선한 마음을 진정시킬 수 없었다. 초조하게 기차역 플랫폼을 왔다 갔다 했다. 순간 필리어스 포그에게 휘둘렸지만 곧바로 본래의 자신으로 돌아온 것이다. 그는 포그가 떠나자마자 그를 그대로 보낸 것이 얼마나 어리석은 짓인지 깨달았다. 전 세계를 돌아 여기까지 뒤따라온 남자를 혼자 보내다니! 본래대로 돌아온 픽스는 자신을 원망하고 비난했다. 마치 런던 경찰청장이 어설픈 부하 직원을 나무라는 것처럼 자신을 꾸짖었다.

"내가 어리석었어! 하인이 분명히 내 정체를 밝힐 텐데. 이대로 포그는 돌아오지 않을 거야! 이제 다시 놈을 어디서 찾지? 나 픽스가, 주머니에 체포 영장을 가지고도 이런 실수를 하다니. 난 정말 어리석어!"

느리게 흐르는 시간 속에서 픽스 형사의 머릿속에는 온통 이런 생각뿐이었다. 그는 앞으로 어떻게 해야 할지 알 수 없었다. 아우다 부인에게 모든 이야기를 털어놓을까 싶기도 했다. 하지만 그녀가 어떤 반응을 할지는 충분히 예상할 수 있었다. 이제 어떻게 해야 할까? 그는 포그를 찾으러 눈 덮인 광활한 평원으로 나가고 싶은 생각마저 들었다. 그를 찾을 수 있는 가능성이 아예 없지는 않았다. 눈 위에는 아직 군인들의 발자국이 남아 있었다. 하지만 계속 내리는 눈이 곧 그 흔적을 덮어 버릴 것이다.

픽스는 실의에 빠졌다. 모든 것을 포기하고 싶은 생각도 들었다. 그 순간 커니 역을 벗어나 여행을 계속할 수 있는 기회가 곧 찾아왔다.

오후 2시경 함박눈이 내리는 가운데 동쪽에서 긴 기적 소리가 들렸다. 누르스름한 불빛 뒤로 거대한 그림자가 천천히 앞으로 다가왔다. 안개 때문에 더 크게 보여서인지 으스스하게 느껴졌다.

하지만 동쪽에서 오기로 된 기차는 없었다. 전보로 기차를 보내 달라고 도움을 요청하긴 했지만 아직 도착할 시간이 아니었다. 오마하에서 출발한 샌프란시스코행 기차는 내일이나 도착할 예정이었다. 어떻게 된 일인지는 곧 알 수 있었다.

요란한 기적 소리와 함께 천천히 앞으로 다가온 그것은 객차와 분리되어 무시무시한 속도로 내달리던 기관차였다. 의식을 잃은 기관사와 화부가 타고 있던 그 열차는 몇 마일 동안 달리다가 연료가 떨어져 불이 꺼지고 말았다. 증기도 바닥이 나면서 1시간 후에는 점점 속도가 느려지더니 커니 역에서 20마일 떨어진 곳에서 멈추었다. 기관사는 뒷부분에 객차 하나 없이 허허벌판에 기관차만 남겨진 것을 보고 어떻게 된 일인지 알 수 있었다. 기관차가 객차에서 어떻게 분리되었는지는 알 수 없지만 뒤에 남은 객차가 위험에 처했다는 사실만은 확실했다.

기관사는 망설임 없이 행동을 옮겼다. 지금 할 수 있는 가장 옳은 결정은 오마하 방향으로 계속 가는 것이었다. 수족의 약탈이 계속되고 있을지도 모를 객차로 돌아가는 것은 분명 위험한 일이었다. 하지만 그는 망설이지 않았다. 석탄과 나무를 삽으로 퍼서 화실(증기 기관 내에서 석탄을 때어 증기를 발생시키는 곳)에 넣으니 다시 불길이 일어났고 증기 압력도 돌아왔다. 오후 2시쯤이 되자 기관차는 커니 역으로 되돌아갈 수 있었다. 이렇게 하여 안개 속에서 기적 소리가 울리게 된 것이다.

승객들은 기관차가 객차의 앞부분과 다시 연결되자 무척 기뻐했다. 이제 예상치 못하게 중단된 여행을 계속할 수 있게 되었다.

기관차가 도착했을 때 아우다 부인은 기차역으로 나가 기관사에게 물었다.

"떠나는 건가요?"

"지금 떠납니다, 부인."

"하지만 잡혀간 사람들은…… 불쌍한 우리 일행은……."

"운행을 중단할 수는 없습니다. 벌써 3시간이나 늦었으니까요."

기관사가 대답했다.

"샌프란시스코에서 출발한 다음 기차는 언제 오나요?"

"내일 저녁에요, 부인."

"내일 저녁은 너무 늦어요. 기다려 주셔야 합니다."

"그건 불가능합니다, 부인. 떠나시려면 어서 타십시오."

기관사가 말했다.

"전 가지 않을 겁니다."

젊은 여인이 대답했다.

픽스는 이 대화를 듣고 있었다. 이동 수단이 없었던 방금 전까지만 해도 커니 역을 떠날 작정이었다. 이제 출발할 수 있는 기차가 있고, 객차의 자리로 돌아가 앉기만 하면 되는데 거부할 수 없는 힘이 그의 발걸음을 묶어 놓았다. 한시라도 빨리 플랫폼을 뜨고 싶었지만 발이 떨어지지 않았다. 또다시 내면의 갈등이 시작되었다. 자신의 실수에 분노가 치밀었다. 그는 최후까지 싸우고 싶었다.

한편 대부분의 승객과 부상 상태가 심각한 프록터 대령을 비롯한 몇몇 부상자들은 이미 기차에 올라탔다. 과열된 보일러에서 부글거리는 소리와 함께 밸브에서 증기가 새어 나왔다. 기관사가 기적을 울리자 기차는 곧 출발했다. 하얀 증기가 휘몰아치는 눈과 섞이면서 기차는 사라졌다.

픽스 형사는 역에 남아 있었다.

몇 시간이 흘렀다. 날씨는 매우 좋지 않았고 뼛속까지 얼어붙을 듯 추웠다. 픽스는 기차역에 마련된 기다란 의자에 꼼짝도 하지 않고 앉아 있었다. 언뜻 보면 잠든 것처럼 보였다. 아우다 부인은 혼자 쉴 수 있도록 마련된 방이 있었지만 세찬 바람에도 불구하고 계속 밖으로 나오곤 했다. 그녀는 플랫폼 맨 끝까지 걸어가서 시야를 가리는 안개 속에서 뭐라도 보이지 않을지, 무슨 소리라도 들리지 않을지 전전긍긍하며 눈보라 사이를 살폈다. 하지만 아무것도 보이지 않았다. 아우다 부인은 꽁꽁 얼어붙은 몸으로 방으로 돌아갔지만 몇 분도 지나지 않아 다시 밖으로 나왔다. 역시 아무런 소용도 없었다.

해가 저물었지만 소규모로 구성된 파견 부대는 여전히 돌아오지 않고 있었다. 그들은 지금 어디에 있을까? 수족을 만났을까? 수족과 전투를 벌였을까? 아니면 안개 속에서 길을 잃고 헤매고 있는 걸까? 커니 요새의 대위는 겉으로 드러내지는 않았지만 몹시 걱정스러웠다.

밤이 되자 눈은 잦아들었지만 추위는 더욱 심해졌다. 아무리 침착한 사람이라도 끝없이 펼쳐진 어두컴컴한 황무지를 보면 두려워지지 않을 수가 없으리라. 완전한 적막이 평원을 뒤덮었다. 하늘을 나는 새도, 배회하는 짐승도, 이 끝없는 고요함을 깨뜨리는 것은 하나도 없었다.

아우다 부인은 무슨 일이 생겼을까 봐 두려운 마음뿐이었다. 불안함을 떨쳐버리지 못하고 밤새 평원의 가장자리를 서성였다. 무슨 위험한 일이 생긴 건 아닐까 하는 별별 생각이 들었다. 그녀가 기나긴 밤 동안 얼마나 괴로워했는지는 이루 말할 수 없을 것이다.

같은 장소에서 꼼짝하지 않고 있던 픽스 역시 잠을 이루지 못했다. 누군가 다가와 말을 걸었지만 픽스는 대답 대신 머리를 흔들며 돌려보냈다.

그렇게 밤이 지나갔다. 새벽이 되자 안개 낀 지평선 위로 반쯤 꺼진 듯한 태양이 떠올랐다. 하지만 가시거리는 2마일밖에 되지 않았다. 필리어스 포그와 파견 부대가 떠난 곳은 남쪽이었다. 남쪽은 완전한 불모지였다. 이제 시간은 오전 7시가 되었다.

대위는 불안감이 극에 달했고 어떻게 해야 할지 알 수 없었다. 2차로 파견 부대를 보내야 할까? 앞서 희생당한 부하들을 구할 가능성이 낮은데 또 부하들을 희생시켜야 할까? 하지만 그는 오랫동안 망설이지 않았다. 대위는 손짓으로 중위를 불러 남쪽으로 정찰대를 보내라고 명령했다. 바로 그때 총성이 울렸다. 이것이 신호였을까? 군인들이 서둘러 요새 밖으로 나갔다. 반 마일 앞쪽에 소부대가 질서정연하게 돌아오는 모습이 보였다.

포그 씨가 맨 앞에 서 있었고 그 옆에는 수족으로부터 구출한 파스파르투와 두 승객이 있었다.

전투가 벌어진 곳은 커니 역에서 남쪽으로 10마일 떨어진 곳이었다. 파견 부대가 도착하기 직전까지 파스파르투와 두 승객은 자신들을 붙잡아 온 수족과 싸우고 있었다. 파스파르투가 맨 주먹으로 세 명을 쓰러뜨렸을 때, 주인과 군인들이 나타나 그를 도와주었다.

구하러 간 사람이나 무사히 구출된 사람이나 기쁨의 환호성을 받으며 귀환했다. 필리어스 포그는 약속한 대로 군인들에게 사례금을 주었다. 그 모습을 본 파스파르투는 '나는 정말로 주인님에게 돈을 많이 쓰게 하는구나.'라고 생각했다. 그럴 만도 했다.

픽스는 아무 말 없이 포그 씨를 쳐다보았다. 머릿속으로 뭐라고 설명할 수 없는 복잡한 생각들이 떠올랐다. 아우다 부인은 아무 말도 하지 못한 채 그저 양손으로 포그 씨의 손을 꼭 붙잡았다. 한편 파스파르투는 도착하자마자 기차역에서 기차를 찾았다. 전속력으로 오마하를 향해 달릴 기차가 있어서 잃어버린 시간을 만회할 수 있기를 바라면서.

"기차! 기차는요?"

그가 소리쳤다.

"떠났습니다."

픽스가 대답했다.

"다음 기차는 언제 옵니까?"

필리어스 포그가 물었다.

"오늘 저녁이나 되어야 합니다."

"그렇군요!"

포그가 여전히 침착하게 대답했다.

31
픽스 형사, 필리어스 포그의 이익을 위해
진심으로 애쓰다

필리어스 포그는 예정보다 20시간을 지체했다. 뜻하지 않게 늦어지게 만든 장본인인 파스파르투는 크게 실망했다. 그가 주인을 파산하게 만든 것이다.

그때 픽스 형사가 포그에게 다가가 눈을 똑바로 쳐다보면서 물었다.

"진정으로 급하신 겁니까?"

"그렇습니다."

필리어스 포그가 대답했다.

"다시 묻겠습니다. 정말로 리버풀행 증기선이 출발하는 12월 11일 밤 9시까지 꼭 뉴욕으로 가야 합니까?"

픽스가 다시 물었다

"정말로 그렇습니다."

"만약 수족의 습격이 없었다면 11일 아침에 뉴욕에 도착할 수 있었 겠지요?"

"네. 그럼 12시간의 여유가 있었을 겁니다."

"좋습니다. 지금 20시간이 뒤처졌군요. 20시간에서 12시간을 빼면 8시간이군요. 8시간을 벌어야 합니다. 한번 도전해 보시겠습니까?"

"걸어서 말입니까?"

포그 씨가 물었다.

"아뇨. 썰매로요. 돛이 달린 썰매를 타고 가는 겁니다. 어떤 남자가 제안하더군요."

픽스가 대답했다.

그는 지난밤 픽스 형사에게 다가와 말을 건 바로 그 사람이었다. 그 때 픽스는 제안을 거절했다.

필리어스 포그는 대답하지 않았다. 하지만 픽스가 기차역 밖에서 왔 다 갔다 하는 그 남자를 가리키자 그에게 다가갔다. 잠시 후 필리어스 포그와 머지라는 이름의 미국인은 커니 요새 아래에 있는 헛간으로 갔다.

포그 씨는 그곳에서 이상하게 생긴 운송 수단을 볼 수 있었다. 그것 은 두 개의 기다란 널빤지를 뼈대로 삼아 만든 것으로, 끝부분은 마치 썰매의 날처럼 올라가 있었고, 대여섯 명이 탈 수 있는 공간이 있었다. 앞에서 3분의 1 지점에 있는 높은 돛대에는 커다란 마름모꼴의 돛이 달려 있었다. 철사로 단단하게 고정된 돛대에는 쇠로 된 버팀줄이 늘어져 있었다. 앞쪽에 있는 커다란 돛을 들어 올리기 위한 용도였다.

겉모습에서 알 수 있듯이 범선과 같은 장비를 갖춘 썰매였다. 겨울에 눈 때문에 기차가 달리지 못할 때 얼어붙은 평원에서 썰매는 빠른 속도로 기차역 사이를 오고 갈 수 있게 해주었다. 돛이 얼마나 큰지 뒤집히기 쉬운 소형 쾌속정보다 컸다. 그 덕분에 뒤에서 바람을 받으면 급행 열차만큼이나 빠르게 평원을 미끄러지듯 달릴 수 있었다.

잠시 후 포그 씨와 육상용 배 주인은 거래를 했다. 바람의 상태도 좋았다. 서쪽에서 세찬 바람이 불어왔고 눈도 단단했다. 머지는 포그 씨에게 몇 시간 안에 오마하 역까지 데려다 줄 수 있다고 장담했다. 오마하에는 뉴욕과 시카고까지 가는 기차편과 노선이 많으니 한층 수월할 터였다. 지체된 시간을 만회하는 것이 가능할 수도 있었다. 따라서 지금 이 모험에 도전할지 말지 망설일 이유가 전혀 없었다.

그러나 포그 씨는 이렇게 추운 날씨에 아우다 부인이 바깥 공기에 그대로 노출된 채 달리는 것을 원하지 않았다. 빠른 속도로 달려야 했으므로 더욱 춥고 고생스러울 터였다. 그래서 포그 씨는 부인에게 파스파르투와 함께 커니 역에 남으라고 제안했다. 충직한 파스파르투에게는 좀 더 안락하고 편안한 방법으로 부인을 유럽까지 모시고 오고 했다.

하지만 아우다 부인은 포그 씨와 떨어지지 않겠다고 고집했다. 파스파르투도 부인의 강경한 태도에 마음이 놓였다. 그는 무슨 일이 있어도 주인을 픽스와 단 둘이서만 남겨 두고 싶지 않았다.

픽스 형사가 정확히 무슨 생각을 하고 있는지는 알기 어려웠다. 필리어스 포그가 돌아왔으니 그에 대한 의심이 약해졌을까? 아니면 세계 일주를 마치고 안전하게 영국으로 돌아가려고 하다니 영악한 사기꾼이라고 생각했을까? 포그 씨에 대한 픽스의 생각이 정말로 바뀌었을지도 몰랐다. 그렇다 할지라도 그는 반드시 자신의 의무를 다해야 한다고 생각했고, 그 누구보다도 빨리 영국으로 돌아가고 싶었다.

썰매는 8시에 출발 준비를 마쳤다. 여행자들, 즉 썰매의 승객들은 자리 잡고 앉아 다 함께 여행용 담요를 뒤집어썼다. 두 개의 커다란 돛이 올라갔고, 썰매는 뒤에서 바람을 받으며 단단해진 눈 위를 40노트의 속력으로 달리기 시작했다.

커니 요새와 오마하 사이는 직선 구간, 즉 미국인들의 표현에 따르자면 최단 코스로 최대 200마일이었다. 바람이 잘 불어 준다면 5시간 안에 도착할 수 있는 거리였다. 아무런 문제도 발생하지 않는다면 오후 1시에는 오마하에 도착할 수 있었다.

썰매를 타고 달리는 여행은 얼마나 굉장했는지! 서로 붙어 앉은 승객들은 말을 할 수도 없었다. 썰매의 빠른 속도 때문에 추위가 몇 배나 심해져 입에서 말이 나오지 않았다. 썰매는 마치 바다 위를 달리는 배처럼 파도 없는 평원을 미끄러지듯 나아갔다. 바람이 땅을 스치듯 불어올 때면 폭이 엄청나게 넓은 날개 같은 돛 때문에 썰매가 하늘 위로 떠오르는 느낌이었다. 썰매가 계속 한쪽으로 치우쳐 진로에서 벗어나려고 했지만, 키를 잡은 머지는 노를 잘 저어 직선 방향을 유지했다. 두 개의 돛이 모두 바람을 받았다. 한껏 치켜 올라간 삼각돛은 마름모꼴 돛에도 가려지지 않을 정도였고, 윗돛을 올리자 바람을 가득 받아 다른 돛에 더욱 힘을 실어 주었다. 정확히는 알 수 없지만 썰매의 속도는 40노트는 족히 되어 보였다.

"어디가 무너지지만 않는다면 제시간에 도착할 수 있을 겁니다."

머지가 말했다.

머지는 꼭 제시간에 도착하려고 노력했다. 제시간에 도착하면 포그 씨가 썰매를 이용하는 요금 외에도 보너스를 두둑하게 주기로 약속했던 것이다.

썰매가 직선으로 가로지르는 평원은 바다처럼 평평했다. 마치 꽁꽁 얼어붙은 거대한 연못 같았다. 이곳을 지나는 철로는 남서쪽에서 북서쪽으로 올라가는데, 그랜드아일랜드와 네브래스카의 대도시 콜럼버스, 슈일러, 프리몬트를 지나 오마하에 도착한다. 오마하까지 가는 내내 플랫 강의 오른쪽 강둑을 따라간다. 썰매는 기차가 다니는 구불구불한 노선이 아니라 직선 코스로 이동했기 때문에 거리를 단축할 수 있었다. 머지는 프리몬트 앞에서 굽이쳐 흐르는 플랫 강 때문에 멈출 필요가 없었다. 강물이 꽁꽁 얼어붙어 있었기 때문이었다. 장애물은 하나도 없었다. 필리어스 포그가 걱정해야 할 일은 두 가지뿐이었다. 썰매가 고장 나거나, 바람의 방향이 바뀌거나 약해지는 것이었다.

하지만 바람은 약해지지 않았다. 오히려 정반대로 쇠줄로 단단하게 받친 돛대가 휘어질 만큼 세차게 불었다. 쇠줄에서는 마치 활로 현악기를 연주하는 것과 같은 소리가 났다. 썰매는 애처롭지만 강렬하게 울려 퍼지는 음악 소리와 함께 앞으로 나아갔다.

"현들이 5도 화음과 8도 화음을 내고 있군."

포그 씨가 말했다.

썰매를 타고 달리는 동안 그가 한 말은 이것뿐이었다. 아우다 부인은 최대한 차가운 바람을 막을 수 있도록 모피와 여행용 담요로 꽁꽁 둘러싸여 있었다.

파스파르투는 안개 사이로 보이는 태양처럼 빨개진 얼굴로 차가운 공기를 들이마셨다. 그는 타고난 천성 중 하나인 확고한 자신감으로 다시 희망을 가지기 시작했다. 아침이 아니라 저녁에 뉴욕에 도착하겠지만 리버풀행 증기선을 탈 수 있는 가능성은 아직 있었다.

파스파르투는 협력자 픽스와 악수를 하고 싶은 마음까지 들었다. 오마하까지 제시간에 도착할 수 있는 유일한 수단인 육상용 배를 구한 것이 바로 그였기 때문이다. 하지만 왠지 모를 불안감이 아직 가시지 않아 그는 여전히 픽스를 경계했다.

어쨌든 파스파르투는 포그 씨가 자신을 수족으로부터 구하기 위해 조금도 망설이지 않고 희생을 선택했다는 사실을 절대로 잊을 수 없었다. 포그 씨는 자신의 재산과 목숨까지도 걸었다. 하인은 절대로 그 사실을 잊지 못할 것이다.

이렇게 여행자들이 저마다의 생각에 빠져 있는 동안 썰매는 눈으로 뒤덮인 광활한 평원을 날아갔다. 리틀 블루 강의 개울과 지류들을 지나쳐 왔지만 알아차릴 겨를도 없었다. 들판과 수로, 구분할 것 없이 전부 하얗게 눈 속에 덮여 있었기 때문이다. 평원은 허허벌판이었다. 유니온 퍼시픽 철도와 커니와 세인트 조지프를 연결하는 노선 사이에 자리 잡은 평원은 마치 거대한 무인도 같았다. 그곳에는 마을이나 기차역은커녕 요새도 없었다. 이따금 무시무시해 보이는 나무들이 빠르게 지나갔다. 뼈만 앙상하게 남은 하얀 나뭇가지가 바람에 휘어 있었다. 때때로 새 떼가 한꺼번에 날아올랐다. 굶주림에 지쳐 비쩍 마른 거대한 늑대 무리가 강렬한 본능에 따라 썰매를 뒤쫓아 오기도 했다. 그럴 때마다 파스파르투가 손에 권총을 들고 일어나 가까이 다가오는 늑대를 쏠 준비를 했다. 만약 이 상황에서 사고로 썰매가 멈춘다면 여행자들은 맹렬한 육식 동물에게 공격당해 엄청난 위험에 처할 것이다. 하지만 썰매는 위험에 굴하지 않고 계속 달렸고, 이내 울부짖는 늑대들을 뒤로 제칠 수 있었다.

정오가 되자 머지는 몇 가지 신호를 통해 얼어붙은 플랫 강을 달리고 있음을 알아차렸다. 그는 아무 말도 하지 않았지만 오마하 역까지 20마일밖에 남지 않았다고 확신했다.

그 후 1시간도 지나지 않아서 이 능숙한 안내인은 노를 내려놓고 돛의 밧줄을 감아 내렸다.

썰매는 돛이 내려진 상태에서도 가속도에 의해 반 마일을 더 달렸다. 마침내 썰매가 멈추었고 머지는 눈으로 뒤덮인 지붕이 잔뜩 모여 있는 곳을 가리키며 말했다.

"도착했습니다."

그들은 정말로 도착했다! 날마다 기차가 미국의 동쪽을 향해 달리는 역에 도착한 것이다.

파스파르투와 픽스는 썰매에서 내려 굳은 몸을 풀기 위해 이리저리 움직였다. 그리고 포그 씨와 아우다 부인이 썰매에서 내리는 것을 도와주었다. 필리어스 포그는 머지에게 사례금을 넉넉히 주었고, 파스파르투는 오랜 벗이라도 되는 듯 머지와 악수를 했다. 그리고 나서 포그 씨 일행은 서둘러 오마하 역으로 향했다.

미시시피 강 유역과 대양을 연결하는 퍼시픽 철도 노선은 네브래스카 주의 주요 도시 오마하에서 끝난다. 기차로 오마하에서 시카고까지 가려면 '시카고 – 록아일랜드 철도 노선'을 이용해야 하는데, 이 열차는 50개 역을 경유하며 동쪽으로 달린다.

마침 시카고 직행 열차가 떠날 준비를 하고 있었다. 필리어스 포그

일행은 아슬아슬하게 시간에 맞춰 객차에 올랐다. 오마하 구경은 하지도 못했지만, 지금 관광이나 할 때가 아니었으므로 파스파르투는 전혀 아쉽다고 생각하지 않았다.

기차는 엄청난 속도로 달려 아이오와 주로 들어가 카운슬블러프스와 디모인, 아이오와 시티를 지났다. 밤 사이에는 데번포트에서 미시시피 강을 지나 록아일랜드를 거쳐 일리노이 주로 들어갔다. 그리고 다음 날 10일 오후 4시에 시카고에 도착했다. 폐허 속에서 일어선(시카고는 187일 년에 커다란 화재가 있었다.) 시카고는 아름다운 미시건 호수가 있어 더욱 근사해 보였다.

시카고에서 뉴욕까지는 900마일이었다. 시카고에는 열차가 많았다. 포그 씨는 곧장 뉴욕행 기차로 향했다. '피츠버그 – 포트웨인 – 시카고 노선'의 기차는 이 신사가 더 이상 지체할 시간이 없다는 사실을 알기라도 하는 듯 전속력으로 달렸다. 인디애나 주와 오하이오 주, 펜실베이니아 주, 뉴저지 주를 번개처럼 지나갔다. 이 고전적인 이름이 붙은 도시들 중에는 도로와 전찻길만 있을 뿐 주택은 아직 한 채도 없는 곳도 있었다. 마침내 허드슨 강이 시아에 나타났다. 기차는 12월 11일 밤 11시 15분에 허드슨 강 오른편에 위치한 역에 멈추었다. 그 앞에 있는 부두에는 '큐너드 선박'이라고 불리는 '영국 및 북아메리카 왕립 우편 수송 회사'의 증기선들이 보였다.

그러나 리버풀로 가는 차이나 호는 이미 45분 전에 떠난 후였다!

32

필리어스 포그, 불운에 맞서다

차이나 호가 떠났다니, 이제 필리어스 포그의 희망도 전부 사라져 버린 듯했다.

이 신사에게 필요한, 미국에서 유럽으로 가는 또 다른 직항 여객선은 없었다. 대서양을 횡단하는 프랑스 증기선도, '화이트스타 해운'의 배도, '인먼 해운'의 증기선도, '함부르크 해운'의 배도 전혀 도움을 줄 수 없었다.

'프랑스 대서양 횡단 해운'에 소속된 페레르 호가 있기는 했다. 다른 해운 회사의 배만큼 빠르고 안락한 시설을 갖춘 배였지만, 이틀 뒤인 12월 14일에나 출발할 예정이었다. 그리고 함부르크 해운의 배는 리버풀이나 런던으로 곧장 가지 않고 르아브르를 거쳐서 갔다. 르아브르에서 사우샘프턴을 거치면 시간이 더 지체되므로 마지막 노력도 소용없게 될 것이었다.

인먼 해운의 여객선인 시티 오브 파리 호는 내일 출발할 예정이었지만, 고려할 가치조차 없었다. 이 회사의 배들은 주로 이민자들을 실어 나르기 때문에 엔진의 힘이 약했다. 증기의 힘만이 아니라, 돛의 힘을 반반씩 사용해 속도가 형편없었다. 그 배로 뉴욕에서 영국까지 간다면 포그 씨가 내기에 이기기 위해 필요한 시간보다 더 오래 걸릴 터였다.

포그 씨는 브래드 쇼의 안내서를 읽었기에 이런 사실을 매우 잘 알고 있었다. 브래드 쇼의 안내서에는 일 년 동안 전 세계의 대양을 오가는 배들에 관한 정보가 자세히 실려 있었다.

파스파르투가 받은 충격은 이루 말로 할 수 없었다. 45분 차이로 배를 놓치다니, 너무도 충격이었다. 모두 그의 잘못이었다. 주인을 돕기는커녕 방해만 주었을 뿐이다! 파스파르투는 지금까지 여행 중에 일어난 사건들을 떠올리며 주인이 자기 때문에 써야 했던 돈의 액수를 생각해 보았다. 이제는 아무런 소용도 없게 된 이동 비용과 내기에 지면서 날리게 된 엄청난 돈으로 포그 씨가 완전히 파산하게 될 것을 생각하니, 파스파르투는 자신에게 분노가 치밀었다.

하지만 포그 씨는 파스파르투를 전혀 비난하지 않았다. 대서양 횡단 여객선이 정박된 부두를 떠나며 이렇게 말할 뿐이었다.

"어떻게 할지 내일 결정합시다. 가시죠."

포그 씨와 아우다 부인, 픽스, 파스파르투는 저지시티 페리 호를 타고 허드슨 강을 건넌 다음, 마차에 올라 브로드웨이에 있는 세인트니콜라스 호텔로 갔다. 그리고 각자 방을 잡고 하룻밤을 묵었다. 필리어스 포그는 곤하게 잘 잤기 때문에 금방 아침을 맞이했지만 아우다 부인과 나머지 일행은 걱정스러운 마음에 제대로 잠을 이루지 못했다.

다음 날은 12월 12일이었다. 12일 오전 7시부터 21일 저녁 8시 45분까지는 이제 9일 13시간 45분밖에 남지 않았다. 만약 필리어스 포그가 전날 큐너드 선박 회사에서 가장 빠른 차이나 호에 탔다면 리버풀과 런던까지 제시간에 도착할 수 있었을 것이다.

포그 씨는 파스파르투에게 기다리라고 이르고, 아우다 부인에게는 언제든 떠날 준비를 해두고 있으라고 한 뒤 혼자 호텔을 나섰다.

그는 허드슨 강변으로 가서 부두에 정박한 배들과 강에 닻을 내린 배들 중에서 항해 준비가 된 배를 꼼꼼하게 찾았다. 몇 척의 배가 출발을 알리는 깃발을 내달고 아침 만조에 떠날 준비를 하고 있었다. 거대하고 위풍당당한 뉴욕 항구에서는 매일 수많은 배가 전 세계의 목적지를 향해 떠나는데, 대부분은 범선이었다. 범선은 포그 씨의 목적에 적합한 배가 아니었다.

이 신사의 마지막 시도가 실패로 돌아가는가 싶었을 때, 문득 1련(해상 거리를 나타내는 단위로, 미국에서는 약 219미터, 영국에서는 약 185미터에 해당한다.)도 떨어지지 않은 포대 앞쪽에 배 하나가 정박되어 있는 것이 보였다. 프로펠러가 달린 상업용 선박으로 굴뚝에서 연기가 솟아오르고 있었다. 출항 준비를 하고 있다는 뜻이었다.

필리어스 포그는 노 젓는 배 한 척을 소리쳐 불러 올라탔다. 그리고 잠시 후 헨리에타 호에 도착했다. 쇠로 된 선체에 나머지는 모두 목재로 된 증기선이었다.

헨리에타 호에는 마침 선장이 타고 있었다. 필리어스 포그가 선교로 올라가 선장을 찾자 곧바로 그가 나타났다.

헨리에타 호의 선장은 50대의 노련한 뱃사람이었는데, 툴툴거리는 성격 탓에 상대하기가 쉽지 않았다. 툭 튀어나온 눈에 녹슨 구릿빛 피부, 붉은 머리, 황소처럼 거대한 목덜미 등 어디로 보나 교양 있어 보이는 사람은 아니었다.

"당신이 선장입니까?"

필리어스 포그가 물었다.

"맞소."

"난 런던에서 온 필리어스 포그라고 합니다."

"나는 카디프 출신의 앤드류 스피디요."

"지금 출발할 겁니까?"

"1시간 후에."

"어디로 가십니까?"

"보르도."

"뭘 싣고 가시죠?"

"바닥에 실은 돌뿐이요. 화물은 없고 바닥에 돌만 실었소."

"승객은 있습니까?"

"승객은 없소. 승객은 안 실어요. 무겁고 말이 많아서 성가시니까."

"이 배는 빠릅니까?"

"11~12노트 정도요. 헨리에타 호는 빠르기로 유명하지."

"나와 다른 승객 세 명을 리버풀까지 태워 줄 수 있습니까?"

"리버풀? 중국이 아니고?"

"리버풀이라고 했습니다."

"못 태워 줍니다."

"안 된다고요?"

"안 돼요. 이 배는 보르도행이니, 나는 보르도로 갈 겁니다."

"무슨 일이 있어도요?"

"무슨 일이 있어도."

선장은 도무지 생각을 바꿀 마음이 없어 보였다.

"하지만 헨리에타 호의 선주는⋯⋯."

필리어스 포그가 다시 말했다.

"선주는 나요. 내 배라고."

선장이 대답했다.

"배를 빌리겠습니다."

"안 돼요."

"배를 사겠습니다."

"안 돼요."

필리어스 포그는 놀라지 않았다. 하지만 상황이 심각했다. 뉴욕의 상황은 홍콩과 달랐고 헨리에타 호의 선장은 탕카데르 호의 선장과 달랐다. 지금까지 포그 씨는 돈으로 어떤 장애물이든 극복할 수 있었지만, 이번에는 돈이 효과가 없었다.

하지만 배로 대서양을 건널 방법을 반드시 찾아야만 했다. 열기구라도 타고 가야 할 판이었지만, 그것은 무척 위험한 데다 실용적이지도 못했다.

필리어스 포그는 갑자기 무슨 생각이 떠오른 듯 선장에게 말했다.

"그럼 보르도까지 태워 주시겠습니까?"

"싫소. 200달러를 준다고 해도!"

"그럼 2,000달러를 드리죠."

"한 사람당?"

"네. 한 사람당."

"모두 네 명이라고 했소?"

"네 명입니다."

스피디 선장은 피부를 벗겨 내기라도 할 것처럼 이마를 긁어 댔다. 승객을 태우기 싫어하는 그였지만 예정대로 목적지까지 가면서

8,000달러를 벌 수 있다니 해볼 만했다. 한 사람당 2,000달러라면 승객이 아니라 귀중한 화물이었다.

"9시에 떠납니다. 당신과 일행이 그 시간에 온다면……."

선장이 간단하게 말했다.

"9시까지 배에 타겠습니다."

필리어스 포그도 간단하게 대답했다.

벌써 8시 30분이었다. 어떤 상황에서든 침착함을 잃지 않는 포그 씨는 헨리에타 호에서 내려 마차를 타고 세인트니콜라스 호텔로 가서 아우다 부인과 파스파르투, 픽스를 데려왔다. 물론 그는 이번에도 픽스의 뱃삯을 대신 지불해 주는 친절함을 베풀었다.

네 사람은 헨리에타 호가 떠나기 전에 배에 올라탔다.

파스파르투는 이번 항해에 얼마가 들었는지 알고는 "아!" 하고 탄식을 내뱉었다.

픽스 형사는 영국 은행이 이번 일로 심각한 손해를 보겠다고 생각했다. 포그 씨가 더 이상 돈을 바다에 뿌리지 않아도 영국에 도착할 때쯤에는 이미 7,000파운드 이상이 돈 가방에서 사라졌기 때문이다.

33
필리어스 포그, 힘든 상황에서
기지를 발휘하다

증기선 헨리에타 호는 1시간 후 허드슨 강의 어귀를 표시하는 등대선을 지나 샌디훅 곶을 돌아 바다로 나갔다. 낮 동안에는 롱아일랜드의 해안선을 따라 파이어아일랜드 등대가 멀리 보이는 바다까지 나간 다음 곧장 동쪽으로 달렸다.

다음 날인 12월 13일 정오가 되자, 한 남자가 배의 상태를 살피기 위해 선교 위로 올라갔다. 당연히 그가 스피드 선장일 거라고 생각했겠지만 그렇지 않았다. 그는 필리어스 포그였다.

스피디 선장은 선실에 갇혀 고함을 질러 대고 있었다. 그가 엄청나게 흥분한 상태로 분노하는 데는 그럴 만한 이유가 있었다.

설명하자면 간단했다. 필리어스 포그는 리버풀로 가고 싶었지만 선장은 그러고 싶어하지 않았다. 필리어스 포그는 보르도까지 가기로 선장과 합의했다. 그는 배에 오른 후 30시간 동안 그가 가진 은행권을 활용해 선원들과 화부 등 선장과 사이가 좋지 않은 사람들을 전부 자기편으로 끌어들였다. 그렇게 해서 필리어스 포그가 스피디 선장 대신 배를 지휘하게 되었고, 선장은 선실에 갇혔으며, 헨리에타 호는 리버풀로 향하게 되었다. 그나저나 배를 움직이는 포그 씨의 모습을 보면 예전에 선원이었던 게 틀림없었다.

지금으로서는 결과가 어떻게 될지 알 수 없었다. 비록 겉으로 드러내진 않았지만 아우다 부인은 매우 걱정스러웠다. 픽스는 너무 놀라 아무 말도 나오지 않았다. 파스파르투는 이 모든 일이 그저 신 나고 멋지게 느껴질 뿐이었다.

선장이 '11∼12노트'라고 말한 것처럼 헨리에타 호는 실제로 그 정도의 속도를 유지했다.

따라서 만약 —'만약'의 상황이 너무도 많지만!— 파도가 너무 거칠지 않다면, 만약 바람이 동풍으로 바뀌지 않는다면, 만약 배가 추가적인 손상을 입거나 기계에 고장이 생기지 않는다면 헨리에타 호는 12월 12일부터 21일까지 9일 동안 뉴욕과 리버풀 사이의 3,000해리를 달릴 수 있을 것이다. 물론 영국에 도착한다면, 영국 은행 절도 사건에 이어 이번 헨리에타 호 사건까지 더해져 필리어스 포그는 상당히 복잡한 상황에 처하게 될 수도 있었다.

처음 며칠 동안은 순조로운 항해가 이루어졌다. 바다도 거칠지 않았고, 바람도 북동풍으로 자리 잡았다. 돛과 작은 삼각돛까지 올려서 헨리에타 호는 대서양을 횡단하는 증기선 같은 모습으로 나아갔다.

파스파르투는 안심이 되었다. 비록 결과에 대해서는 생각하고 싶지 않았지만 주인의 마지막 활약상에 잔뜩 열광했다. 선원들에게 파스파르투는 그 누구보다 활기차고 민첩한 남자였다. 파스파르투는 선원들에게 몹시 친절하게 대했고, 곡예를 선보이며 감탄하게 만들었다. 그리고 듣기 좋은 칭찬과 맛 좋은 술을 아끼지 않았다. 파스파르투가 보기에 선원들은 모두 신사처럼 점잖게 일했고 화부는 영웅처럼 연료를 지폈다. 파스파르투의 유쾌한 모습은 모두에게 전염되었다. 파스파르투는 얼마 전에 있었던 문제나 위험을 전부 잊었다. 그는 이제 가까이 다가온 목표에 대해서만 생각했다. 그래서 가끔씩 헨리에타 호의 보일러에 몸이 뜨거워진 것처럼 초조함이 끓어 넘칠 때도 있었다. 파스파르투는 종종 픽스 주변을 맴돌며 모든 것을 꿰뚫어 보는 듯한 눈초리로 쳐다보았지만 아무런 말도 하지 않았다. 두 사람 사이에는 더 이상 친밀함이 남아 있지 않았기 때문이다.

픽스는 상황이 어떻게 돌아가는지 종잡을 수 없었다. 필리어스 포그가 선원들을 매수해 헨리에타 호를 점령하고 노련한 선원처럼 배를 움직이고 있는 지금까지의 상황이 그저 어리둥절할 뿐이었다. 현재 상황을 어떻게 받아들여야 할지 알 수 없었다. 하지만 5만 5,000파운

드를 훔친 신사라면 배를 훔치는 일쯤은 식은 죽 먹기리라. 따라서 픽스는 포그의 헨리에타 호가 리버풀로 가는 것이 아니라, 이제는 해적이 된 그가 앞으로 평생 안전하고 편안하게 살 수 있는 어딘가로 가고 있다고 결론 내렸다. 어디로 보나 그럴 듯한 추측이었다. 픽스 형사는이 사건에 휘말리게 된 것을 깊이 후회하기 시작했다.

스피디 선장은 계속 선실에서 고함을 질렀다. 선장에게 음식을 가져다주는 일을 맡은 파스파르투는 힘 쓰는 일에는 자신이 있었지만 그래도 각별한 주의를 기울였다. 한편 포그 씨는 선장이 배에 타고 있다는 사실조차 잊은 듯했다.

13일에 배는 뉴펀들랜드 섬의 맨 끝부분에 이르렀다. 이곳의 바다는 위험했다. 특히 겨울에는 거의 안개에 휩싸여 있었고 매서운 바람이 불었다. 전날부터 기압계의 압력이 뚝 떨어졌다. 곧 날씨가 변할 것이라는 신호였다. 역시나 밤새 기온이 떨어져 더욱 추워졌고, 바람도 남동풍으로 바뀌었다.

곧 항해에 문제가 발생했다. 포그 씨는 항로를 벗어나지 않으려고 돛을 내리고 증기의 압력을 올렸다. 하지만 뱃머리를 내리치는 높은 파도에 좀처럼 속도가 나지 않았다. 배가 심하게 요동치는 바람에 속도는 계속 떨어졌다. 어느새 바람은 서서히 허리케인급 강풍으로 변했고, 헨리에타 호는 정통으로 내리치는 파도를 견뎌 낼 수 없을 것처럼 보였다. 어딘가로 피한다 해도 예상하지 못한 위험이 따를 수 있었다.

파스파르투의 얼굴도 하늘만큼이나 어두워졌다. 그는 이틀 동안 애간장을 태웠다. 하지만 필리어스 포그는 바다에 맞설 줄 아는 대담한 선원이었다. 그는 증기의 압력을 줄이지 않고 계속 앞으로 나아갔다. 헨리에타 호가 파도를 넘을 수 없을 때는 정면으로 뚫고 나아갔다. 파도가 갑판을 뒤덮어도 계속 앞으로 나아갔다. 프로펠러가 물 밖으로 나와 허공에서 미친 듯 공회전을 하고 산더미 같은 파도가 선미를 들어 올려도 배는 멈추지 않고 나아갔다.

다행히 바람은 걱정했던 것만큼 거세지는 않았다. 시속 90마일이 넘는 허리케인은 아니었던 것이다. 강풍급은 아니었지만 안타깝게도 계속 남동쪽에서 불어와 돛을 펼칠 수가 없었다. 돛만 펼칠 수 있었다면 증기력을 올리는 데 많은 도움이 되었을 것이다.

12월 16일은 런던을 출발한 지 75째 되는 날이었다. 헨리에타 호의 항해는 아직 심각할 정도로 늦은 것이 아니었다. 벌써 항로의 절반을 지났고, 가장 위험한 해역도 이미 지나왔다. 만약 여름이었다면 확실히 성공을 예상할 수 있었을 것이다. 하지만 지금은 겨울이었고, 날씨가 나쁘면 속수무책일 수밖에 없었다. 파스파르투는 겉으로 아무런 기색도 하지 않았지만 마음속으로는 희망을 가졌다. 바람이 도와주지 않으면 증기에 의존해 앞으로 나아갈 수 있을 거라고 생각했기 때문이다.

그런데 그날 기관사가 갑판으로 나와 포그 씨와 심각한 표정으로 대화를 나누었다.

그 모습을 본 파스파르투는 까닭 모를 막연한 예감으로 불안해졌다. 두 사람이 무슨 말을 하는지 들을 수만 있다면 무엇이든지 하고 싶은 심정이었다. 그러나 간신히 몇 마디를 들을 수 있었을 뿐이었다. 주인이 말했다.

"지금 그 말이 확실한가?"

"확실합니다. 출발한 후로 계속 전속력으로 달려왔습니다. 뉴욕에서 보르도까지 저속으로 달리기에는 연료가 충분하지만 뉴욕에서 리버풀까지 전속력으로 가기에는 부족합니다."

기관사가 대답했다.

"방법을 찾아보겠소."

포그 씨가 말했다.

그제야 파스파르투는 어떤 상황인지 이해할 수 있었고 너무도 걱정이 되었다.

석탄이 떨어져 가고 있었다.

'아, 주인님이 이번 일도 해결하신다면 정말로 보통 분이 아니신 거야.'

파스파르투가 생각했다.

픽스와 마주친 파스파르투는 현재 어떤 상황인지 말해 주지 않을 수 없었다.

"우리가 정말 리버풀로 가고 있다고 생각하나?"

픽스 형사가 이를 갈며 물었다.

"당연하지."

"바보 같으니!"

픽스 형사는 어깨를 으쓱거리며 가버렸다.

파스파르투는 그 말이 어떤 의미인지 잘 몰랐지만 거친 욕설을 내뱉으려고 했다. 하지만 저 불쌍한 픽스가 세계 일주까지 하면서도 계속 헛물만 켜고 있는 바람에 몹시 낙담해 있으리란 생각이 들자 그냥 넘어가기로 했다.

그렇다면 필리어스 포그는 어떤 결정을 내릴까? 상상하기 어려웠다. 하지만 이 침착한 신사는 벌써 마음의 결정을 내린 것 같았다. 그는 그날 저녁에 기관사를 불러 이렇게 말했다.

"보일러를 최대한 가동시켜 전속력으로 달리시오. 연료가 다 떨어질 때까지."

잠시 후 헨리에타 호의 굴뚝에서 연기 구름이 솟아올랐다.

배는 계속 전속력으로 나아갔다. 기관사는 미리 경고한 대로 이틀 후인 18일 안으로 석탄이 완전히 바닥날 것이라고 말했다.

"불길이 꺼지게 하지 마시오. 오히려 그 반대로 증기의 압력을 계속 유지하세요."

포그 씨가 말했다.

그날 정오쯤 필리어스 포그는 배의 위치를 계산한 뒤 파스파르투를 불러 스피디 선장을 데려오라고 했다. 그것은 호랑이를 풀어 주라는 말이나 마찬가지였다. 파스파르투는 배 뒤쪽에 있는 갑판으로 내려가며 중얼거렸다.

"선장이 난리를 피울 텐데."

과연 몇 분 후 고함과 욕설 가운데 배 뒤쪽에 폭탄 하나가 떨어졌다. 물론 그 폭탄은 스피디 선장이었다. 그는 폭발하기 일보 직전이었다.

"여기가 어디야?"

분노로 숨이 막힐 지경인 선장의 입에서 가장 먼저 나온 말이었다. 만약 심장이 약했다면 그는 절대로 버티지 못했으리라.

"여기가 어디냐고?"

선장이 시뻘게진 얼굴로 다시 말했다.

"리버풀에서 동쪽으로 770해리 떨어진 지점입니다."

포그 씨가 침착하게 대답했다.

"이런 해적 같으니!"

스피디 선장이 소리 질렀다.

"여기로 오시게 한 이유는……."

"해적 놈!"

"선장님 배를 저한테 파시라는 말을 하기 위해서입니다."

포그 씨가 말을 이었다.

"안 돼. 죽어도 안 팔아. 안 돼."

"배를 태워야 하기 때문입니다."

"내 배를 태운다고?"

"네. 윗부분만요. 연료가 부족해서요."

"내 배를 태운다고! 5만 달러짜리 배를?"

스피디 선장은 더 이상 말하는 것조차 힘들었다.

"여기 6만 달러가 있습니다."

필리어스 포그가 선장에게 은행권 한 뭉치를 내밀며 말했다.

돈뭉치는 앤드류 스피디 선장에게 엄청난 효과를 발휘했다. 눈앞에 있는 6만 달러를 보고도 흔들리지 않는다면 미국인이 아니었다. 선장은 화가 난 것도, 선실에 갇힌 것도, 포그에 대한 불만도 전부 잊어버렸다. 20년이나 된 배였으므로 상당히 막대한 이익을 챙길 수 있는 거래였다. 이제 더 이상 폭탄이 터질 위험은 사라졌다. 포그 씨가 도화선을 끊어 버렸기 때문이었다.

"태우고 남은 '쇠로 된 선체'는 내가 갖겠소."

한층 침착해진 어조로 선장이 말했다.

"쇠로 된 선체와 기계는 가지십시오. 그럼 합의하신 겁니까?"

"합의하겠소."

앤드류 스피디는 이 말과 함께 돈뭉치를 손에 들고 세어 본 뒤 주머니에 넣었다.

이 장면을 지켜보는 동안 파스파르투의 얼굴은 종잇장처럼 하얗게 질렸다. 픽스도 심장마비를 일으킬 뻔했다. 포그는 지금까지 벌써 2만 파운드 가까이 쓴 것도 모자라, 이제 쇠로 된 선체와 기계를, 다시 말해서 배의 절반을 포기한 것이다. 은행에서 훔친 돈이 5만 5,000파운드였다는 게 분명해 보였다.

앤드류 스피디가 돈을 주머니에 집어넣자 포그 씨가 말했다.

"선장님, 어떻게 된 일인지 설명해 드리겠습니다. 저는 12월 21일 저녁 8시 45분까지 런던으로 돌아가지 못하면 2만 파운드를 잃게 됩니다. 제가 뉴욕에서 증기선을 놓쳤고 선장님이 리버풀로 데려다 줄 수 없다고 하셔서……."

"그건 하늘에 맹세코 내가 잘한 일이오. 적어도 난 4만 달러를 벌었으니까."

앤드류 스피디가 소리쳤다. 그리고 나서 차분하게 덧붙였다.

"그런데 이거 아시오? 아, 선장 성함이 ……."

"포그입니다."

"포그 선장, 당신에게는 미국 사람다운 기질이 있구려."

스피디 선장이 나름 칭찬인 듯한 이 말을 하고 자리를 뜨려는데 필리어스 포그가 말했다.

"이제 이 배는 제 것이죠?"

"물론이오. 용골(선박 바닥의 중앙을 받치는 길고 큰 재목)에서 돛대 맨 윗부분까지 나무로 된 건 전부 다 당신 거요."

"좋습니다. 그럼 내부 부품을 전부 가져가 연료로 씁시다."

증기의 압력을 충분히 유지하려면 마른 목재를 얼마나 불태워야 할지는 쉽게 상상이 될 것이다. 그날 배의 뒤쪽, 갑판실, 선실, 선원실, 경갑판까지 전부 연료로 사용되었다.

다음 날인 12월 19일에는 여분의 돛대를 비롯한 모든 돛대와 활대를 불태웠다. 돛대는 도끼로 잘라 쪼갰다. 선원들은 대단히 열성적으로 그 일을 했다. 파스파르투는 베고 자르고 톱질하면서 열 사람 분의 일을 해냈다. 그는 열정적으로 파괴 작업에 몰두했다.

20일에는 난간과 배의 측면과 아랫부분, 갑판의 대부분이 불길 속으로 들어갔다. 이제 헨리에타 호는 뼈대만 남게 되었다.

하지만 그날 밤 10시에 배는 퀸스타운 근처를 지나고 있을 뿐이었다. 필리어스 포그는 앞으로 24시간 내에 런던에 도착해야만 했다. 하지만 24시간은 헨리에타 호가 전속력으로 달려야지만 리버풀에 도착할 수 있는 시간이었다. 게다가 증기도 떨어져 가고 있었다!

"선생, 정말 안됐구려. 상황이 전부 안 좋아요. 이제 겨우 퀸스타운인데."

필리어스 포그의 계획에 흥미가 생긴 스피디 선장이 말했다.

"아! 불빛이 보이는 저 도시가 퀸스타운인가요?"

포그 씨가 물었다.

"맞소."

"항구로 들어갈 수 있을까요?"

"3시간 후에야 가능해요. 만조가 되어야 하니까."

"그럼 기다립시다."

필리어스 포그가 침착하게 말했다. 그는 또다시 불운을 극복하기 위한 계획을 구상하고 있었지만 언제나 그렇듯 겉으로 드러내지 않았다.

퀸스타운은 아일랜드 해안에 있는 항구로 미국과 대서양을 오가는 선박이 우편물을 내려놓기 위해 들르는 지점이었다. 이 우편물은 항상 대기 상태인 급행 열차를 통해 더블린으로 옮겨진다. 그리고 더블린에서 쾌속 증기선으로 리버풀까지 수송되는데, 이렇게 하면 선박 회사의 가장 빠른 배들보다 12시간은 절약할 수 있었다.

필리어스 포그는 미국에서 온 우편물이 수송되는 방법으로 12시간을 벌어야겠다고 생각했다. 헨리에타 호로 가면 내일 저녁에 리버풀에 도착하겠지만 쾌속 우편 증기선을 이용하면 정오까지 도착할 수 있다. 따라서 8시 45분 전까지 런던에 도착할 수 있을 것이다.

오후 1시쯤 만조가 되자 헨리에타 호는 퀸스타운 항구로 들어갔다. 필리어스 포그는 스피디 선장과 힘차게 악수를 나눈 후 뼈대만 남은 선박에 그를 남겨 두고 떠났다. 뼈대만으로도 포그 씨가 지불한 배값의 절반은 되었다.

승객들은 곧바로 배에서 내렸다. 그때 픽스는 포그를 체포하고 싶은 강렬한 충동을 느꼈다. 하지만 그러지 않았다. 왜였을까? 포그 씨에 대한 생각을 바꾼 것일까? 마침내 자기가 틀렸다는 것을 알게 된 것일까? 하지만 픽스는 포그를 혼자 보내지 않았다. 픽스는 아우다 부인, 파스파르투와 함께 숨 돌릴 틈도 없이 급하게 1시 30분에 퀸스타운에서 기차를 탔고, 새벽에 더블린에 도착하자마자 곧바로 증기선에 올라탔다. 강철로 만든 방추처럼 생긴 엔진으로 움직이는 증기선은 거친 파도를 뚫고 쏜살같이 나아갔다.

12월 21일 11시 40분, 필리어스 포그는 마침내 리버풀 부두에 도착

했다. 런던까지는 6시간 거리밖에 되지 않았다.

하지만 바로 이때 픽스가 포그에게 다가가 어깨에 손을 올리고 체포 영장을 보여 주며 말했다.

"필리어스 포그 씨가 맞죠?"

"맞습니다."

"여왕의 이름으로 당신을 체포하겠습니다."

34
파스파르투,
신랄한 말장난을 할 기회를 얻다

필리어스 포그는 감옥에 갇혔다. 리버풀 세관 사무소에 갇혀 그곳에서 하룻밤을 보내고 런던으로 후송될 예정이었다.

필리어스 포그가 체포되는 순간 파스파르투는 본능적으로 픽스 형사에게 달려들었다. 하지만 몇 명의 경찰관이 그를 제지했다. 아우다 부인은 그간의 사정을 전혀 모르고 있었으므로 갑작스럽게 벌어진 거친 장면에 경악했고, 무슨 일인지 이해할 수도 없었다. 파스파르투가 부인에게 상황을 설명해 주었다. 그녀의 목숨을 구해 준 강직하고 용감한 신사 포그 씨가 도둑으로 체포되었다는 것이었다. 젊은 여인은 그럴 리가 없다고 항의했다. 생명의 은인을 위해 아무것도 할 수 없다는 사실을 깨달은 그녀는 분노하며 눈물만 흘렸다.

픽스는 자신의 의무대로 그를 체포했다. 포그 씨가 죄가 있든 없든 진실은 법정에서 가려질 것이었다.

하지만 그때 파스파르투는 괴로운 생각으로 가득 차 있었다. 모든 것이 자기 탓이라는 끔찍한 생각이 들었다. 왜 포그 씨에게 상황을 숨겼을까? 픽스가 형사임을 밝히고 포그 씨를 체포하려고 한다고 밝혔을 때, 왜 주인에게 알리는 책임을 다하지 않았을까? 그가 주인에게 알리기만 했더라도 주인은 픽스에게 자신의 무죄를 밝히고 픽스가 틀렸음을 증명할 수 있었을 것이다. 그랬다면 주인은 영국에 도착하는 순간 자신을 체포하려고 마음먹은 이 고약한 형사의 경비까지 대주면서 함께 세계 일주를 하지 않았을 것이다. 파스파르투는 자신의 어리석음과 부주의를 생각하니 후회만 밀려왔다. 그는 보기에도 딱할 만큼 애처로운 모습으로 울었다. 그는 정신을 잃을 때까지 자신을 흠씬 때려 주고 싶었다.

추운 날씨였지만 아우다 부인과 파스파르투는 세관의 현관 지붕 아래에 서 있었다. 두 사람 모두 그 자리를 떠나고 싶지 않았다. 그저 한 번이라도 더 포그 씨를 보고 싶었다.

한편 이 신사는 목표 달성을 눈앞에 두고 이제 정말로 파산하고 말았다. 이 일로 모든 게 끝장나고 말았다. 리버풀에 12월 21일 오전 11시 40분에 도착했고, 개혁 클럽으로 저녁 8시 45분까지 가야 하니, 다시 말해서 9시간 15분이 남아 있는 상황이었다. 그리고 런던까지는 6시간이면 갈 수 있었다.

이때 누군가가 세관에 들어왔다면 포그 씨가 전혀 분노하는 기색 없이 평소처럼 차분한 모습으로 기다란 나무 의자에 꼼짝도 하지 않고 앉아 있는 모습을 볼 수 있었을 것이다. 포그 씨가 체념한 것이 아닐까 생각할 수도 있겠지만, 마지막 일격마저도 그에게 아무런 영향을 끼치지 않은 것처럼 보였다. 적어도 겉으로 보기에는 그랬다. 아니면 마음속 깊은 곳에, 억눌러 놓다가 결국 마지막 순간에 폭발시킬 은밀한 분노를 감추고 있는 건 아닐까? 아무도 모를 일이었다. 다만 포그 씨는 차분하게 앉아서 기다렸다. 하지만 무엇을 기다리는 것일까? 여전히 희망을 가지고 있는 것일까? 그는 이번에도 감옥 문을 뒤로 하고 성공할 수 있다고 생각하는 것일까?

그는 탁자에 시계를 가만히 올려놓고 시곗바늘이 움직이는 모습을 지켜보았다. 입에서는 아무런 말도 나오지 않았지만 무언가에 골몰한 듯한 표정으로, 시선조차 움직이지 않았다.

상황은 암울했다. 그가 속으로 무슨 생각을 하는지 알 수 없는 사람들은 아마 이렇게 추측할 것이다.

'정직한 남자 필리어스 포그는 파산했다.'

'정직하지 못한 남자 필리어스 포그가 경찰에 체포되었다.'

그는 지금 도망칠 생각을 하고 있을까? 붙잡혀 있는 곳에서 빠져나갈 방법을 궁리하고 있을까? 탈주 계획을 세우고 있을까? 그런 생각

을 하고 있는지도 모를 일이었다. 왜냐하면 어느 순간 포그 씨가 자리에서 일어나 방 안을 거닐었기 때문이다. 하지만 문은 단단히 잠겨 있었고 창문에는 쇠창살이 쳐져 있었다. 그는 다시 자리에 앉아 여행 수첩을 꺼냈다. '12월 21일 토요일, 리버풀'이라고 적힌 줄에 '80일째, 오전 11시 40분'이라고 적었다.

세관의 시계가 오후 1시를 알렸다. 포그 씨는 자신의 시계가 세관 시계보다 2분 빠르다는 사실을 알아차렸다.

그리고 2시가 되었다. 지금 급행 열차를 탄다면 런던에 도착해 개혁 클럽까지 8시 45분에 도착할 가능성이 있었다. 그는 약간 얼굴을 찡그렸다.

2시 33분이 되자 밖이 약간 소란스러워지더니 문이 왈칵 열렸다. 파스파르투의 목소리에 이어 픽스의 목소리가 들렸다.

순간 필리어스 포그의 얼굴이 밝아졌다.

문이 열리고 아우다 부인과 파스파르투 그리고 픽스가 급하게 다가오는 모습이 보였다.

머리가 온통 헝클어진 채 픽스는 숨을 헐떡거렸다. 그는 차마 말을 제대로 할 수 없었다.

"포그 씨…… 죄송합니다……. 너무 닮아서……. 범인은 사흘 전에 잡혔습니다. 당신은…… 자유입니다!"

필리어스 포그는 자유를 찾았다! 그는 픽스 형사에게 다가가 그의 눈을 똑바로 쳐다보았다. 그런 후 양팔을 뒤로 뺐다가 자동인형처럼 정확한 움직임으로 픽스 형사를 주먹으로 내리쳤다. 지금까지 한 번도 그런 적 없었고 앞으로도 두 번 다시 없을 듯이 날렵한 행동이었다.

"명중!"

파스파르투가 소리쳤다. 그는 진정한 프랑스인답게 말장난을 덧붙였다.

"이거야말로 세계 일주를 해본 사람만이 보여 줄 수 있는 세계적인 영국식 주먹인걸요!"

바닥에 나자빠진 픽스는 아무 말도 하지 못했다. 그렇게 당해도 할 말이 없는 처지였다. 포그 씨와 아우다 부인과 파스파르투는 곧바로 세관을 떠났다. 얼른 마차를 타고 몇 분 만에 리버풀 기차역에 도착했다.

필리어스 포그는 바로 출발하는 런던행 급행 열차가 있는지 물었다. 그때 시각은 2시 40분이었다. 급행 열차는 35분 전에 떠났다고 했다. 필리어스 포그는 특별 열차를 주문했다.

증기를 내뿜고 있는 고속 기관차가 여러 대 있었다. 하지만 운행상의 이유로 특별 열차는 3시 전에는 역을 떠날 수 없었다.

3시가 되자 필리어스 포그는 기관사에게 보너스를 약속한 뒤 젊은 여인과 충직한 하인과 함께 런던으로 신속하게 출발했다.

리버풀에서 런던까지 5시간 30분 만에 가야 했다. 선로가 비어 있다면 충분히 가능한 일이었다. 하지만 어쩔 수 없이 지체되는 일들이 생기는 바람에 런던에 도착했을 때는 런던의 모든 시계가 8시 50분을 가리키고 있었다.

세계 일주를 마쳤지만 필리어스 포그는 5분 늦게 도착했다.

그는 내기에 지고 말았다.

35

파스파르투,
주인의 지시를 즉시 실행하다

다음 날 새빌로에 사는 사람들이 포그 씨가 집에 돌아왔다는 사실을 알았더라면 무척 놀랐을 것이다. 문도 창문도 모두 닫혀 있었다. 바깥에서 보기에는 아무런 변화도 없었다.

전날 역에 도착한 필리어그 포그는 파스파르투에게 먹을 것을 사오라고 지시한 후 집으로 돌아왔다.

이 신사는 충격적인 결과 역시 평소처럼 침착하게 받아들였다. 그는 멍청한 형사 때문에 파산하고 말았다. 기나긴 여정 동안 흔들림 없이 나아갔고, 선행까지 베풀면서 수많은 장애물을 이겨 내고 갖가지 위험을 물리쳐 왔는데, 예상할 수도 없었고 저항할 수도 없는 일 때문에 성공하지 못하다니, 기가 막힐 노릇이었다. 떠날 때 가져간 경비는 거의 남아 있지 않았다. 그에게 이제 남은 재산이라고는 베어링 형제의 은행에 예치된 2만 파운드뿐이었지만, 그마저도 개혁 클럽 회원들에게 주어야 했다. 이번 여행에 많은 돈을 썼으니 설사 내기에서 이겼을지라도 재산은 거의 늘지 않았을 것이다. 그는 이익이 아니라 명예를 위해 내기를 하는 신사였기에 이 일로 부자가 될 생각은 조금도 없었다. 하지만 내기에 졌으니 완전히 파산하고 말았다. 그는 마음의 결정을 내렸다. 그에게는 마지막으로 처리해야 할 일들이 있었다.

그는 새빌로 저택의 방 하나를 아우다 부인이 쓰도록 내주었다. 젊은 여인은 절망에 빠져 있었다. 그녀는 포그 씨의 몇 마디 말만으로도 그가 불길한 계획을 세우고 있음을 알아차렸다.

파스파르투는 영국인들이 편집증적인 성격 탓에 종종 극단적인 선택을 내리기도 한다는 사실을 잘 알고 있었다. 그래서 티가 나지 않도록 주의하면서 주인을 면밀하게 감시했다.

하지만 무엇보다 먼저 그는 자신의 방으로 올라가 80일 동안 켜져 있던 가스등을 껐다. 우편함에서 가스 회사의 청구서를 발견한 그는 자신의 실수로 발생한 가스비를 막는 일이 급선무라고 생각했던 것이다.

밤이 지나갔다. 포그 씨는 잠자리에 들었지만 과연 그가 잠을 잘 수 있었을까? 아우다 부인은 한숨도 잘 수 없었다. 파스파르투는 충직한 개처럼 주인의 방문 앞을 지켰다.

다음 날 포그 씨는 파스파르투를 불러 아우다 부인의 아침 식사를

준비하라고 간단하게 지시했다. 그리고 자신은 차 한 잔과 토스트 한 장이면 된다고 했다. 해야 할 일이 있어 아우다 부인과 함께 점심과 저녁 식사를 할 수 없으니 양해를 구하라고도 했다. 그는 자신은 아래층으로 내려가지 않을 것이며, 아우다 부인에게 할 이야기가 있으니 저녁에 잠깐 시간을 내달라는 말도 전해 달라고 했다.

이렇게 주인이 하루 일정을 전부 지시해 놓았기 때문에 파스파르투는 따를 수밖에 없었다. 주인은 여전히 침착한 모습이었지만, 파스파르투는 차마 주인의 방을 떠날 용기가 나지 않았다. 잔뜩 풀이 죽은 그의 가슴에는 온통 후회가 몰려왔다. 이 모든 재앙이 자신의 탓이라는 생각이 갈수록 심해졌기 때문이었다. 그가 포그 씨에게 픽스의 계획을 미리 알렸더라면, 포그 씨는 픽스를 리버풀까지 데려오지 않았을 테고, 그랬다면······.

파스파르투는 더 이상 참을 수 없었다.

"주인님! 저에게 저주를 내리세요! 모든 게 다 제 잘못······."

그가 소리쳤다.

"난 아무도 탓하지 않네. 이제 그만 가보게."

필리어스 포그가 그 어느 때보다 침착하게 말했다.

파스파르투는 방을 나와 젊은 여인에게 주인의 지시를 전하러 갔다.

"부인, 제가 할 수 있는 일은 아무것도 없습니다. 저는 주인님의 마음을 움직일 수가 없어요. 부인이라면 아마도······."

"제가 무슨 힘이 있겠어요? 포그 씨는 그 누구의 영향도 받지 않는 분이에요. 제가 얼마나 감사하고 있는지 그분이 아실까요? 그분이 제 마음을 읽으셨을까요? 파스파르투 씨, 절대 단 한순간도 그분을 혼자 두어서는 안 돼요. 오늘 저녁에 그분이 저와 이야기를 나누고 싶어하신다고요?"

"네, 부인. 아마도 부인이 영국에서 무사히 지낼 수 있도록 하기 위한 일인 것 같습니다."

"그럼 기다려 보지요."

부인이 생각에 잠긴 얼굴로 말했다.

일요일 내내 새빌로의 집은 사람이 아무도 없는 것처럼 보였다. 필리어스 포그는 그 집에 살기 시작한 이후 처음으로 국회의사당 탑에서 11시 30분을 알리는 종이 울렸는데도 개혁 클럽으로 가지 않았다.

이 신사가 개혁 클럽에 가봤자 뭘 하겠는가? 그의 동료들도 더 이상 그를 기다리지 않을 것이다. 전날 저녁인 12월 21일 토요일 저녁 8시 45분, 그 운명의 시간에 포그 씨는 클럽에 나타나지 않았고, 내기에서 졌다. 2만 파운드를 찾으러 은행에 갈 필요도 없었다. 포그 씨의 서명이 담긴 수표를 동료들이 가지고 있으니 베어링 형제의 은행에 가서 청구만 하면 될 것이다.

따라서 포그 씨는 클럽에 나갈 필요가 없었고, 나가지 않았다. 그는 방에 머물며 여러 가지 일을 정리했다. 파스파르투는 새빌로 저택의 계단을 계속 오르락내리락했다. 시간이 너무도 느리게 흐르는 것처럼 느껴졌다. 주인의 침실 방문에 귀를 갖다 대기도 했지만 그런 행동이 전혀 무례하게 생각되지 않았다. 오히려 그렇게 해야만 한다는 의무감에 방 열쇠 구멍으로 안을 들여다보았다.

파스파르투는 당장이라도 끔찍한 일이 생길까 봐 두려웠다. 가끔 픽스가 떠오르기도 했지만 그에 대한 감정은 어느새 바뀌어 있었다. 파스파르투는 더 이상 픽스를 원망하지 않았다. 그는 필리어스 포그를 범인으로 오해했었기에 뒤따라와 체포했다. 누구나 그렇듯 자신의 의무를 다한 것뿐이었다. 그런데 파스파르투 자신은 어땠는가……. 이런 생각이 떠오르자 자신이 세상에서 가장 형편없는 사람이라고 생각되어 견딜 수 없었다.

파스파르투는 혼자 있는 것이 너무 괴로워 아우다 부인의 방문을 두드렸다. 그리고 아무 말도 하지 않고 구석에 앉아 젊은 부인을 쳐다보았다. 아우다 부인은 여전히 생각에 잠겨 있는 것처럼 보였다.

저녁 7시 30분경, 포그 씨가 파스파르투를 통해 아우다 부인에게 잠깐 볼 수 있는지 물었다. 잠시 후 아우다 부인과 포그 씨만 남았다.

필리어스 포그는 난로 옆으로 의자를 당겨 아우다 부인과 마주보고 앉았다. 포그 씨의 얼굴에는 어떤 감정도 드러나지 않았다. 그는 여행을 떠나기 전과 변함없는 모습이었다.

그는 5분 동안 아무 말 없이 그대로 앉아 있었다. 그러고 나서 아우다 부인을 가만히 바라보며 말했다.

"부인, 부인을 영국으로 모시고 온 저를 용서해 주시겠습니까?"

"저더러 포그 씨를 용서하라고요?"

아우다 부인은 깜짝 놀란 마음을 억누르려고 애쓰며 대답했다.

"끝까지 들어 주세요. 부인을 고국에서 이렇게 멀리 떨어진 곳까지 모시고 와야겠다는 생각을 했을 때만 해도 저는 부자였기에 재산의 일부를 부인에게 드리려고 했습니다. 행복하고 자유롭게 사실 수 있도록요. 그런데 지금 저는 무일푼이 되었습니다."

"저도 알아요, 포그 씨. 저도 포그 씨에게 묻고 싶어요. 포그 씨를 따라온 저를 용서해 주시겠어요? 포그 씨가 파산하게 된 것은 저 때문에 지체되었기 때문일 수도 있으니까요."

젊은 여인이 말했다.

"부인, 부인은 절대로 인도에 남을 수 없는 상황이었습니다. 그 광신도들의 손이 닿지 않는 곳으로 멀리 떠나야만 부인의 안전이 보장될 수 있었습니다."

"포그 씨, 저를 끔찍한 죽음에서 구해 주신 것도 모자라 제가 외국 땅에서 안전하게 있을 수 있도록 보살펴 주려고 하셨나요?"

"네, 부인. 하지만 제 상황이 좋지 않습니다. 아직 남아 있는 얼마 되지 않는 돈을 부인에게 쓰도록 허락해 주십시오."

"하지만 포그 씨는 어떻게 하시려고요?"

아우다 부인이 물었다.

"부인, 저는 아무것도 필요하지 않습니다."

포그 씨가 차갑게 말했다.

"앞으로 어떻게 살아가시려고요?"

"어떻게든 될 겁니다."

포그 씨가 대답했다.

"하지만 포그 씨 같은 분이 가난에 시달릴 수는 없어요. 친구분들이……."

"저는 친구가 없습니다, 부인."

"그럼 가족이……."

"남은 가족도 없습니다."

"정말 안됐군요. 혼자라는 것은 정말로 슬픈 일이니까요. 마음을 나눌 사람이 하나도 없나요? 가난도 두 사람이 함께 나누면 견딜 수 있다고 하잖아요."

"그렇게들 말하더군요, 부인."

"포그 씨, 가족이자 친구가 필요하지 않으세요? 저를 아내로 맞아 주시겠어요?"

아우다 부인이 자리에서 일어나 필리어스 포그에게 손을 내밀며 말했다.

이 말을 들은 포그 씨도 자리에서 일어났다. 그의 눈은 평소와 다르게 반짝거렸고 입술은 떨리는 것처럼 보였다. 아우다 부인은 그를 바라보았다. 생명의 은인을 구하기 위해 무엇이든 하겠다는 이 고상한 여인의 아름다운 눈빛에는 진실함과 강인함, 단호함이 깃들어 있다. 그 눈빛이 처음에는 포그 씨를 놀라게 했고 이내 가슴으로 스며들었다. 포그 씨는 여인의 눈길이 자신의 마음에 더욱 깊숙이 스며들지 못하게 하려는 듯이 잠시 눈을 감았다. 그리고 그는 눈을 뜨고 말했다.

"당신을 사랑합니다! 이 세상의 성스러운 모든 것을 걸고 나는 당신을 사랑합니다. 나는 당신의 것입니다!"

"아!"

아우다 부인이 가슴에 손을 얹으며 외쳤다.

파스파르투를 부르는 벨이 울렸다. 그가 곧장 달려왔다. 포그 씨는 여전히 아우다 부인의 손을 잡고 있었다. 즉각 상황을 눈치 챈 파스파르투의 넓은 얼굴이 마치 열대 지방에 떠오른 한낮의 태양처럼 환하게 빛났다.

포그 씨는 파스파르투에게 메릴본 교구의 새뮤얼 윌슨 목사에게 결혼 소식을 알리러 가기에는 너무 늦지 않았는지 물었다.

파스파르투가 싱긋 미소를 지었다.

"너무 늦은 때란 결코 없죠."

시간은 겨우 8시 5분이었다.

"결혼식은 내일, 월요일에 하면 되지요?"

파스파르투가 말했다.

"내일, 월요일 어떠세요?"

포그 씨가 젊은 여인을 바라보며 물었다.

"네, 좋아요!"

아우다 부인이 대답했다.

파스파르투는 전속력으로 뛰어갔다.

36
필리어스 포그, 주가가 다시 올라가다

이제 은행 강도 사건의 진범인 제임스 스트랜드가 12월 17일 에든버러에서 체포되자, 영국 여론이 어떻게 바뀌었는지 말할 때인 것 같다.

3일 전까지만 해도 필리어스 포그는 경찰이 뒤쫓느라 혈안이 된 범죄자였지만 이제는 수학적인 계산으로 세계 일주에 뛰어든 별난 신사로서 존경받는 존재가 되었다.

온 신문마다 난리법석이 났다. 포그 씨에게 걸었든, 반대편에 걸었든 그동안 이 사건에 대해 잊고 있던 내기 가담자들이 갑자기 모습을 드러냈다. 이전에 이루어졌던 거래가 다시 유효해졌고, 새로운 내기 거래도 활발하게 이루어지기 시작했다. 필리어스 포그의 이름이 다시 런던 주식 시장에서 큰 인기를 끌었다.

개혁 클럽의 동료 다섯 명은 사흘 동안 초조한 시간을 보냈다. 그들조차 잊고 있었던 필리어스 포그의 이름이 다시 등장했기 때문이다. 과연 필리어스 포그는 지금 어디에 있을까? 제임스 스트랜드가 체포된 12월 17일은 필리어스 포그가 여행을 떠난 지 76일째 되던 날이었다. 그렇지만 그때까지 단 한 번도 소식이 없었다. 혹시 죽은 것일까? 포기한 것일까? 아니면 여전히 약속한 경로에 따라 여행을 계속하고 있는 걸까? 과연 정확성의 화신답게 12월 21일 토요일 저녁 8시 45분에 개혁 클럽의 휴게실에 불현듯 나타날까?

 사흘 동안 영국 사회가 얼마나 초조한 시간을 보냈는지는 말로 다 설명할 수 없다. 필리어스 포그의 소식을 알아보기 위해 미국과 아시아로 전보가 보내졌다. 새빌로의 집을 감시하려고 아침저녁으로 사람을 보냈지만 헛일이었다. 헛다리를 짚은 가여운 픽스 형사가 도대체 어디 있는지 경찰도 알지 못했다. 이 모든 사정에도 아랑곳하지 않고 내기가 다시 시작되었고 규모는 더욱 커졌다. 필리어스 포그는 경주마처럼 마지막 지점에 이르고 있었다. 그의 주식은 더 이상 100 대 1이 아니라 20 대 1, 10 대 1, 5 대 1로 점점 높아졌다. 나이 든 중풍 환자인 앨버메일 경 역시 필리어스 포그에게 걸었던 액수를 그대로 유지했다.

 토요일 저녁, 팰맬 가 주변으로 엄청나게 많은 사람들이 모여들었다. 마치 개혁 클럽 건물 앞에서 주식 중개인들의 집회가 있기라도 한 것 같았다. 도저히 뚫고 들어갈 수 없을 정도로 길이 가득 메워졌다. 사람들은 '필리어스 포그 주'가 국채라도 되는 듯이 토론하고 논쟁하고 소리를 질러 댔다. 경찰은 구경꾼들을 통제하느라 애를 먹었다. 필리어스 포그의 도착 예정 시간이 다가올수록 긴장과 흥분감은 더해 갔다.

그날 저녁 포그 씨의 동료 다섯 명은 개혁 클럽의 휴게실에 9시간이나 머물러 있었다. 은행가인 존 설리번과 새뮤얼 폴런틴, 토목 기사 앤드류 스튜어트, 영국 은행 간부 고티에 랠프, 맥주 양조업자 토머스 플래너건은 초조하게 기다렸다.

휴게실의 시계가 8시 25분을 가리킬 때 앤드류 스튜어트가 자리에서 일어나 말했다.

"여러분, 이제 20분 후면 포그 씨와 우리가 약속한 시간이 끝납니다."

"리버풀에서 오는 마지막 기차가 언제 도착합니까?"

토머스 플래너건이 물었다.

"7시 23분입니다. 다음 기차는 밤 12시 10분이나 되어야 도착합니다."

고티에 랠프가 대답했다.

"여러분, 만약 필리어스 포그가 7시 23분에 도착하는 기차를 탔다면 지금쯤 도착했을 겁니다. 그러니 우리가 내기에서 이긴 것 같군요."

앤드류 스튜어트가 다시 말했다.

"섣불리 결단 내리지 말고 기다려 봅시다. 우리 동료 포그 씨는 둘째

가라면 서러워할 괴짜가 아닙니까. 알다시피 매사에 정확한 양반입니다. 너무 일찍도, 너무 늦게도 오는 법이 없지요. 마지막 순간 이 자리에 나타난다고 해도 놀랍지 않을 겁니다."

새뮤얼 폴런틴이 말했다.

"나는 말입니다. 포그 씨가 내 눈앞에 서 있는 모습을 직접 본다고 해도 믿기지 않을 겁니다."

앤드류 스튜어트가 평소처럼 날카롭게 말했다.

"나도 그래요. 필리어스 포그의 계획은 완전히 정신 나간 짓이에요. 그가 아무리 매사에 정확한 사람이라도 어쩔 수 없이 지체되는 상황까지 막을 수 없을 겁니다. 2~3일만 늦어도 여행 전체에 차질이 생기죠."

토머스 플래너건도 말했다.

"이 점도 알아야 합니다. 지금까지 포그 씨에게 아무런 소식도 없었다는 사실 말입니다. 여행 도중에 전보를 보낼 기회가 많았을 텐데 말이죠."

존 설리번이 덧붙였다.

"필리어스 포그는 내기에 졌습니다, 여러분. 졌고말고요! 아시다시피 차이나 호가 어제 도착했습니다. 리버풀에 제시간에 도착하려면 뉴욕에서 그 배를 탔어야만 했어요. 그런데 《십핑가제트》에 발표된 승객 명단에는 필리어스 포그의 이름이 없었습니다. 운이 따라 준다고 해도 포그 씨는 지금 미국에도 도착하지 못했을 겁니다. 일정보다 적어도 20일은 뒤처져 있을 거예요. 불쌍한 앨버메일 경도 5,000파운드를 잃게 되겠군요."

앤드류 스튜어트가 말했다.

"의심의 여지가 없군요. 내일 베어링 형제의 은행에 가서 포그 씨의 수표를 보여 주기만 하면 되겠군요."

고티에 랠프가 맞장구쳤다.

그때 휴게실의 시계가 8시 40분을 가리켰다.

"이제 5분 남았습니다."

앤드류 스튜어트가 말했다.

다섯 명의 동료는 서로의 얼굴을 쳐다보았다. 그들의 심장은 빠르게 뛰기 시작했을 것이다. 아무리 내기에 익숙한 신사들이라도 해도 이번에는 워낙 걸린 돈이 컸기 때문이다. 하지만 그들은 겉으로 내색하고 싶어하지 않았다. 따라서 새뮤얼 폴런틴의 제안에 따라 카드놀이를 하기 위해 자리 잡고 앉았다.

"나는 누가 3,999파운드를 준다고 해도 내 몫의 4,000파운드를 포기하지 않을 겁니다."

앤드류 스튜어트가 앉으며 말했다.

그때 시곗바늘이 8시 42분을 가리켰다.

다섯 신사는 모두 카드를 쥐고 있었지만, 내내 시계만 쳐다보고 있었다. 비록 확신을 갖고 있긴 하였지만, 남은 몇 분이 너무도 느리게만 느껴졌다.

"8시 43분입니다."

토머스 플래너건이 고티에 랠프가 내놓은 카드를 뽑으며 말했다.

그 후 일순 침묵이 흘렀다. 개혁 클럽의 넓은 휴게실은 쥐 죽은 듯 조용했다. 하지만 밖에서는 사람들이 웅성거리는 소리가 들렸고 가끔씩 날카로운 외침이 들리기도 했다. 시계추만 규칙적으로 째깍거리며 정확하게 초를 가리키고 있었다. 다섯 명의 신사는 똑똑히 들리는 60초의 움직임을 속으로 세고 있었다.

"8시 44분입니다!"

존 설리번이 자신도 모르게 감정을 드러내며 말했다.

이제 1분만 지나면 그들은 내기에서 이기게 된다. 앤드류 스튜어트와 동료들은 카드놀이를 멈추었다. 그리고 카드를 옆으로 제쳐 놓고 초를 세었다.

40초가 되었지만 아무 일도 생기지 않았다. 50초에도 마찬가지였다.

55초가 되자 밖에서 천둥 비슷한 소리가 들렸다. 박수와 환호 소리, 심지어 욕설까지 담긴 소리가 점점 커지더니 안에까지 전해졌다.

다섯 명의 신사들은 자리에서 벌떡 일어났다.

57초가 되자 휴게실 문이 열렸다. 시계추가 60초를 가리키는 순간, 필리어스 포그가 나타났다. 환호하는 관중들이 안까지 뒤따라 들어왔다. 포그 씨가 침착한 목소리로 말했다.

"제가 돌아왔습니다, 여러분."

37

필리어스 포그, 세계 일주로
돈을 벌지는 못했지만 행복을 얻다

그렇다. 정말로 필리어스 포그였다.

알다시피 저녁 8시 5분경, 즉 포그 일행이 런던에 도착한 지 약 25시간이 흐른 뒤에 파스파르투는 새뮤얼 윌슨 목사에게 다음 날의 결혼식을 부탁하라는 지시를 받았다.

파스파르투는 몹시 기뻐하면서 밖으로 나갔다. 그는 재빨리 새뮤얼 윌슨 목사의 집으로 갔지만 목사는 아직 집에 돌아오지 않은 상태였다. 파스파르투는 기다리기로 했다. 적어도 20분은 기다렸을 것이다.

파스파르투가 목사의 집을 나선 시간은 8시 35분이었는데, 그의 상태가 심상치 않았다. 머리는 마구 헝클어지고 모자는 쓰지도 않은 채 미친 듯이 달리고 또 달렸다. 지나가는 사람들과 부딪혀 넘어뜨리면서 맹렬한 속도로 달렸다.

그는 단 3분 만에 새빌로의 집에 도착해 포그 씨의 방바닥에 헐떡이며 쓰러졌다.

파스파르투는 바로 말을 할 수 없었다.

"무슨 일인가?"

포그 씨가 물었다.

"주인님…… 결혼은…… 불가능해요."

파스파르투가 더듬거리며 말했다.

"불가능하다고?"

"네, 불가능해요…… 내일은요……."

"어째서?"

"왜냐하면 내일은…… 일요일이니까요."

"월요일이지."

포그 씨가 대답했다.

"아뇨…… 오늘이…… 토요일이에요."

"토요일이라고? 말도 안 돼!"

"맞아요, 맞다고요! 하루를 잘못 계산했어요. 우리는 24시간 먼저 도착한 거예요……. 그런데 이제 10분밖에 남지 않았어요!"

파스파르투가 소리쳤다.

파스파르투는 주인의 셔츠 자락을 움켜쥐고 뿌리칠 수 없는 괴력으로 그를 끌어냈다.

필리어스 포그는 미처 생각할 겨를도 없이 멱살을 붙잡힌 채 집 밖으로 나와 마차에 올라탔다. 마부에게 100파운드를 주겠다고 약속하고는 개 두 마리를 치고, 마차 다섯 대와 부딪힌 후에야 개혁 클럽에 도착했다.

그가 휴게실에 나타난 순간, 시계가 정확히 8시 45분을 가리켰다.

필리어스 포그는 80일 만에 세계 일주를 달성했다!

필리어스 포그는 2만 파운드의 내기에서 이겼다!

그런데 이렇게 정확하고 꼼꼼한 남자가 어떻게 날짜를 착각할 수 있었을까? 그는 출발한 지 79일째인 12월 20일 금요일 저녁에 도착했는데 어째서 12월 21일 토요일 저녁이라고 생각했던 것일까?

실수를 한 이유는 간단했다. 필리어스 포그는 서쪽에서 동쪽으로 세계 일주를 했기 때문에 자신도 모르는 사이 여행을 하면서 하루를 벌었던 것이다. 반대로 동쪽에서 서쪽으로 세계를 돌았다면 하루를 잃었을 것이다.

필리어스 포그는 동쪽을 향해 갔기 때문에 경도 1도를 지날 때마다 하루가 4분씩 짧아졌다. 지구의 둘레는 360도니까 360도에 4를 곱하면 정확히 24시간이 나온다. 다시 말해서 필리어스 포그는 동쪽으로 나아갔고 태양이 자오선을 지나는 것을 80번 보았지만 런던에 남아 있는 동료들은 79번밖에 보지 못했다는 소리다. 그렇기 때문에 포그

씨가 일요일이라고 믿었던 토요일 그날, 동료들이 개혁 클럽의 휴게실에서 그를 기다리고 있었던 것이다.

만약 아직도 런던 시간에 맞춰져 있는 파스파르투의 시계가 '시'와 '분'만이 아니라 요일까지 표시해 주었다면 이 사실을 미리 알 수 있었을 것이다.

이렇게 하여 필리어스 포그는 2만 파운드를 벌었다. 하지만 여행으로 1만 9,000파운드를 썼기 때문에 실제로 얻은 이익은 얼마 되지 않았다. 하지만 앞에서 말했듯이 이 괴짜 신사는 돈 때문이 아니라 도전을 위해서 내기를 한 것이었다. 게다가 그는 남은 1,000파운드를 충직한 하인 파스파르투와 불운한 형사 픽스에게 나누어 주었다. 포그 씨는 픽스를 원망하는 마음이 전혀 없었다. 하지만 원칙을 따르기 위해서 1,920시간 동안 쓴 가스비는 파스파르투에게 지불하도록 했다.

그날 저녁 포그 씨는 여전히 침착한 태도로 아우다 부인에게 말했다.

"부인, 저와 결혼하겠다는 마음이 그대로십니까?"

"포그 씨, 그 질문을 할 사람은 바로 저예요. 그때는 포그 씨가 무일푼이었지만 지금은 다시 부자가 되셨으니까요."

아우다 부인이 말했다.

"부인, 이 재산은 부인의 것입니다. 부인이 저와 결혼할 생각을 하지 않으셨다면 파스파르투가 새뮤얼 윌슨 목사를 찾아가지도 않았을 테고, 제가 날짜를 잘못 알고 있는 줄도……."

"사랑하는 포그 씨."

젊은 여인이 말했다.

"사랑하는 아우다."

필리어스 포그도 말했다.

48시간 후 두 사람의 결혼식이 열렸다. 파스파르투가 멋지고 환한 모습으로 신부를 신랑에게 인도했다. 신부를 구한 장본인이니 당연히 이런 영광을 누릴 자격이 있었다.

다음 날 새벽, 파스파르투가 주인의 방을 쾅쾅 두드렸다.

"무슨 일인가, 파스파르투?"

"방금 놀라운 사실을 깨달았어요."

"뭔가?"

"우리가 세계 일주를 79일 만에 할 수도 있었다는 거예요."

"그렇지. 인도를 횡단하지 않았다면 그랬겠지. 하지만 인도를 횡단

하지 않았다면 아우다를 구하지 못했을 테고, 그녀를 아내로 맞지도 못했을 테지……."

포그 씨가 대답했다. 그리고 조용히 문을 닫았다.

필리어스 포그는 내기에서 이겼다. 그는 80일 만에 세계를 일주했다. 80일간 세계 일주를 위하여 온갖 이동 수단을 활용했다. 증기선, 기차, 마차, 배, 상선, 썰매, 코끼리까지. 이 괴짜 신사는 여행 내내 놀라울 정도로 침착하고 정확한 모습을 보였다. 과연 그가 세계 여행에서 얻은 것은 무엇일까? 이 여행이 그에게 무엇을 가져다주었을까?

아무것도 없다고 할 수도 있다. 그를 세상에서 가장 행복한 남자로 만들어 준 아름다운 아내를 얻은 것을 제외하면.

하지만 그것만으로도 세계 일주에서 얻을 수 있는 충분한 보상이라고 할 수 있지 않을까?